一个都不放过

[美] 查尔斯·格雷伯 著　白姗 译

THE GOOD NURSE

CHARLES GRAEBER

廣東省出版集團
花城出版社
中国·广州

图字：19-2014-101 号

图书在版编目（CIP）数据

一个都不放过 /（美）格雷伯著；白姗译 .—广州：花城出版社，2014.8
书名原文：The good nurse
ISBN 978-7-5360-7213-8

Ⅰ.①一… Ⅱ.①格… ②白… Ⅲ.①推理小说－美国－现代 Ⅳ.①I712.45

中国版本图书馆 CIP 数据核字（2014）第 171380 号

出 版 人：詹秀敏
责任编辑：文　珍
技术编辑：薛伟民　陈诗泳

书　　名　一个都不放过
　　　　　YI GE DOU BU FANG GUO
出版发行　花城出版社
　　　　　（广州市环市东路水荫路11号）
经　　销　全国新华书店
印　　刷　北京慧美印刷有限公司
　　　　　（北京市昌平区沙河镇七里渠南村530号）
开　　本　880 毫米 ×1230 毫米　32 开
印　　张　11.75
字　　数　243,000
版　　次　2014 年 8 月第 1 版　2014 年 8 月第 1 次印刷
定　　价　32.00 元

2003年12月，43岁的新泽西护士查尔斯·库伦（CHARLES CULLEN）第一次站在法庭上，承认自己在过去的16年里，在9家不同的医护中心杀害了近40位病人。但据调查者估计，实际遇害的人数可能超过300人。库伦拥有新泽西和宾夕法尼亚两地的护士执照,而其工作过的医疗机构更是多得惊人。库伦在审讯中承认，他是故意杀死这些人的。库伦声称，自己杀死病人是为了让他们免受病痛的折磨——他经常在特护和烧伤病房服务，他指责医院对待病人像对待畜生一样，而他是在行善，替他们解决“痛苦”。

自序

这是一个真实故事，是经过10年的潜心调查，采访了包括查尔斯·库伦在内的很多涉案人员而写出的作品。查理是个骄傲而复杂的人，除了我们之间的对话以外，他从来没有公开发表过任何声明，也没有接受过任何媒体的采访。我们沟通的时间跨度长达几年之久，而最初的沟通是因为处于服刑状态下的他想要给外界捐赠一个肾。除此以外，他好像没有什么别的理由跟我进一步沟通其他的事。他的观点在本书中贯穿始终，但他并不是本书所陈述事实的最终决断者。本书包含很多来自其他各方面不同的匿名材料，所有人的隐私都有被曝光的危险，有些人还冒着事业或名誉受损的危险，而另一些人则将自己的自由也置之度外。为了保护这些人的隐私和生活，本书中所提到的人名和涉及个人的细节都经过了加工。通过对从警方办案的报告中收集来的各种实物、陈述、记录、窃听材料、监控录像、法庭文件以及呈堂证词和个人采访的整理，我也尽全力确保还原了这个故事最真实的一面。为了保证整个案件的逻辑线索清晰，有些记录经过了轻微的编辑；而基于确凿的文件记录，有些对话也经过了一些有必要的修改。但正如所有谋杀案件背后隐藏的真相一样，真正知道发生了什么的那些人都没法再给出答案了。

引子

他把车停在车场，熄了火，跟往常一样，匆忙从后门走了进去。穿过两扇门，24 小时不灭的荧光灯在头顶嗡嗡作响，这是唯一一个查理能真正找到归属感的地方，是一种使命的召唤。当他踏上闪亮的油毡地板时，全身激动得战栗了一下，一股熟悉的味道随着呼吸钻入鼻腔，这就是家的味道了：汗水、纱布、聚维酮碘、收敛剂、抗菌剂、洗涤剂，以及在这一切浓烈味道后面深藏的那种绚丽得令人眩晕的气息，那是生命消逝时逐渐腐烂的味道。他从后楼的楼梯爬了上去，每步都迈两个台阶，有人要上路了……他很享受这个等待的过程，这种偶然停顿带来的濒临死亡的快感，这种黑暗时段带来的无比特殊的紧张刺激，它让一切都变得清晰，每一个细节都成为值得关注的焦点。戴手套时发出的每一声脆响，以及喝咖啡时的每次啜饮都好像潜藏着难以预兆的意义，充满了悲壮的色彩……

上部

一

1987年[①]，6月。

圣巴拿巴医学中心是新泽西州唯一拥有专业烧伤科的医院，几乎所有的烧伤患者都被送到了这里。在这儿，你随处都可以见到那些拥有可怕外观的人，他们因为车祸、房子失火、工业泄漏等各种不同的原因被送到这里。有男有女，最常见的是小孩，全都被烧得残缺不全，没有头发，眼睑，身上的皮肤也焦熟，无法修复。查理的工作就是负责将这些伤患坏死的组织统统清理到一个金属托盘上——清洗，移除那些已经烧焦的部分，用抗菌肥皂给坏死的皮肤组织消毒。即使在病危护理领域，这个过程也可怕得令人难以想象，作为从护理学校毕业以后的首份工作，这简直跟下地狱差不多。

所有烧伤的背后都有个故事。一个穿着睡衣去够茶壶的母亲，因半截未熄灭的香烟头而面临截肢[②]；跌入篝火的醉汉；被压扁的

①在查理开始他的职业生涯以后，他看到了一个令人震惊的头条消息：1987年4月6日，一个身患抑郁症试图自杀的前空军辍学学员因在俄亥俄州和肯塔基州做护士时谋杀病人而被捕，他叫唐纳德·哈维。他的同事因为他所照顾的患者相继死亡而给了他一个外号，叫“死亡天使”。哈维被法院判定需要对34起谋杀案负责。

②这种情况常见于老年人中，他们的衣角经常会不小心被明火点燃，所以也被称为“祖母式烧伤”。

车中漏气的煤气罐……伤是这些故事中最后的结局。身体对创伤的反应是可以预测的。三级烧伤大多都是致命的——皮肤的表层、真皮层、皮下组织、神经、动脉、静脉，甚至是肌肉都统统烧焦坏死了。相比之下，二级烧伤其实是更痛苦的，因为神经还活着。即使是在20世纪80年代，烧伤科病房中依旧会不停地传来阵阵尖叫，唯一可以给患者们带来一点点安慰的只有吗啡。

有些病人会康复，而另一些只能在病房里煎熬着等死。护士们往往很容易就分辨出这些伤患属于哪一类。在烧伤病房，命运是可以预测的，结果全写在皮肤上了，或早或晚，所有的护士都可以读懂其中的信息。每次在烧伤创面做处理，就像在烧焦的纸上画画一样：一个人的身形，光秃秃的，赤裸着全身，看不出年龄和性别，没有毛发。他们的脚尖指向一片看不见的地面，手臂以表达投降和恳求的姿势向上伸展开来。眼睛是睁开的，没有眼皮，饱满的嘴唇看不出一点儿表情。你可以精确地用数字将画稿上人物的每个烧伤部分标注出来，在大腿上圈出一块，再圈出半条腿，脑袋上再来一块。生殖器算1分，每个手掌大的地方就算1.25分。不过这有些复杂，还有更简单的方法。

这方法被称为数9法则。每个大面积的肢体，比如腿、后背和脑袋都被算成9，将受伤地方的数字加到一起，然后加上患者的年龄，得出的总和就是存活率了。按照这个法则来算，一个50岁的老头儿，如果烧伤面积占全身的一半，数值大于50了，那他的死亡率就是100%，就算现在没死，也快了。这种法则让无法避免的结果显得没有那么突兀，烧伤病房最需要的就是残存的渺茫希望。每一个烧伤病房的护士都知道谈论生死是没有意义的，你用一下这公式，知道结果以后，就继续生活，试着把它忘了。这种垂死的状态就好像你在后视镜里总能看见的黑车一样，只要你看，它就一定在。所以，干吗还费劲去看呢？

除此以外，在烧伤病房所承受的痛苦是常人无法想象的，护士们除了给病人们一直不停地注射吗啡以外，什么也做不了。当这些病人死去的时候，院方很难搞清楚到底他们的死是药物注射过量所致，还是无法痊愈每况愈下的创伤导致的，所有人唯一可以肯定的就是，这些病人再也无须承受那些无尽的痛苦了。

烧伤病人可能会以很令人惊讶的方式被送达这里。有的躺在担架上，有的自己走来；或是独自一人，或是成群结队；有些时候他们是清醒的，还说着话，担心自己的手表或是错过做头发的预约。这很令人吃惊，可事实就是这样，他们接踵而至。

这些伤者身上连接着很多仪器，管线蜿蜒地在股动脉和手腕间扭转着，塑料管强硬地插进嘴里协助呼吸，插到下面协助排泄。电解质、氯化钠、止痛药、抗焦虑药、流食，整个身体都被液体填充得满满的，肿胀得有原来两倍那么大。阴囊变得跟沙滩球一样；眼睛鼓得就剩下一条狭小的缝；嘴唇像气球一样，干裂的地方像是烤过头的香肠，爆裂开来。身体会继续膨胀，直到把皮肤拉伸到极限，整个身体摸起来像是坚硬的大理石一般。血管被各种体液挤压得逐渐闭合，脏器开始衰竭，身体的各个部分也逐渐被割下来。这是外科医生最简单的工作了。同胳膊和腿一样长的刀片在身体各个部位穿梭，从前面到后面，甚至那膨胀得跟动物乳房一般的双手，到最后也难免被切下来。刀片深入到肌腱部位，5个分开的刀片沿着关节在皮下滑动，好像套入了一个很大的皮革手套。切口扩大了内部的可操作空间，好像裤子上的褶皱，随着那条缝错的线被挑开，一切都瞬间崩开，舒展了，好似峡谷壁一般的黄色脂肪将充盈血水的山谷紧紧围住。尽管气味是相当可怕的，但流血终归是件好事。如果它出血了，说明还有活性。当然了，出血也同样意味着更多的工作量。

带褶的皮肤松弛开来，好像上了油的皮革。护士们需要一段时间才能适应这种程度的工作，并轻而易举地处理它。感官上要面对的惊心动魄的场景太过细碎，一旦他们觉得这些画面多得无法忍受，他们就会选择离开。有些护士会立刻选择离开烧伤科的重症监护病房，调到其他工作岗位去，随便什么岗位，只要不再面对这么残忍的画面就好。

烧伤科的病患中近1/3都是孩子，有些时候他们身上的那些烧伤是因为做过的某些错事而接受的惩罚，比如尿床，或是忘记做家务等。护士们一眼就能看出哪些是虐待的痕迹。这些灼伤大多来自散热器或是烟头、打火机、热炉子。热水烫的伤口是红的，而电击灼伤以后是黑色的。每一种烧伤都会带来独一无二的疼痛。查理算是什么都见识过了。

有些疼痛在皮肤细微的淡红色组织中缓缓蔓延，以水泡或是白色伤疤的形态呈现在血管周围。护士们尽自己最大的努力将这些痛苦隐藏在纱布和绷带下面，掩盖于药物的面具之下。但查理很了解，这些疼痛隐藏在秘密的角落，正在默默爆发，不表达不等于没有承受。在查理给很多孩子清理伤口的时候，他发现他们很少像大人那样尖叫，也没有在床上呜咽，而是在默默地忍受疼痛，将自己的秘密深藏在心底，以免因此再遭受更多惩罚。查理的母亲从没有用炉子或是热平底锅惩罚过他，但被人推来搡去的欺负是无法避免的。他姐姐的男朋友是个开着雪佛兰科迈罗、戴着戒指、穿牛仔的大家伙，他曾经感受过成年人的力量，也从来没有忘记作为一个孩子被迫躲在阴影中的感受。跟姐姐同居的这个男人在他面前把姐姐打流产了，后来姐姐离家出走，这个男人却一直不肯离开，他让查理感受到了难以摆脱的痛苦。

查理也知晓在军队的痛苦，同样也知道什么是惩罚。有一次喝醉了，他在海滩上醒来，发现自己赤裸的双脚被晒得红红的，肿胀得像是踢了很久球。在被随意扣上"破坏海军财产"的罪名之后，他们强迫他吞下阿司匹林，穿上夹脚的训练鞋。在他工作的时候，他时刻提醒自己，是的，他所知道的那些痛苦远远超过了任何人所能理解的程度。所以查理能了解这些病房里的孩子实际上承受着多大的痛苦，但是没有人能帮助他们，为他们做些什么。在那个时候，护士禁止给孩子开任何比泰诺药效更强的止痛药，可对于这些孩子来说，这是远远不够的。很多护士都想给他们更多帮助，而且确实有些人这么做了。

送到这里来的孩子越来越多，他们所受到的伤害时刻提醒着查理自己曾经受过的伤害。他将他们抱起来，将这些尖叫着缩成一小团的小家伙抱起来。他知道，一会儿外科医生就会像剥烤土豆一样将这些小人儿的伤口划开，用Y字形刀口来防止伤口继续膨胀。这不过是很多手术中最开始的一个步骤。随后，那些被烧化的皮肤会慢慢愈合，变成可怕的伤疤，像藤蔓一样缠绕在他们身上。紧接着医生便会一次又一次地将这些刚刚长好的伤口重新割开，谨防他们的脖子蜷缩在躯干中，同时用这个方式来保持手臂的灵活性。没有这些手术，孩子们被炙烤过的躯干会停止生长，新长出的那些伤疤不能保证他们适应体内其他部分的生长，他们也不能灵活地继续运动。查理知道这些孩子可能会活下去，会慢慢长大，但他们的身体再也不会长大了。如果没有护士的帮助，他们将永远被困在童年时期这个无法挣脱的茧中呻吟。手术刀和压力服成了他们仅存的希望。压力服让他们好似被紧紧地束缚在痛苦的怀抱中，衣服狠狠地压在那些伤疤上，逐渐让它们变得越来越薄，这是硬化的组织在压力的影响下慢慢扩张开来的结果。也许，在足够的努力下，长时间地承受痛苦和压力之后，那些疤痕会随着里面其他组织的生长被慢慢撑开，变得足够薄。也许有一天，孩子们的身体会重新开始长大，可以活动；甚至有一天，他们会忘了自己所承受过的痛苦。查理认为，以此来表达人生再合适不过了：整个世界都将压力推向你的生活，就好像你穿着压力服所承受的那些痛苦一样，你不得不用尽全力，将这些施加在自己身上的压力用力地推向这个该死的世界。

查理喜欢自己在圣巴拿巴的工作，也知道自己是他们很需要的得力帮手。他喜欢照顾那些体弱多病的人，为他们洗澡、喂食、穿衣服，成为他们的依靠。他也很热爱夜班那种一对一照顾病人的安排，甚至觉得连医院的名字都非常招人喜欢。成长在天主教家庭中的查理对圣人巴拿巴毫不陌生，每年6月11日，当地教堂都会为圣人巴拿巴举办庆祝活动，所以他跟这位圣人之间也有着千丝万缕的联系。正因为如此，查理·库伦便在那一天开始了自己在圣巴拿巴医学中心的工作。但在查理准备和阿德里安娜结婚的时候，他彻底放弃了陪伴他成长的宗教，改皈依犹太教，因为查理觉得自己的生活观念跟圣人所持有的生活观念完全相反。查理在童年的时候就牢记了这样一个道理：只有那些在离世之时还遭人憎恨之辈，才会被很好地铭记、永久地铭记。

二

2003年，10月3日。

查理认为自己是个幸运的人。不管是命运的安排还是误打误撞，反正是这份事业找到了他。在这个岗位工作了16年之后，查尔斯·库伦已经是个经验丰富的多面手了。在通过GED（普通教育水平）考试成为注册护士之后，他攻读并获得了护理学的学士学位。他在高级心血管生命支持、主动脉内球囊反搏泵的临床使用和重症监护病房所获得的证书，让他可以轻松地在新泽西以及宾夕法尼亚任何一家医院找到时薪不低于27.5美元的好差事。工作总是有的。即使在纽瓦克和艾伦敦这种发展过度的地区，医疗中心仍是持续增长的盈利产业，每一家都在不断推出新的服务和专科门诊，它们都通过激烈的竞争迫切地想尽办法吸引那些有经验的注册护士。

在16年的时间里，查尔斯·库伦接到过几十次投诉，成为反面典型，经历过4次警察的审讯、2次测谎实验，企图自杀20次，还被关进过警察局1次。但所有的这些都没能玷污他的专业记录。他曾经在9家不同的医院、疗养院工作过，并被其中的大多数地方“遣送”“停职”“请辞”。但无论是他在宾夕法尼亚还是新泽西的护理证却依然保持着良好的记录，没受到一点儿不良影响。更夸张的是，每当他填写了一份新的职位申请表时，所有人看到的都是一个完美的库伦护士——一位雇佣者的最佳人选。他出勤率完美，形象光鲜，在重症监护、重症护理、心脏监护、呼吸机使用及烧伤处理方面都有着丰富的经验。他为那些病人准备药品，总是在机器发出可怕的警报时成为第一个到达现场的救世主，甚至在用塑料布包裹那些尸体的时候都表现出了折纸艺术般的惊人天赋。他没有时间冲突的问题，似乎从来不去电影院，不关注体育比赛，而且很愿意甚至是渴望在夜晚、周末、假期的时候去上班。他无须为妻子负责，也没有看管两个孩子的义务，大部分的休闲时光只是在凯瑟琳的沙发上按按遥控器，视线在各个频道间短暂停留。紧急救护电话或是突然转院的病人都会让他在插播的广告还没结束前就穿戴整齐，开车行驶在高速公路上。跟他一起工作的护士们都觉得这家伙是调度神送给他们的礼物，一个好得令人难以置信的员工。

他在萨默赛特郡医学中心的新工作，单程就需要45分钟的时间，但他好像并不在乎要开多久的车。事实上，他似乎很需要这个驾驶过程。查理认为自己是个很善言谈的人，也总是将自己跟凯瑟琳之间的亲密生活以及滑稽的摇摇欲坠的家庭境况分享给其他人。但是，有一些隐私，他是从来不会跟别人谈论的——秘密的场景在他的脑海中萦绕，画面只供他独自欣赏。也正因为如此，所以每次上下班的路上，都是他最享受的沉思时光。

自童年起，除了护理这个职业本身可以给他带来点儿快乐以外，生活的其他方面就再也没有什么可值得满意的地方了。查理总是用“悲惨”二字来形容自己的童年。他的父母是爱尔兰人，虔诚的基督徒。查理——作为这对工薪阶层夫妇晚年生活中偶然犯下的一个难以负担的错误——出生以后没多久，父亲就去世了，而其他 8 个哥哥姐姐也早已长大成人，从家里搬出去，自立门户了。他家的原木房子在西奥兰治，这是一个阴暗、不幸的地方，嗑药的哥哥们纠缠不休，成年的姐姐们一波接一波地深陷怀孕的泥潭，总是有饥渴而残暴的陌生男人来家里找她们。只有查理的妈妈保护他远离楼上房间里那些混乱不堪的场面。他非常迫切地渴望得到母亲以及更多人的爱，但从来没得到过。当她在他读高中的时候死于车祸时，查理就彻底开始了自己孤独的生活。他对那个带走母亲尸体的医院充满了怨愤，怒火久久不能平息。他尝试过自杀，后来还参加过海军，不过显而易见这两件事儿后来都以失败告终。终于，他回到了他母亲当年去世的那家医院，并在那里找到了自己生命真正的归属。

1984 年 3 月，24 岁的查尔斯·库伦成为了新泽西蒙特克莱山边医院护理学院的唯一一名男学生。他很聪明，功课也很好。就像那些适合他的制服和让他倍感亲切的环境一样，这些课程很适合他。身边都是姐妹，跟在家没什么区别。第一学期，刚刚上任两星期的班长却要退学，查理的同学们鼓励他去替补她的空缺，他好像天生就是做领导的材料，这个前任班长跟他说："查理，你是个聪明英俊的家伙，而且最重要的是，你是个男生。"这样的评价让查理感到受宠若惊，但是竞选班长这事儿好像并不太符合他的性格。他越是反对，这个前任班长就越是坚定地要助他一臂之力。她说，他什么都不用做，不用冒任何风险——一切都由她来做。查理发现自己好像对被动成为候选人乐在其中，当然，更令他开心的是在不费吹灰之力的情况下，他居然赢了这个竞选。这个职位是地位的象征，似乎预示着新的查理即将诞生。就在他6年前在山边医院的停尸房永远失去母亲之后，山边医院又在冥冥之中将查理从众人中选了出来，像养育儿子一般将他培养成了一名穿着白色制服的专业人员。有生以来，第一次，查理觉得这应该就是被爱护的感觉了吧。

查理靠匿名在多个地方轮班打工来支付学费。他花上几个小时往柜台里摆放撒满糖霜的甜甜圈，或是运送成堆切好的肉片。他还要灌调料盒，擦桌子之间的地板——好像总有擦不完的地。讽刺的是，就像当初征兵的工作人员说的一样，他所受过的军事训练一定会很好地运用到日常生活当中。同样，就像当一名海军一样，所有这些日常的工作也都需要穿特定的制服。唐恩都乐的制服是棕色和橙色组成的T恤，再加一个鸭舌帽。卡多尔的制服虽然也是棕色和橙色，但条纹不一样。查理每次在上班之前都得从地板上的那堆衣服中仔细选出正确的制服。罗伊罗杰斯的制服颜色跟生了锈的铁似的，好像是故意这么设计的，这样就不容易看见洒在上面的烧烤酱了，就如同赌场的地毯永远能很好地隐藏住口香糖一样。那套制服丑得可怕，但是如果是查理的经理阿德里安娜穿着它，就另当别论。他尤其喜欢看那件衣服上别着她名字挂牌的样子。

阿德里安娜·鲍姆是跟查理所了解的所有西奥兰治人都不在同一个层面的女孩，她野心勃勃，刚刚从大学毕业，拥有一个商业学士学位和一份待还的助学贷款。在这个西奥兰治的罗伊罗杰斯餐厅里，查理一直在观察她，有时越过墩布拖把一边佯装闲逛一边看。但是，阿德里安娜那时候有男朋友，而且店里也有计划要把她调职。查理在她走后就辞职了，将闲下来的时间全都贡献给了另一家快餐店——隔壁的卡多尔。但是，每当午休吃饭的时候，查理还是会去罗伊家，以防万一。后来，过了一个月，跟男朋友分了手的阿德里安娜就被调回来了，查理刚好就在那里等待着。

查理尽力加快发展他们的关系，使出浑身解数用各种可能的方式来推动事情的进展，引起她的注意。在猛烈的礼物攻势之下，他还不忘在她的家人面前扮演好模范男友的角色。阿德里安娜惊奇地发现，隐藏在这个大眼睛腼腆男孩外表之下的竟是一个充满自信的男人。查理太执着于得到她的爱，他用无数的礼物、鲜花、糖果和在购物中心买的各式各样的小玩意儿来维持他们之间点燃的火花。任何阿德里安娜曾经提过的喜欢的东西，查理都急切地帮她弄到，直到终于有一天阿德里安娜告诉他该停手了。她假装生气——当然了，她怎么可能真生气呢？她很明白有无数个姑娘不惜一切想要替代她的位置。这男孩是个抢手货。查理似乎一直因为他的挑剔和忙碌的日程安排而穿梭于辞职和被解雇的生活中。阿德里安娜告诉自己的闺蜜：“哇，这家伙一天可以打三份工，他还是护理学校的班长，十分看重职业生涯，正如我对工作热忱一样。”是的，这是个与众不同的奇葩——他不是完美的，不过，似乎也臻于完美了。

很快，除去查理上课的时间，和他们两个人各自变化的上班时间以外，这对年轻的小情侣一刻不分地黏在了一起。他们成了一个整体，完整而契合。他们管这叫爱情。就在第一次约会的六个月后，他们订婚了。查理从学校毕业后一周，他们正式步入了婚姻殿堂。礼堂是在利文斯顿租用的，蜜月是在尼亚加拉大瀑布度过的——一切的一切对于阿德里安娜来说都如童话一般美好。他们比之前计划的提前了一天回来，这样她的白马王子就可以开始提前准备在新泽西利文斯顿的圣巴拿巴医学中心烧伤科的新工作了。医院其实很乐意再多给他些日子，但查理坚持要去报到，一定要在那一天，他不想推迟。阿德里安娜挥手跟他告别，她觉得，在她面前展开的未来好像陌生的红地毯，缓缓伸向远方。

三

1987 年，10 月。

阿德里安娜和查尔斯·库伦在宾夕法尼亚州的菲利普斯堡近郊抵押贷款买了个较小的平房。这个空间狭小灰暗的房子急需重新粉刷一遍。房子的一面对着类似公告牌那种大的支撑墙，后院挨着一小片儿野草地。尽管如此，这地方的价钱也需要他们两个人的工资加在一块儿才负担得起。阿德里安娜找到了一份新工作，做电脑编程的程序员。虽然还是初级阶段，不过至少也算是脱离快餐店来到正式的商业办公室办公了。他们的工作时间完全相反，她总是上白班，查理总是值夜班。这样的生活与漫长的黑夜带给阿德里安娜的无疑是挥之不去的孤独，但这还不是生活中最糟糕的部分，最令人难以忍受的是，随着时间的流逝，她发现无论有没有查理，这样的孤独感都在与日俱增。阿德里安娜发现自己的生活中潜入了一种前所未见的寒意，而他们之间的感情也提前退热，进入了晚秋般的凄凉。她将这一切归结于丈夫对工作的过度狂热，这或许是每个医院工作者家属都应该学习适应的一件事儿吧：爱是无法战胜死亡的。她从没想过，自己的丈夫会重新开始走上酗酒的道路。

饮酒只是查理在参加海军时擅长的传统活动之一。他喝酒就是单纯为了买醉。红酒、鸡尾酒，甚至是带酒精的漱口水，他都喜欢。他经常因为紧要关头酩酊大醉而被送进军方的医疗中心或是精神病院进行戒酒治疗。阿德里安娜对她丈夫这方面的生活一无所知，她从未见他喝过一滴酒。当他们在一起约会的时候，如果有机会喝酒，他总是简单地用“我不能喝”来回绝。而在阿德里安娜看来，这标志着他戒酒的坚定信念，而非对他胃口大开后无法自持的自我警告。当查理搬到她的公寓开始他们的同居生活的时候，阿德里安娜甚至将为贵宾们准备的落满灰尘的百利甜酒丢进了垃圾桶中。但是在菲利普斯堡，查理将他的藏酒都锁在了当海军时用的那个扁箱子里，继而又把箱子锁在了锅炉房里，又给锅炉房上了把锁。他总是避开妻子，独自躲到地下室去喝酒。他很喜欢在那里待着。出入口就那一个小门，周围都是砖砌的围墙面，下面也没有人了，永远都处于一片晦暗的黑色基调中。查理在锅炉房里就是喝酒、思考，然后发呆地看着微弱的灯光在这个无形的监狱门口跳动。

婚后头一年的生活转瞬即逝。查理一直在为各种各样的事情忙碌——在圣巴拿巴工作一个月以后，他便获得了新泽西州的护理执照;紧接着又过了一个月，他在基恩学院报名参加了另一个课程，打算再拿一个学位。就这样，在学校学习、工作及上班下班的过程中，时间被排得满满的，查理几乎很少在家。1988 年，阿德里安娜是独自在家抱着一小瓶霞多丽葡萄酒看的迪克·克拉克摇滚晚会。2 月份的时候，她怀孕了，这就算是真正意义上的家庭生活了。不过她并没有感受到什么家庭温暖，反之，她的丈夫却表现得越来越冷淡，几乎是在用专业水准的方式对待她，好像她是他日常照料的病人。在他们的女儿肖娜[①]降生之后，阿德里安娜发现丈夫对自己的爱跌入了谷底，似乎现在他把原本给自己的那丁点儿关爱全都一股脑儿给了这个新生婴儿。阿德里安娜对于这样的变化感到很不解——好像她的丈夫必须在自己的妻子和孩子之间选择一个，他似乎不足以将自己的感情同时放在两个人身上。查理

---

① 后来在阿德里安娜·鲍姆的要求下，孩子们的姓名也被更改。

似乎总是对新鲜事物抱有很高的热忱：他们曾经的恋爱关系、他们的新房、他们的生活——但随着新鲜感的淡去，他的热情也消失殆尽。现在的查理就算人在家，魂也不在。她只能看到咖啡机后面他专注的眼神，研究他每天早上毫无表情的面孔。她很想知道，自己心爱的丈夫是不是还藏在这个躯壳里面的某个地方，像个躲在黑暗房间里的孩子，没法露头。看起来，现在查理的躯体已经完全被什么给占领了。阿德里安娜脑海中总是浮现出各种各样丈夫所参与的秘密场景，这让她更加烦躁和心不在焉。她的朋友告诉她要坚强，她的父母劝诫她婚姻不是短跑，而是马拉松。这些人总是一遍遍地提醒她，这个男人是她的丈夫。就这样，阿德里安娜不得不将自己空虚的生活以及精神需求转嫁到那个按小时计算工资的工作上。她每天上班，还账单，把肖娜送到托儿所，然后回家。每天她只能通过车道上的车来判断丈夫是否在家。查理将在家的大部分时间都花在地下室了。她去过下面几次，但后来实在是不敢再去了。她在那个半明半暗的灯光下看见过自己的丈夫，有些东西总是让她感觉非常别扭，尤其是她丈夫那令人异常不安的眼神。阿德里安娜不知道该如何形容——那是一种冰冷的虚无，从那里面看不出一点儿丈夫心中残存的感情。有的时候，查理的眼神会飘忽不定，看着两个不同的方向，就好像他的双眼属于两个不同的生物体，能独立工作。有些时候，查理好像不再是查理了。阿德里安娜将这些也告诉了朋友：“你知道吗？我觉得查理好像真的有点儿不对劲。”紧接着，几天后的一个下午，终于发生了一件事，印证了这句话。

那天，阿德里安娜应声打开了大门，看见隔壁的邻居站在门口哭了起来。每隔几个星期，邻居家那只可爱的猎犬奎妮便会跑出家门，在社区里晃悠。而且，不知出于什么原因，它最后总是喜欢跑到查理家的院子来。阿德里安娜很喜欢狗，有几次还把奎妮带到家里来玩儿。从某种程度上说，这已经是个习惯性的事儿了，所以每当奎妮跑丢了，邻居就会直接来她家找。但是这一次，邻居还没有到她家就看到了奎妮，它死在了阿德里安娜家房子旁边的小巷子里。兽医说奎妮是被毒死的。邻居这次上门是想询问阿德里安娜对发生的一切是否知晓。

阿德里安娜确实什么也不知道。她走进厨房，看着放在柜台上的照片发呆。那是阿德里安娜带着肖娜去托儿所的时候，给她和其他小朋友拍的照片。几天前，她下班回家的时候，发现查理用剪刀仔细地将每张照片上的小男孩都沿着边线剪了下来。这一沓照片把她吓坏了。她本来一直试图不去想这事儿，但现在发生了这件事以后，那些照片又重新将她的视线拉了过去。盯着那些空空的人形缺口，她忍不住去想自己的丈夫，想奎妮，想在门前哭泣的邻居。接着，阿德里安娜开始哭了起来。

四

1991 年 2 月 11 日，药房的护士帕姆·艾伦将一袋可疑的静脉注射液放到了圣巴拿巴医疗中心风险经理凯伦·塞登的桌子上。

这袋注射液的端口好像已经打开过了，但里面的液体还很多，满得快要溢出来了。这在塞登看来很不正常，她立刻联系了医院安保部的副主任，一个叫托马斯·阿诺德的前任警察。阿诺德将这袋药送到药检室。结果很快就出来了，这袋本应该只包含生理盐水和肝素的注射液里含有胰岛素。

三天后的情人节，在圣巴拿巴重症监护病房里，一个叫安娜·拜尔斯的病人开始注射肝素静脉注射液。半小时后，她全身颤抖，开始出冷汗，神志不清，感到恶心。血测结果显示她体内的胰岛素含量大大高于正常值，医生立即给她喝了一瓶橙汁。这是在突发低血糖时最快最简单的补救方法，但是橙汁喝完了，没有任何改善，护士不得不开始为她静脉注射葡萄糖，让糖分直接进入到她的血管内。这暂时将拜尔斯从濒死边缘拉了回来。但随着时间的推移，过量的胰岛素让她的血糖持续下降，很难保持在一个相对平稳的状态。这种状况从上午到下午又一直持续到晚上，本来医院在第二天早上为拜尔斯安排了一台心脏搭桥手术，可现在她的身体状况不稳定，显然手术的安排过于冒险。不过，为了以防万一，医生还是命令将她的肝素静脉液[①]撤掉了。当医生开始为心脏手术做准备而撤掉肝素静脉液的时候，神奇的事情发生了，胰岛素过量的问题立刻得到了改善，拜尔斯的身体也慢慢有所好转。

截止到下午 2 点，拜尔斯身体恢复了良好的状态，也从重症

①肝素抗凝剂，用于稀释血液，是一种可以防止发生心脏病和中风的血栓，常用于心脏手术中，帮助维持血液体外循环畅通。

病房回到了普通病房。她血糖急速下降的问题消失了，上午手术之后留下的伤口也开始有组织液凝结。看来一切正常，可以重新开始使用肝素静脉液了，静滴开始没多久，安娜·拜尔斯就重新回到与之前相同的不稳定状态。不过，这次护士们提前就做好了准备，直接开始静脉注射葡萄糖，打算将这个不妙的趋势扼杀在摇篮里。就这样，她时而好转，时而恶化。到了晚上 11 点，她体内的血糖数值低到都读不出数字来了。她的身体将所有的糖分消耗殆尽，大脑也得不到一点儿血糖提供的能量，安娜已经快要见到死神了。

护士拔掉她所有正在输的药液，直接将她又推回了重症监护病房。仅仅 20 分钟没有输液，安娜·拜尔斯又开始恢复了血色。

就在走廊的另一头，一个名叫费雷德·贝尔福的病人也正遭受着同样的煎熬。他从早上 7 点开始静脉注射肝素，到了中午快把内脏都吐出来了，根本连橙汁都无法下咽。医生给他开了葡萄糖以后，两个不同输液管里的药物同时在他的血管内竞赛，并驾齐驱。一天一夜，两种药像是在他的体内玩跷跷板，而费雷德一直在昏迷中等待胜者的出现。

第二天晚上 7 点，这层楼发生的两起事件终于被有心之人联系在了一起：同样的注射液，同样的副作用。贝尔福的护士将他的肝素静滴液拔出，贝尔福也很快开始感觉好转。护士戴着手套将他的静脉注射液放到无菌袋中，直接送进了化验室。

检测结果显示胰岛素呈阳性。通过显微镜观察药液包装袋，发现有细小针孔扎过的痕迹，袋子的三个边角都有，这是极不寻常的。有时候护士在给病人们换药的过程中可能会出现卡针的情况，但多余的针孔肯定只出现在塞口的旋转阀附近，离原本的注射口有一定距离，绝不会在标有刻度的另一端出现针孔。这不像是个医疗事故，似乎一直有人在做手脚，动了圣巴拿巴储藏室的输液袋。阿诺德和塞登将两袋静脉注射液留存为证据，并将贝尔福和拜尔斯的事故当作首批调查的案件。现在他们开始重新筛选所有曾经在冠心病重症监护室治疗过的病人，查看是否还有其他人近期也遭遇过同样的事情。

虽然没有因果联系，但他们确实发现所有事故都是近期集中发生的。几个月以来，事件发生得过于频繁，以至于出现了交集，冠心病重症监护室的护士总是接替值班，所有人的值班信息都攒到一起，有些繁杂——事故并没有单独局限于任何一个单一的病房，或是任何一个固定的值班轮岗上。无论是冠心病重症监护病房、其他重症监护病房，还是心脏科，都出现了相同的问题。似乎圣巴拿巴医疗中心的所有患者都神奇地在一瞬间成了糖尿病患者。

实验室化验结果表明，不仅所有“神奇的糖尿病患者”血液中的胰岛素含量都出现了诡异的变化，而且这些胰岛素都不是自身产生的，全部来自“外界”。有人一直在给他们注射胰岛素。

当类似事件发生后，院方展开了调查。调查人员最先得出的假设结论是有护士不小心看错了医生开出的药方，在拿药读标签的时候出现了失误，拿错了药。但这样的错误不可能整个医院的护士都同时犯，所以很快这种可能性被排除了。阿诺德和塞登研究病人的明细表时发现，所有人的病例中都没有医生开出胰岛素的情况，也没有护士记录曾经给他们用过胰岛素。如果是这样，那就意味着要不就是出现了双重失误——不但病人用错了药，护士还误填了表格，要不压根这就不是个失误。无论哪种情况，事情已经发生，圣巴拿巴现在确实正面临前所未有的问题。阿诺德将自己调查后所得的结果汇报给了自己的顶头上司——圣巴拿巴医疗中心安全监管的头儿以及高级副总裁乔·巴瑞。

经验丰富的退伍老兵乔·巴瑞上半辈子一直活在别人的尊敬之中，身为前任陆军少校的他在新泽西州的警署干了30年，现在作为圣巴拿巴的高级副总裁，主要负责安全监管，潜心致力于调查意图谋杀医院病患的案子。面对如此复杂的情况，看来只有他和阿诺德两位经验丰富的警察才有可能着手展开调查并有所进展了。在将所有病患的探访者排除嫌疑之后，唯一可能作案的嫌疑人就只剩下医院的员工了。阿诺德和巴瑞将所有护士的值班表记录以及案发的时间进行比对，发现只有三个护士在每一次案发的时候都刚好轮岗值班，而在这些护士当中，一个叫查尔斯·库伦的人着实引起了他们的注意。①

关于胰岛素事件，阿诺德先前已经问询了医院的几位工作人员。每个护士都显得格外紧张，很担心自己的工作和声誉，对所涉及的病患也格外担忧，但只有查尔斯·库伦护士一点儿担心的样子都没有。事实上，他好像是故意漠不关心此事，甚至表现得

---

①除了库伦以外，还有另外两个女护士也遭到了怀疑。后来其中一个被证明是清白的，而另一个被查出是在偷病房的吗啡用。

对一切都无所谓。在阿诺德看来，这种冷漠并不仅仅是“谁干的？我吗？”那种表面上肤浅的做作表现，而是真的看起来毫不在意。事实上，他甚至在强迫自己表现这一点。很多次，阿诺德都试图想找一间会议室约库伦坐下来好好聊一聊这个案子，但似乎这名护士受雇于一家雇员服务中心，而不是医院。他的排班表变化多端，根本没有规律可循。每当阿诺德强制拦下他想聊上几句的时候，库伦都会立刻表明自己正处于非常忙碌的工作状态当中。很显然他的责任比阿诺德粗鲁的调查“重要得多”。当阿诺德和巴瑞终于想方设法把库伦摁到会议室的椅子上坐下来时，这个护士开始闭口不语，拒绝回答任何问题。他就那样坐在转椅上，双臂环抱在胸前，低头盯着地面，好像在研究地毯的纹路。在前任警官巴瑞的眼中，显然这个人的态度足以让他敲响警钟。英雄所见略同，阿诺德也同样认为这个家伙不简单。

“我知道是你污染了那些输液袋。”阿诺德打算攻其不备，虽然手头没有任何证据，但直觉告诉他，这家伙肯定不是无辜的。“你什么也证明不了。”库伦冷冷地反驳道。对于一个无辜的人来说，面对调查人员的指控，没有比这种回答更离谱的了，甚至都有些愚蠢了。以阿诺德和巴瑞之前当警察的经验来看，这无异于一句“去你妈的”。他的挑衅成功激怒了阿诺德，一下就将事件上升到私人恩怨的层面了。不过库伦对这样的状况依旧毫不在意：“我没必要跟你继续说下去了。”说完就走出了房间，自行结束了这次问询。

阿诺德和巴瑞早年在街上当警察的时候就见过这种无赖行为了，但在医院这种地方还是头一次。对于停车场的劫匪、礼品店的扒手，或是探监过程中不守规矩的来访人员，这样的表现再正常不过了。如果他们偶尔让一个护士面临这种如坐针毡的审讯，那他肯定是个穿着护士服的瘾君子秘密地躲在医院里行窃，在各个值班轮岗的间歇鱼目混珠。无论哪里的毒贩子都是一样的，动机单纯而直接。不过这一次，他们感觉到好像有一些更黑暗的秘密隐藏其中。他们实在想不通，会是什么样的动机让人去污染储藏室里的输液袋，抑或故意胡乱使用胰岛素。不仅如此，针对库伦的反应，阿诺德也无法得出合理的解释——这家伙似乎压根儿没想为自己所受的指责做出任何辩解，甚至连惊讶都没有。阿诺德从他的眼中看到了一片死寂，这令他很不自在。不过，最令人不安的现状是，库伦是正确的，他确实没有必要接受他们的问询。如果阿诺德和巴瑞能调查出什么结果，找到证据的话，压根儿就不需要查理再多说什么了。

阿诺德和巴瑞让医院里的员工帮忙整理数据，从库伦护士就业当天开始，辗转于冠心病重症监护病房、心脏科以及其他重症病房所有时间段里病患的死亡率以及时间点。似乎他们挖得越深，发现的可疑病例也就越多，但他们没有发现一例案件是绝对致死的。每个患者的情况都相当复杂，伴有多种疾病和并发症，临床症状也相当多，没有一个案件可以说明胰岛素是直接致死原因，而且也没有任何有效的证据可以将查尔斯·库伦护士直接联系到任何一个案件上，即使其中有几起案件的当事人已经死亡。这一切归根结底，原因都在于库伦是一个飘忽不定的人，他的排班表实在是变化太多了，他还经常会因紧急情况被临时召回医院。将库伦上班的所有时间与案发时间进行交叉检索，只会得到更加复杂难懂的结果。如果他们打算让调查进入下一个阶段，就必须借助外界的力量。看来，是时候报警找真正的警察来了。

阿诺德和巴瑞每月都会定期和利文斯顿的警长唐·琼斯会面。这些会面纯粹是出于实用性的目的。圣巴拿巴是整个利文斯顿雇员最多的地方，是整个镇子的缴税大户，将这个医学中心所面临的问题与和它密切相关的镇子隔离开来，似乎太不切实际了。

琼斯警长在利文斯顿的好名声可谓家喻户晓，大家都知道他常常加班，把得来的奖金补助分给那些新进局里工资少得可怜的菜鸟或是待产在家的警员。随着退休曙光慢慢探头，可以跨行到私企安全部门做高管的机会可谓千载难逢，尤其是像圣巴拿巴这样的大公司。如果琼斯想向圣巴拿巴的管理层证明自己的能力，那 1991 年 3 月 5 日这一天，就是他机会来临的重大日子。巴瑞和阿诺德在一家意大利餐馆与他吃了顿午餐，同时把这个案子递了过去。

一个警察办案子需要的所有基本材料都齐全了：犯罪事实、受害者、证据以及一个嫌犯，至少在两个病院科室都有发生谋杀案的可能，实物证据——掺有致命药剂被污染后的输液袋，并且迄今为止的调查也让他们将注意力放到了同一个雇员身上。在阿诺德这样的前任警察看来，手头上这些发生在圣巴拿巴医学中心的严重犯罪事实再清楚不过了，但琼斯警长居然不愿染指此事。他告诉巴瑞和阿诺德，从他们目前所掌握的证据来看，压根儿什么也做不了。阿诺德和巴瑞对于琼斯的反应也颇有微词，他们不知道这位警长先生究竟是不愿意帮医院的忙，还是目前手头的证据真的没法给这个复杂的医疗案件带来任何帮助。阿诺德没法责备他，因为他们自己也拿此事毫无办法，无论如何，问题仍然摆在他们面前，亟待解决。

阿诺德和巴瑞想尽一切办法，打算抓库伦护士一个现行，甚至在药物储藏室安装了监控录像。他们还暗访了那些多科室工作的医生、员工，还有探访病人的家属们。他们还在护士中发起了一个新的药物管理协议，将最普通的治疗药物胰岛素列为严格监管的危险药品，如同吗啡一样在使用前需要得到签章许可。就是在这样的管控下，10月份，又有两个心血管重症监护病房的患者莫名出现了低血糖的症状。他们的输液袋中接连被检测出含有胰岛素。他们有自己的种种猜忌，但迎来的不过是更多的挫败感，依旧没有任何证据可以证明他们的任何推测。就在他们还在挤破脑袋想办法努力时，查尔斯·库伦毫无预兆地消失了，而胰岛素事件也随着他一起不翼而飞了。

五

查理觉得自己周边的世界好像舞台上的纸板道具，渐渐分崩离析。他觉得圣巴拿巴的那些人知道自己在那里究竟干了什么——医院的调查人员在问询的过程中不留丝毫余地地表达了对他的怀疑。无论他扎了1个输液袋，还是100个，或是更多，都无关紧要，他们已经知道了。他们甚至没有去调查他在烧伤科的值班记录，就已经知道了一切。几个月来，他们都将注意力放在那两个出现低血糖状况的病患身上。别的病人很容易让人搞不清状况，因为他们都有着各种各样的并发症，而低血糖是有可能出现的状况，但这两个人则完全不同，他们的状况很明确。查理知道他们开始调查两次事故发生时交叉值班的护士排班表了，也发现了他是唯一一个两个事故发生时都刚巧当班的护士。紧接着他们还找出了他曾经污染过的储藏室里的那些输液袋，并送到了化验室，检测，留存，作为证据。他总是趁有机会的时候进入储藏室，随意污染几个输液袋，然后将它们像手榴弹一样丢给各个病人。查理很肯定，那些输液袋上肯定沾满了自己的指纹——他压根儿没费心去戴手套，他觉得如果这些人要是想抓他，怎么都能抓住他。

他期待着所有好似弹簧一般蓄势待发的结论都一起浮出水面，但是，秋天过去了，冬天结束了，新的一年开始了，一切都没有发生，没有任何结论。他认为，这家医院不是太过愚蠢就是害怕宣布这个事实，抑或两者都有。查理只能盯着那些在他周围泛起涟漪、针眼大小的事情，想象着自己未被揭露的罪行可能得到重大的审讯——由那些挣大钱的律师来出庭辩这个案子。正如你在电视上看到的那样，就算是企业的巨头也会在他们面前相形见绌。无论医院在担心什么，查理认为肯定不是病人。他们曾经对他撒过谎，当他去找寻自己母亲遗体的时候，他们把事情的真相隐藏了起来。没有人真正为他的痛苦着想，起码那天没有人重视他的痛苦，也正是从那时起，他了解了伪善的真面目。在互相维护的体制下，法律的正义感显得微不足道。作为一个堕落的天主教徒，最为讽刺的事情就在于，圣人巴拿巴是给予众人鼓励的上帝之子，本应是个守护神，但似乎医院并没能成功阻止查理去做这些错事，甚至没能揭开他的罪行。所以，当圣巴拿巴最终没有打电话询问他何时回去上班时，查理不禁感到异常惊讶。

六

1992 年，1 月 10 日。

查理跟阿德里安娜解释说，医院发生了一些内部的政治变动，发生了点儿麻烦事，其实并没有真正牵连到他，也确实不应该牵连到他。他是被护士部门的高管盯上了，纯粹是公报私仇、泄愤的行为。查理告诉阿德里安娜，事件的起因是一个护士悬而未决的罢工事件，科室里总是有些流言蜚语，有人在谈论此事，而查理是少数几个发出反对声音的人。病人们在受苦，他说这是坚持原则的问题。在他说这些的时候，阿德里安娜仿佛在恍惚间看到了查理原来的身影。查理坚决表明自己的态度，薪水远远没有病患的待遇重要，如果必要的话，他会不顾警告坚持己见。很显然这并不是大众的呼声，而事件的最终结果便是引火上身，查理让自己成为了科室攻击的目标，他们把他当替罪羊推了出去。

事情发展至此，阿德里安娜反而开始迷惑不解。替罪羊？为什么事替罪呢？查理每天安安静静地在自己的岗位上尽忠职守，老实得像只猫，细心，专业，热爱工作。查理说，这一切事情都源于最近在圣巴拿巴发生的一系列奇怪事件。事件发生后，一直有人在员工中展开调查，好像有人一直在污染储藏室的输液袋，往里头偷偷注入胰岛素。阿德里安娜可以想象这到底有多危险，这是个令人震惊的事情。查理平静地将它娓娓道来，故事中包含着完整的细节、清晰的解释，掺杂着大量专业术语。他还讲了关于输液袋的构造，端口的设计，如何注入药液，将其混入的高超技术，还有如何掩盖犯罪证据，巧妙躲过肉眼的检测。他说，你可以在显微镜下看见那些针眼，每个角的塑料端口都像用过的软木塞一样，其中有那么几个被扎了好几次，但肉眼依旧看不出来。查理还说，医院有几个病房的病人出现了低血糖的症状，情况都很危急。要不是因为这样，医院的管理层现在还被蒙在鼓里。想要调查究竟多少个病人被注射了污染过的输液袋是不可能的，但是肯定有很多人，真实数量一定非常惊人。

查理继续解释道，这个事件的幕后黑手一直是个未解之谜，真正的间谍员工潜伏在他们中间。医院做了一次大规模的调查，但是怎么也查不出个所以然来。查理认为整件事情归根结底都是因为圣巴拿巴管理层无能——也正是因为这个原因，他们不得不找个替罪羊出来，即一个“烈士”。而查理之所以会被推出来当作众矢之的“钉死在十字架上”，是因为他在护士罢工一事上做出了正确的抉择。他已经成为圣巴拿巴内部调查的焦点，这就是他被劝辞的原因。查理说，这不公平，不过，这就是生活，它本来就是不公平的。

很久以来，阿德里安娜都没见过自己的丈夫如此兴奋了，而且他讲述这些事件时容光焕发的表情中和了这件事情本身的可怕程度。对于阿德里安娜来说，整件事都没有什么特别的意义。起码，她是这样告诉自己的。

查理等待着世界坍塌的那一刻，等待着空气中即将发生的强烈碰撞，以及虚无的空间中隐藏的大锤落下的那一刻。但最终惊天动地的那一刻并没有来，没有警察，没有人继续跟踪调查他，没有人打电话。两周后，查理不但没有锒铛入狱，反而衣冠楚楚地坐在了新泽西菲利普斯堡沃伦医院的一张舒适的转椅上，面对着人事部门的桌子，开始填写另一张职位申请单。①

在“过往工作经历”那一栏，他列举了自己在海军核潜艇做过技术活儿，以及在西奥兰治的卡多尔的储藏室里3年的装箱经历，最后是在圣巴拿巴接近6年的工作履历。他写明自己“开始工作”的时间是1987年5月，截止日期为1992年1月，从某种层面上来说，这算是实话，他是1月的第一天被圣巴拿巴辞退的。而现在仍然还是1月份。

我们可否联系你过去的在职管理人员？查理圈了个“是”。

①库伦在圣巴拿巴工作最终截止的时间难以确认，但他在沃伦医院的面试时间是1992年1月21日。

专业参考：查理将圣巴拿巴的电话写了上去。

当招聘的女士问到这位年轻的雇员为什么突然辞去了从事了这么久的工作时，查理深吸了一口气，告诉她是因为上下班时间。从沃伦医院到他家比圣巴拿巴近了差不多20分钟的路程。换工作是为了家庭着想，他就是这种以家庭为重的人，这个理由显然再合理简单不过了。

查理申请了几乎所有他能申请到的工作，夜班、周末及假日的加班。沃伦给他开出的工资是每小时14.84美元，如果他用阿德里安娜的医疗保险，而不需要单位再为他缴纳，则是每小时18.3美元，转到重症监护病房以后，还能再多23美分。查理在沃伦医院主出口的付费电话亭给阿德里安娜打了电话，迫不及待地告诉妻子自己得到了一份新工作。如果他要是曾经干过什么错事，怎么可能如此轻易就找到一份新工作呢？阿德里安娜放下电话，默默地在心里感谢了上帝。说实话，要养两个孩子，再加上每月需要还的贷款，无论查理是不是干了什么错事，只要能找到工作就成。不过，她丈夫的话从某种程度上来看也说得通。如果你连医院这种救人性命的地方都不相信，你还能相信什么呢？

七

阿德里安娜总是把事情往好的方面想。起初，她将查理这次该死的失业归结到了他的性格问题上，似乎验证了他真的有什么不对劲的地方。但紧接着，查理在相当短的时间内又找到了一份新工作，她不得不开始怀疑自己。查理是工会成员，受过高等教育，接受了无数次测验，获得了学位；执照还需要定期接受国家护理委员会、医院伦理委员会的审查；在单位还有主管、人事部门的监管。如果这些人对他有过严重的指控，且将他开除出医院，那就算他能迅速复职，也必须要经过一系列的程序才可以。很难想象一个监管生死大事的机构会有这么大的疏漏，工作人员对这些细节上的东西至少要跟在意仓库里吗啡的数量一样，都了如指掌才可以。综上所述，所有迹象都表明，查理的这次离职绝对没有牵扯到道德层面上的重大失误，不过是一次普通的跳槽而已，充其量是成为了企业重组的受害者。

这次工作的转变就如同上天以失业为借口，跟查理来了一次有趣的调情。这场风波不但没有什么损失，反而给他吹来了一股新鲜的氧气，他有了全新的事业方向以及更高的工资。查理对这一切感到无比兴奋，可以学习到新的技术系统，并将它们运用到一批完全陌生的病人身上。所有这一切为他带来的高涨情绪或多或少也影响到了他的家庭生活，就算没有过多的积极影响，至少家庭气氛不像以前那般死气沉沉了。查理甚至开始同意上白班了，这样他们的时间表就不再毫无交集。虽然这无疑增加了他们对托儿所的需求，但似乎对二人的关系有一定帮助。就在这个充满希望的征兆为他们带来仅仅一周的平静之后，麻烦又找上门来。

阿德里安娜觉得查理很久都没尽过一个好丈夫的职责了，就在他们的第二个女儿萨斯奇雅在1991年12月中旬出生之后没多久，她发现他甚至连个好父亲都算不上了。查理偷偷酗酒的事情已经严重到连阿德里安娜都无法忍受了。问题必须放到桌面上谈一谈。起初，他一直否认这件事，后来阿德里安娜趁他上班的时候撬开了他的扁箱子，拿着那些瓶子跟他对峙。查理试图用阿德里安娜侵犯他隐私的借口来搪塞过去——至少他希望能。在争辩未果的情况下，他终于承认自己在偷偷喝酒了，但他并不认为这是个问题。他说自己很沮丧，但不想继续服用抗抑郁的药了，但在阿德里安娜看来，酒精不但没能解决问题，反而让她郁郁寡欢的丈夫变得更加消沉，还将她的整个家庭幸福卷了进去。他们不停地打架，恶言相向，最终以查理酩酊大醉、不省人事结束。第二天，当阿德里安娜打算在他宿醉刚醒的时候去对峙时，查理就会逃进地下室，周而复始。阿德里安娜决定从外界获取帮助，她公司提供的家庭健康保险可以支付费用，让他在戒酒中心接受5天的治疗，但查理不想戒酒。阿德里安娜试图将他之前在匿名戒酒协会看的那些旧书翻出来放在桌上，希望能让他想起以前曾经下过的决心。但适得其反，查理看到后非常生气，要么忽视，要么直接把它们丢进垃圾桶中。然后，他会坐在沙发上，喝着可乐，吃着薯片，消磨时光，直到再次躲回地下室为止。

查理觉得交谈没法解决问题，还是喝酒比较行之有效，它可以让自己远离一切尘嚣，将悄悄溜走的时间定格为永恒。酒精可以让他瞬间清醒，至少开始是这样的，他会立刻感到精神集中，当然主要是集中到自己身上。他开始觉得委屈，觉得活在别人深深的误解当中，开始认为妻子没有照顾他的脆弱，没有理解他内心各种各样难以磨灭的苦楚，这简直是一种犯罪，一场悲剧。因为查理每天每时每刻都在遭受着内心痛苦的煎熬，而阿德里安娜总是没有发现这一切——并不是说查理没有将它们呈现给她看。他一直在小心地将这些痛苦慢慢展示出来，确保她是有机会了解的。比如，他会在阿德里安娜走进客厅的时候，佯装跟地区葬礼委员会打电话，询问最近的埋葬人数和死亡率。

查理的这些做法只会让他的妻子更加恼怒，不但达不到他期待的效果，还进一步证实了他的无力感。所以，他持续地尝试着，每当他在客厅听见阿德里安娜从厨房走过来的声音，就会立刻从沙发滚到客厅的地板上，将舌头伸出来，从琥珀色药瓶里掉出的处方药跟血溅当场似的撒了一地，伪造出一个自杀的现场。当然，查理认为这种舞台剧似的夸张表现手法足以十分诚恳地表现他的痛苦。但阿德里安娜只是苦恼地叹口气，就从他身边迈了过去，从咖啡桌上拿起一本杂志，转头就走，将躺在地上的查理尴尬地留在原地。不知道过了多久，他才从地毯上慢慢坐起来，一个一个地将药片小心翼翼地捡起，重新放回药瓶。每当这个时候，他就会格外同情自己，因为妻子如此忽视他的痛苦以及他费心的展示。在接下来的几天，他都会在痛苦中煎熬，然后继续设计上演新的戏码来博取适当的关注与同情。但他越是向阿德里安娜表达自己如何需要被照顾，阿德里安娜就越厌烦这一切。

终于，在 1992 年 11 月的一天，阿德里安娜觉得自己受够了。

她没有告诉查理，但她确实已经跟律师谈完了，她很担心当初发生在奎妮身上的悲剧可能会在孩子们身上上演。办完事儿后，她趁着天刚擦黑就开车回了家。阿德里安娜因为这个秘密的决定感到前所未有的强大。现在唯一需要处理的问题就是她明年 1 月要做的胆囊手术。她很早之前就已经在查理工作的沃伦医院预约了这次手术。律师说，书面文件没那么快准备好，但阿德里安娜非常坚持。在没有任何书面证据表明她早已有离婚意图，以及明确说明背后原因之前，她绝对不能去查理的医院做这个手术。如果查理当时正好当班的话，那发生在奎妮身上的事情很有可能也发生在自己身上。她并没有特别明确地跟律师解释自己到底为什么会这么想，她也不敢说。她只是将需要律师做的一切告诉他而已。阿德里安娜的父亲将她送进了手术室，并且在手术完成后从急救室一路跟到了康复病房。她告诉他别让任何人来探望她，尤其是这个即将成为自己前夫的男人。

当天下午，当查理正在沃伦医院的重症监护病房工作时，收到了递送来的离婚法律文件。那个送信的家伙耍了他，好像是为了确认他是否是收件人本人，他直接将东西递到了查理的手里，就在公众场合，在大家的眼皮底下。查理为在公共场合，即他工作的医院接到如此私密的东西而感到极为丢脸。但当他试图在术后恢复病房里找寻阿德里安娜的时候，只看到了他的岳父大人和一个拉得严丝合缝的窗帘。在阿德里安娜康复出院的时候，她的父亲也一直寸步不离地跟着，那老头儿坐在折叠沙发上，就像个潜在的威胁。查理先是愤怒至极，继而觉得自己万分可怜。渐渐地，阿德里安娜开始对自己的丈夫起了怜悯之心，这个男人正在痛苦中煎熬。毕竟他还是两个孩子的父亲。既然他不再试图否认两人即将分道扬镳的事实，那还有继续惩罚他的必要吗？双方已经达成协议：只要查理可以负担得起，就立刻从这个家里搬出去。在此之前，他们还将继续生活在同一个屋檐下，直到所有细枝末节的事务都处理清楚为止。不过，很快，阿德里安娜就对当初的这个决定后悔了。

八

1993 年，1 月。

警察到的时候已经是晚上了。两个年轻的巡警将警车停在外面显眼的地方，举着沉重的镁光手电筒走了过来。这场面可是阿德里安娜以前从没遇到过的，俗话说家丑不可外扬，现在不但对外说了，还被清清楚楚地记在了纸上。她告诉警察，自己那个即将成为前夫的丈夫是个很危险的酒鬼，她还对他发出指控，说家庭暴力的行为也偶有发生。她还看见自己的丈夫跌坐在壁炉前，眼睛死死盯着那些匿名戒酒协会的书，时不时将纸页往火苗上送。她将自己所能想到的事情一股脑儿地告诉了警察，包括曾经发生在医院的调查事件，以及查理曾经如何吹嘘在孩提时期给那个虐待他怀孕姐姐的男友的饮料里偷偷下毒的事情。虽然她自己没有把这些看似无关紧要的偶然事件联系起来，但她想将这些故事以及查理的酗酒问题和对自己以及孩子们的担忧都记录在案，有个官方声明。或许把警察叫来会进一步恶化现在的问题，她有些许担忧，但这感觉确实好极了。

阿德里安娜搜寻着脑海中所有关于查理的奇怪事儿，争取全都告诉警察。这个关于家庭暴力的报警电话很快变成了关于库伦先生周边宠物离奇失踪事件的独白。很多事情她都没法说出个全貌——无论是医院、家里发生的事，还是他们之间的婚姻生活——但那些动物的事儿她倒是可以拿出来好好说一说。不只是失踪的狗狗，还有很多同类事件发生，包括雪貂、仓鼠、金鱼，当然还有“夫人”。她告诉警察查理是如何在她上班的时候将那只可怜的约克夏拴在自家院子，可怜的狗狗一直狂吠着想要挣脱，直到美国动物保护协会的人不得不将它带走。后来阿德里安娜开车跑到美国动物保护协会，恳求那些工作人员，才把它带回家的。这是一次很丢脸的经历。那之后，他们将狗关在屋子里养，狗的狂吠依旧没有停止，转而从地下室传来。深夜，阿德里安娜经常被狗的尖叫声和撞击的声音惊醒。查理说这是在训练她的狗，但在她听来怎么都像是一种惩罚。她总是会裹上睡袍，穿着拖鞋把门打开一条缝往下看，她也不敢有再进一步的举动了。她只敢在楼梯上冲下面喊：“你放过它吧！”查理没有任何回应，可狗叫声立刻就停了。阿德里安娜呆呆地站在原地，仔细聆听着这一片死寂，等他出来。她能分辨出来他在下面的声音。冻僵的阿德里安娜站在原地，就像是一个躲在毯子下面玩隐形人游戏的孩子，一动不动。不知过了多久，她才关上地下室的大门，一步步挪回床上，将枕头盖在头上。

查理脸色铁青。他的妻子居然将这些故事告诉警察，这简直是无法想象的，也是非常不公平的。她甚至连给他们打电话的根本理由都没有。查理承认自己有很多面，但肯定不是一个打老婆的人。她正在联合律师耍手段，让他变成一个坏人，甚至是个疯子，为离婚审判提前创造一些书面文件。当那些警察到了以后，她甚至忘了当初打电话的原因，滔滔不绝地说了这么多不着边际的话，甚至连他假装企图自杀的事情都说了出去。查理为了回应这次的事件，用从超市买的红葡萄酒吞了 20 片药下去。他倒要让她看看到底自杀是个什么样子，这次不演戏了，玩儿真的。

查理经常想象着自己的死亡，早在西奥兰治他还是个孩子的时候就想过。在梦里，他的头发被子弹扫过，分割开来。在梦里，他还是个战地英雄，或是一个警察，或是一个备受欢迎、举足轻重的参议员，发表演讲的声音在大理石大厅中久久回响。他死的时候是个殉道者，充满了英雄主义的悲凉色彩，死得很高贵。但是，这一切终究都是梦，每次睁开眼睛的时候，他都依然活着，依然是一个什么都不是的小孩子。这不是他想要的生活。在天主教学校的生活让他饱受凌辱。在这个世界上，他毫无眷顾，总是形单影只。他经常沮丧到拒绝去上学，甚至连动都不愿意动一下，他只想跟自己的母亲待在房子里，哪儿都不去。

他第一次尝试自杀的时候才刚 9 岁。查理将教堂慈善箱上的一些化学物质混在了一杯牛奶里，不过，那些化学物质的效果似乎没那么好，只是让他觉得恶心而已。第二次尝试是 1977 年 12

月的一个下午，上高中的查理告病假躲在家里，躺在床上。他接到电话，说他母亲遭遇了车祸，并且发生了严重的癫痫。他们没有告诉查理母亲被撞到了头，也没说他母亲其实已经死了。查理在山边医院四处奔跑，想要找他的母亲，工作人员却告诉他，他母亲已经去世，尸体都被拉走了。查理觉得自己被山边医院欺骗了。[①]他认为这是医院惯用的手法，是他们经常犯的罪恶，是他永远也不会原谅的一件事。他很生气，没什么可以安慰他的，自杀的大门再一次在他面前打开。这次的自杀让他第一次留院观察，第一次有了自己的心理医生，但查理不愿意跟任何人说话，他不想说。“没有人可以治疗我心中的痛苦，只有我自己可以治愈它。”心理医生将他送回了家，送回了那个他母亲曾经生活过的地方。

查理不想回学校，也不想回到那个潮湿的木头房子里，不想面对那些时时刻刻进出房子的陌生男人，还有他再熟悉不过的酒气和他们满脑子令人厌烦的想法。当时，他觉得自己唯一的出路就是参加海军。学校里的招兵人员许诺着各种他所憧憬的东西——一个海军的身份，一身制服：白色的鞋子、裤子、腰带、帽子，一切都是洁净如新的白色，不是别人穿旧后再扔给他的灰色。查理觉得海军是武装部队里最被动的一个分支，充满英雄色彩，却非常安全，就像他儿时做过的无数关于死亡的梦一般。“我不会死的，”查理想着，“但是我可以死。”他想象着那些海底拍摄的

---

① 他后来才知道当时他母亲的尸体其实还在那里。

电影画面，那些寻常的场景，动人心弦的画面，自动闪烁的红色灯泡。他签约成了一个电子技术员，为伍德罗·威尔逊美国船舰的十六号北极星核导弹做维护。不过很快，查理就对一成不变的日子感到厌倦，并且意识到自己无论如何也提不起对电子方面的兴趣，更不用提数月沉在海底不见天日。周围全是陌生而粗鲁的男人。这个年轻、面色苍白的年轻海员，被大家称为“查鱼肚”，这是对那些最初级海员的惯用叫法。他一再试图争取取消自己签订的6年海军合约，在无数次被各个级别拒绝并被命令必须继续服从之后，他的行为变得越发怪异了。服役的最后一年[①]，船终于浮出水面，任务都是在海面上进行。他的大部分时间都在拖甲板和洗厕所[②]。每当酒喝完了，他就开始喝李施德林的漱口水或是清洁剂。1984年1月13日，查理灌下一瓶东西，并向美国船舰“老人星号”的医院报告“我喝了毒药”,他告诉医生“我感觉很难受”。这已经是他加入海军后第三次企图自杀了，也是第三次被送上开往查尔斯顿海军医院精神科病房的救护车。

不过，事实上，纵观查理所有试图自杀的尝试，就会发现他压根儿没想死，不是真的要自杀。天主教学校的修女们教导过，自杀是一种罪恶。查理可不想最后在炼狱里受苦，但他可以让自

① 库伦从潜水艇上被转移去了供给船只——美国船舰“老人星号”。

② 库伦对于即将退伍的事情感到非常焦虑，在别人眼中，提早退伍肯定是非常不光彩的一件事儿。他告诉海军的精神科医生自己想自杀，因为他“不想以失败的形象回到家中去”。起初，他利用酒精试图自杀，结果海军医生在治疗后给出的评测是神志清醒，依旧可以继续在军队中服役。

己生病，从许多方面来说，生病总是更好一些，平时可不会有人给予你濒死状态下才能得到的爱护和关怀。

※ ※ ※

米歇尔·汤姆林森来探望查理的时候，他还在重症监护病房治疗。米歇尔是遥测监护式病房的一名资深护士，是查理的一个朋友，至少查理希望他们是朋友，甚至更进一步。他知道他们在某些地方是相通的。等病人们都有人看护，单子都填好了，闲暇的时候，查理和米歇尔总是在当班的空隙聊得热火朝天。查理认为他们两个人很像，他们总能对对方敞开心扉，聊私人问题。他们甚至已经上升到灵魂伴侣的地步了。米歇尔也是个非常抑郁的人，她很欣赏他，他就像是一只受伤的小鸟，米歇尔总是用怜爱的眼神给他送去关怀的温暖。

米歇尔眼中的查理正是他想展示给别人看的自己。她经常为他感到难过，看着他内心深处蕴藏的痛苦，米歇尔总是充满了母爱般的怜惜。让他转院，跨过州界去宾夕法尼亚州伯利恒的墨兰伯格精神科就是她的建议。米歇尔说自己了解那些在墨兰伯格的人，他们很好，查理会喜欢的。因此，查理要求转院，躺在急救车里踏上新的旅程，并且在那里安顿下来。米歇尔是对的，他确实很喜欢墨兰伯格。米歇尔也经常带着花去探视他。她经常拉过一把椅子，坐在他的床边。即使他躺在床上，即使他想自杀，他也能让米歇尔开心地笑出来。他总是自嘲，滑稽而有魅力——至少她觉得他很有魅力。米歇尔这样的想法和这些说法在他的脑海中形成了一个坚定的信念，坚定得足以让他用自己的保证金在墨兰伯格开启一段新生活，即使满足他妻子的离婚律师的所有要求。

查理决定代表自己出庭解决离婚的事儿，离婚本身就已经花掉一大笔钱了，所以为如此没有意义的事情再支付给陌生人一笔钱，那无疑是雪上加霜。查理经过深思熟虑之后，觉得是时候向前看了，以一个业余律师的角色开启生活的新篇章似乎是个不错的选择。他知道那些律师所说的套话，也能躲过那些对方可能给自己设下的圈套。毫无疑问，对抗阿德里安娜的专业律师，那个叫厄内斯特·达的本地人，查理已经算是个很有悟性、学习能力超强的人了。查理觉得很奇怪，上帝是如何编织出这样的命运的——让一个在廉价办公区工作的律师轻而易举地在如此高贵典雅的大厅里取得胜利。他们罗列了一个财产分割清单，废话连篇，试图将财产分配得看似公平而合理。她得到了房子，他得到了那本田和福特。东方地毯和皇家道尔顿瓷器将被出售，剩下那些查理可以带走的东西统统被塞进了福特车的后备厢里，送往了距离 US22 号大道 10 分钟车程的新公寓中——菲利普斯堡镇的另一端。

查理在报纸上圈出不少租房广告，其中有一个 70 年前盖的石头房子，下面自带的私人地下室公寓让他很感兴趣，报纸上没照片，是电话招租。对于将房子出租给一个素未谋面的陌生男人，女房东很是谨慎，但当查理一一列出了自己的各种信息时，还是收到了很好的效果。一个有工作执照的护士，一位父亲，一个不抽烟的男人。以上所有事实都是真的，只不过他故意遗漏了一个细节：

他是从精神科病房里打来的电话。米歇尔是在他重回沃伦医院工作的时候才知道这件事儿的。

米歇尔是个新晋的单亲妈妈，有一份全职工作，在经历了漫长的离婚过程之后，找了个跟她关系很不稳定的暴力男友杰瑞，两人总是分分合合。查理觉得这样挺好，无论米歇尔悲剧的生活中出现什么荒诞的惨事，他都能在自己的生活中找到相应的类似事件，然后以此为她解忧。他总是乐于将自己某一时段生活篇章中的荒谬之处讲给她听。他们将这样的交谈称之为“倒霉蛋派对”，虽然知道事情的本来面目到底有多可悲，但还是以此为乐，聊以自嘲。

当查理回到工作岗位之后，又贴在了米歇尔身边，腻得像只宠物狗。正逢她与自己的男友杰瑞处于冷战状态，一周没联系，于是她想，管他的，爱怎样怎样吧。抱着这样的态度，米歇尔打破了自己绝对不能与同事约会的规矩，同意让查理带自己出去吃饭，仅此一次。

九

查理一直很兴奋地准备着，刮胡子，洗澡，再刮胡子。在接她去晚餐的路上，望着后视镜中的自己，他很满意，觉得既英俊又迷人。就在米歇尔享用布朗尼圣代的那一刻，查理确定自己坠入爱河了。他一边用长柄小勺搅拌着自己甜点上的软糖，一边越过桌子看着米歇尔。嗯，确定了，他知道自己确实爱上她了。米歇尔是他的灵魂伴侣，就是这样。确定了这一点，就没有什么可犹豫的了，今晚查理决定火力全开，将自己所有的魅力都施展出来。

这顿饭之后，在查理看来，米歇尔似乎很喜欢布朗尼，所以他开始每天给她送布朗尼，甚至是在休假不上班的日子。当米歇尔不去碰这些甜食的时候，查理就将它们切成一个个的小方块，摆好盘子，放到米歇尔平日工作的表格簿上，时常还在旁边点缀一些小礼物，一些可能让她觉得很浪漫的小玩意儿。当米歇尔对这一切依旧置若罔闻的时候，查理开始反省，认为自己可能做得还不够。他们至少每周有三个晚上是一同当班的，但这对查理来说似乎远远不够。在他发现自己没办法改变排班之后，依旧自顾自地在休假日来单位找她。这样的日子他不需要去忙自己的工作，可以寸步不离地跟着米歇尔，一直努力释放着自己的全部魅力。终于，有一天，他拿着戒指出现了。

查理对她说："我爱你，米歇尔。"很显然查理没有得到他预想的结果，甚至都不沾边。她突然就开始变得异常忙碌起来，并且在当天余下的时间里都避免回到护士站，直到下班都没有过去道别。查理试图给她家里打电话，但只有答录机的声音。"也许，明天我在医院会看见她吧。"他自顾自地想着。

整个3月，他都处在一成不变的忙碌的工作状态中，并沉迷于"给病患家属递送死亡通知书来验证他的先前预料"的快感中，无法自拔。时钟转动，太阳升起又落下，夜班白班轮番交替。查理抓住他的外套，生着闷气坐进车里，行驶在高速路上，眯着眼睛，在挡风玻璃后面看着前方污损的道路，脑海中不停想象着下一次米歇尔出现时的场景。她身上的光芒不再，他也变得灰暗起来。在他灵魂伴侣身上笼罩的黑暗只能说明一件事儿：她很郁闷。他了解，谁让他们是灵魂伴侣呢。生活给她施加的东西太多了，她现在很需要他，只不过觉得为时已晚，所以没有告诉他。

回到公寓后，查理连外套都顾不得脱下来，就开始给米歇尔打电话，还是答录机的声音。他又试了一次，紧接着又试了一次。接连几个小时以后，他才放下电话。就在这时，查理的电话响了，是杰瑞，米歇尔那个分分合合的前任男友。“滚开，别再骚扰她了！”他这么对查理说道。

“听着！”杰瑞继续说道，“米歇尔真的特别难过。那之后她情绪一直特别激动，歇斯底里的！”

查理嘟囔了一句，把电话挂回了墙上。杰瑞所谓的“歇斯底里”是什么意思？米歇尔歇斯底里？查理太了解她了，他很懂她，远远比杰瑞懂。看来一直是杰瑞在听他的留言，是的！整件事一定是米歇尔在向自己发出求救信号。她遇到了麻烦，甚至开始尝试自杀也有可能。他能救她，查理知道，自己才是她的英雄，即使米歇尔已经忘了这一点。

十

1993年，3月23日。

米歇尔租了一个公寓，查理知道那儿的地址。他开车慢慢地经过她家门前，扫视着她的窗户，仔细观察着里面的动静，什么也没有。查理左转弯，又绕了一圈，重新环顾了一次公寓的周边，然后从相反的方向又绕了一圈，从各个不同的角度重新再检查一遍。他可不希望自己错过了什么，他打算在回家重新开始电话留言之前再确定一次。就这样，他回到车上以极慢的速度又转了一圈，就在这时，他看到一盏灯亮了，继而她停在行车道上的车也映入了他的眼帘，不过，从窗户望进去，依旧没有半个人影。为了确定，他又在公寓附近的地方绕了一大圈，一无所获。只有车，没有任何活物。一个可怕的想法突然击中了他的神经，吓得他脊背发凉——如果她现在正努力试图给他打电话怎么办？如果正在打呢？从查理的家到这里，单程就需要至少 40 分钟的时间，他应该开得更快些，不知她焦急地拨了多少次电话了。

冲进家门，查理死死盯住答录机的指示灯，黑的，没有一点儿闪烁的意思。不过，他还是打开了录音，听着那盘空带子，谨防闪烁灯坏掉了。没有留言。查理重新拿起了电话，在黑暗中按动着那些幽幽闪着淡光的数字键，不出意料，还是答录机的声音。这一次，他留下了一条长长的留言，告诉她，一切他都了然于胸。留言结束后，他挂上电话，又一次钻进车里，开车回到了米歇尔的公寓。灯光还在，车也在，窗口还是没有人影闪过。她为什么不接电话呢？他再一次开车回到了自己的公寓，答录机依旧静默地待在黑暗的角落里。不过他还是放了录音重新检查了一遍留言记录。当他不知第几次重新拿起电话拨通的时候，才意识到时间已经很晚，夜已深了。但他还是没有挂电话，直到再一次确认还是没人接听。他开车回到米歇尔的公寓，雨水从雾中缓缓落下，他将车熄火停在马路边，跨过草坪，白色的球鞋被草叶抽打得湿漉漉的。他小心翼翼地走在门廊前的碎石路上，将双手扣在玻璃窗上，往里面看去。黑洞洞的厨房里没有一点儿动静，只有答录机红色的指示灯在黑暗中有节奏地跳动着。查理用一块砖头砸碎了锁死的玻璃门。巨大的噪音过后，他静止在原地，聆听着应有的反应，但还是一片寂静。他顿了顿，径直走了进去。

厨房唯一的一点儿光亮是壁炉上的时钟表面反射的月光。他在地毯上蹭了蹭自己的球鞋，甩掉那些还残存在鞋底的玻璃碎片，然后停下来，竖起了耳朵。除了血液敲击着耳鼓发出的声响以外，就只有时钟的指针在有条不紊地前进时发出的声音了。除此以外，万籁俱寂，甚至连他爬楼梯的声音都听不到。卧室的门是关着的，查理没有犹豫，径自推开了那扇门。

门里，是人的味道，以及粗重而有规律的睡觉的鼻息声。查理僵在门前，尽情沉浸在这突如其来的亲密感中。看别人睡觉是一件很柔软浪漫的事情。如果被看的人对此毫不知情，那就更柔软了，就好像孩子们永远也注意不到神对他们默默的眷顾。

再之后，查理开车去了日杂店，买了一杯咖啡来抵御清早的严寒，然后站在付费电话旁期待着太阳升起的那一刻，等天亮了，就可以再接着打电话了。天亮了，查理打了电话，这一次，米歇尔接了。她的声音听起来异常疲惫——有人闯入了她的公寓，他们打碎了玻璃走了进来，就在她和自己的儿子正处于熟睡状态的时候。这感觉好像被强奸了一样，赤裸裸的恐惧。

查理把胳膊架在连接电话听筒的金属线圈上，他说他想让米歇尔知道，他有太多话要告诉她。首先，他说了自己跟杰瑞的谈话，他知道米歇尔又跟他重归于好了，也知道自己不应该再去打扰她。他很明白这一点，他也接受，没有任何问题。紧接着，查理深吸了一口气，对米歇尔说了这样一句话："我是那个干了你房子的人。"

这句话让米歇尔怔在了原地。"干"了她的房子？她实在不知道对于这样的一句话究竟该作何反应。他还"干"了什么？他进来了？"是的。"查理这么回答着，"我就是想看看你是否一切都好。你知道的，我就是确定一下你是不是没事儿，有没有尝试干什么傻事儿——自杀什么的傻事儿。"

米歇尔还在保持着沉默。"你知道的，我……哦，我觉得我是有点儿过分。"查理告诉她，就算现在她报警，或是做其他什么的，他都完全可以理解。查理这么说只不过是为了做出一个姿态，来向她表示自己的真诚。

查理意识到自己已经打开了拦住洪水的最后一道闸门，而自己也像是被波及的一片叶子，狠狠地被冲到阴沟里去了。他狼狈地爬进车，觉得自己傻透了。回到家，他从冰箱里拿了听可乐出来，找了半袋薯片，坐在电视前，直到电话再一次响起。是来自帕默郡警局的警察，说是上头已经签发了查尔斯·库伦的逮捕令，逮捕这个 5.8 尺个头、150 磅、棕色头发、留胡子的家伙。查理说，是的，那确实是他。他答应了警察，立刻开车去警局自首。

通常来说，这种时机下尝试自杀貌似再合适不过，但是必须去警署现身，自首这事儿显然是把情况复杂化了。不过，如果时间掌握合理，这两件事儿还是能同时做的。事实上，在他从头将此事捋顺之后，反而觉得其实这样更好。他会倒地崩溃，正好在监牢里，肯定会被发现并且及时得救，而且身为犯罪分子的自己还能同一时间变成个受害者。一边想着，查理往手里倒了一把每片 0.5 毫克的阿普唑仑——是精神科的大夫给他开的处方药，然后又往里头加了点儿前妻胆囊手术后医院开的止疼药。紧接着，他径直开车往警察局奔去。

这就是他，一个真诚的护理医疗专业人士，一个爱情疯子，白痴到会告诉警察自己开车去局子里自首的家伙。他掐准了时间，当药片开始起作用的时候，他突然回想着发生过的一切，觉得自己就是罗密欧，沉浸在爱和毒药的包围中，慢慢登上了拉开序幕的舞台。

药效发挥作用的情况跟预计的一样。阿普唑仑是快速起效的抗抑郁药物，所以他先感受到了这个药的作用。一波又一波“爱谁谁，老子无所谓”的感觉一阵阵地往头上冲，紧接着他前妻的那点儿止痛药又非常及时地为他已经千斤重的双脚添了不少重力作用。查理回答着警察的问题，但是已经 High 得找不到北了。他伸出手指，一个个地按在墨板上，继而在相对应的格子里留下了自己的指纹。他们给他照了个照片，便将他安置到打字员旁边的桌子旁。不过，看起来似乎警长没有把他关进监狱的打算，投诉已经记录在案，他们也留下了查理的电话和地址，在他不能按时在受审日出庭的时候，他们也知道怎么找到他了，除此之外，似乎没有留下他的必要。

在警察把他送到停车场的时候，他几乎要昏厥了。太阳已经落山，冰冷的雨水从雾蒙蒙的天空中落下。他找到自己的车钥匙，坐在驾驶座上，呆呆地盯着逐渐模糊的前挡风玻璃。他不能待在这儿，没人看得见。他一边想一边开车滑向了主路。伴随着一声刺耳的轰鸣，马路上留下了一条白色的刹车痕迹。刹车灯在玻璃后面一闪一闪的，雨水敲打着车上的顶棚，好像康佳鼓一样节奏分明。他急需找到一个付费电话。他摇摇晃晃地将车停到一家汽车旅馆门前的灯光下，打开门，慢慢滑出半个身子，紧接着停止了动作。雨水像冰冷的针刺在他的后背和脖子上，他的膝盖完全泡在了地面上的积水中。给谁打电话呢？米歇尔肯定不是最佳选择，很明显给阿德里安娜打电话也是个非常愚蠢的想法。但除此以外，唯一一个他能记住的电话号码就是自家保姆的了。拨完了电话，查理坐在马路边，等待着拉他去医院的车。

十一

1993年，4月。

救护车在车道上驶过，带起一片散落在地上的枯叶，停在了一个灰色的大石头旁边。新泽西州的精神病院在这150年的时间里几乎没什么变化，只改了个名字。近年来，它被称为莫里斯敦灰石精神病院，大多数人就简单地管这儿叫“灰石”。这是个令人印象深刻的建筑物，尖塔和阶梯式圆顶下面是帝国时期的廊柱，作为19世纪70年代的经典设计，华丽得好像一个分层的婚礼蛋糕。它的名字来源于建筑物本身，这个占地面积多达700英亩的堡垒是由一片片直接开采的片麻岩板堆砌而成的，建筑内部被均匀地分成了一个个足够每个病人活动的单间。就在1993年纳税日的第二天，查理被送到这里进行重症看护治疗。通过一个上面布满尖钉的橡木门，他被送进了一个普通的现代化办公室，准备接受治疗。

灰石很陈旧，这里过时的医疗设备再用几年也就该淘汰了。油毡地大厅和漆面剥落的墙体使这个地方看起来格外萧条。每个病房似乎都人手不足，通风不畅，那些曾经住着7000名病人的病床现在只零星地住着几百名患者，几个骨干人员苦苦支撑着，维持着这里的运作。不过这“老石头”还是保留了早年间的些许威严，查理对这里的安置感到很是受宠若惊。这里的病房是在心理学理论的基础下设计建造的特殊物理层结构，是维护病人心理健康的重要组成部分。灰石的田园风光与暴力的休克治疗相得益彰，在病人们接受抑郁症和自杀康复治疗的过程中，起到了平复心情、让他们倍感安静与舒适的治疗作用。

查理的房间在其中一个分区里，作为主建筑的一个分支，所有的病房就好像车轮的辐条一样分散在大楼的四周。每个房间都有一个铁栏焊丝的窗口，可以望到窗外平静的山丘、树木和美丽的田园风光。在这种原始自然的环境中，一条略显庄严肃穆的大道缓缓伸向远处，连接着现实世界的繁荣。这样的环境构造和充足的阳光、适当的运动，都可以让一只心怀鬼胎双手紧攥的猴子慢慢放松警惕。人们在这里可以重新思考人生，缓解日益工业化的世界所带来的心灵上的不适及对人类脆弱的灵魂所加注的伤害。心灵上病痛的缓解在于环境而不是个人的改变，改变环境，你就可以改变一个人。至少，理论上是这样的。

很显然，在这儿的这段日子里，查理明显感觉压力小了很多，他或多或少变得开心起来。不管这次短暂的“休假”对他来说是脱离了原来的自己，还是发现了真实的自我，反正没什么新的问题出现。幸福就好像是飘在空中的一个肥皂泡，稍微粗糙一点儿的现实就能将它轻易戳破。灰石厚厚的石墙好像是在地面上建了一个地下室，将他从原本的工作和爱情生活中隔离出来，暂时让他躲开了生活强加于他的压力，远离了可能摧毁一切的导火索。

在治疗过程中，查理从来不抗拒会被识破或是被侵犯。他学会了控制自己已知的心底的那个恶魔，并将它用专业的心理学语言给描述出来。他们很鼓励他谈论自己的生活，事实上，他的个人生活是这里唯一的主题。他喜欢4月，每天早晨，查理都会早早起床，看病房外的庭院，观察那些瞬间变绿的草坪，欣赏原本光秃秃的树木嬉闹着冒出的第一茬新芽。在这里的每一天都是潮湿慵懒舒适的天气，细雨从天空中缓缓飘下，石头大楼中透出的彻骨寒意被开襟羊毛衫阻挡在外面。在这里没有意外，没有让他爆发的导火索，没有邮件，没有电话，他感到了平静。也许是因为那些治疗，也许是因为那些会议，也许是因为这些药物——反正4月就是美好的。紧接着，日历翻到了下一页，“假期”很快就结束了。

天空开始变得晴朗起来，云被阳光炙烤得无影无踪，热浪提早袭来。每天气温都达到一个新的高度，好像上帝不停地按着升温的按钮。5月的第二个星期，气温就蹿到华氏90度（32摄氏度）了，宿舍热得跟烤箱似的，窗户成了散热器。现在每次小组会议谈论的第一个话题都是天气，事实上，天气的变化也确实值得一提，尽管每个人关注的焦点都不太一样。在一个跟往常一样炎热难耐的日子，查理看见了那张躺在他小隔间床上的便签。

住在灰石的患者不能带电话，所有的来电都被阻留在中心的交换机那儿，被人用铅笔记录在一张张白色的便签上。查理对于908的区号和沃伦医院的交换机编码再熟悉不过了，而且他也猜到了，好吧，就是这个了。他确实想过他们会不会用这种方式辞退他，抑或这上面有什么需要他知道的更重要的信息。

他在沃伦医院还没来得及将自己最好的一面展现出来。查理并不是很担心那些死掉的患者会给他带来什么进一步的影响。他脑海中能想到两个比较特殊的人，不过他们死得都还算安静，貌似也没对他造成什么大的影响。查理自己心理上的崩溃确实很微妙，他的私密被大家知道得清清楚楚，所有跟踪事件的细节都让他们津津乐道，他们亲眼看着他被自家孩子的保姆给推到急救室。查理很清楚自己在他们的眼中是个什么样的形象：米歇尔的尾随者，自杀未遂，一脚跨在监狱的大门里，一脚跨进精神病院的病房。不过，无论怎么说，至少他还是得到他们的关注了，查理想着，得回一下这个电话。

在挂上电话5分钟以后，查理想笑——当然，不是哈哈大笑。

在一个精神病院里偷偷跟自己笑显然是不太应该的，但他还是觉得这事儿太滑稽了。电话确实是沃伦医院打来的，他们想知道他什么时候方便回去上班。就在灰石医院的医生对他进行了全面的检查，并且确认他可以回去工作之后，查理立刻回到了沃伦医院，重新上起了夜班。

十二

地下室的那间公寓，查理不在的时候被关闭了。现在他重新回到这个属于他的小天地，从那个老旧的病房搬回了自己的私人治疗室，门前的那片草地很明显地表现出这个地方长期无人居住的样子。查理将每班轮岗之间的那点儿时间都用在呵护自家土地、将杂草变成花园的工作上了。他跟那些埋在土里的种子一同沐浴在骄阳之下，那些花朵需要他的照顾，在那些灌木花草之间，查理掌握着生杀大权，他说了算。

在沃伦医院，他偶尔会在即将关闭的电梯门里或是在阳光照射的停车场上瞥见米歇尔的身影。每当查理看着她的头发飘动在风中，缓缓走向自己的车时，总是强忍住上前叫住她的冲动。无论是何种情况，米歇尔总是看不到他，或是假装没看到他。其实这无所谓，因为就算她确实看见他了，限制令还是会阻止他们一同出现在重症监护病房里——这一点，查理的新上司康妮·川普勒护士长也特意在他回来的时候叮嘱过。查理不需要别人告诉他什么该做什么不该做，他下定决心做好自己。康妮一遍又一遍地向查理不停地叮嘱着那些新规矩，每一次他都用面无表情的方式搪塞过去。他知道自己把同米歇尔的关系搞砸了，缄默不言是他能给出的最好的结果了。反正，康妮将他调到了隔壁一个很不错的岗位当差，在遥测病房，那地方有着不为人知的好处。

遥测病房在整个病区的中部，有点类似于处在“地狱”般需要紧密观测的重症监护病房和“天堂”般酒店式管理的正规普通病房之间的“炼狱”。这些病房主要住的是心脏病较为严重但已经趋于好转的人，是为了防止状况稳定的病人突然发生急转直下的情况。这里的病人都是需要仔细照顾、用心观察的。

当然，在病人看来，“炼狱”的生活还是格外令人厌恶的。他们被各种各样的导线和输液袋困扰着，好像牵线木偶，不得自由。顺着那些各式各样的导线看去，连接的不是哔哔作响的机器就是闪烁着亮光的测量仪，有些时候是一抽一拉的呼吸系统，就是那种在电视剧里看到的玩意儿，显得特别夸张，充满了戏剧性。遥测病房的病人们没有几个需要用镇静剂的，所以往往这样的场景或多或少会让他们觉得有些紧张，紧张得稍微过头一些，血压就会飙升，而对应的仪器便会响得比之前还夸张。一般这种时候，就该查理登场了。他的主要技能就是教育病患，他对这种一对一的教学还是很津津乐道的。对于这些技术方面的细节，查理可以进行百科全书式的全方位介绍，对这些各式各样的仪器，他有一套专业的说辞。他解释说：“是的，你们这些吓坏了的家伙，比如你们迷上了测谎方面的仪器，至少对其中的某个方面感兴趣，当你们认真去了解它的工作原理后，测谎仪一点儿都不可怕。插在你们身上的这些玩意儿也一样，当你们知道它到底是如何运作的，你们也就不这么害怕了。”话说回来，查理确实对测谎仪有很深的了解，其实在这一点上，他甚至比大多数警察还要了解。

心电图（EKG）所包含的信息量是令人难以置信的。血液从心脏的顶部流入，再从底部流出，通过心房、心室推送。每一次挤压都会触发一次电脉冲，心电图就是将这些电脉冲翻译到图纸上，这一切都是由一根带墨水的针滑来滑去完成的。

通常情况下，查理都是一边给那些发皱干瘪、长着稀松的灰白毛发的乳头上夹电极，一边解释这些事儿。

在健康的心脏里，肌肉的运动会形成有规律的波浪，血液通过心脏就好像农民用手从奶牛的乳头里规则地挤出新鲜的牛奶一样。从心电图上看，一个正常的脉冲看起来像是山峰。所有有关心脏的信息就藏在这些山峰中。有些看起来格外尖，或是在峰顶很松散，抑或有缺口，有些看起来则跟地震后似的。看着这些图纸，护士可以看出很多东西，在皮肉的下面、肋骨的后面，心脏像一袋子被抓起来的老鼠，兴奋地颤动着。

查理这次准备离婚的过程已经为他在这个春天带来了两次测谎仪的检查。头一次是来自阿德里安娜的指控，她说查理是一个酒鬼，甚至在看孩子的时候都不忘喝酒。除此以外，还有她向警方申请的禁止令，是在她报警申诉家庭暴力之后发生的，这成了她争取孩子全部监护权的核心论证。用测谎仪是查理的主意。测试被安排在 6 月 18 日，正好是查理从灰石出院两个月以后。根据机器显示，他说的话都是实话，查理顺利地通过了测试。但这只是他在法庭上需要经历的所有奇怪的战争中最微小的一次胜利。就在 12 天之后，阿德里安娜最终成功地获得了针对自己丈夫的禁止令。

如果说沃伦县的家庭法院系统在这场离婚诉讼的过程中没有让查理占上风，那北汉普顿的常规法院也没偏向他。查理在那个法庭上被控跟踪、破门而入、侵犯和骚扰。这是个犯罪的指控，比他离婚的局面复杂多了，面对的还是个非常激进、令人生畏的检察官。查理本来打算像处理离婚事件那样继续为自己辩护，但他很快意识到，这已经远远超出自己的能力了。

查理需要开具财务状况来证明自己只有能力请得起一位公共辩护律师。他将所有外部必需花销统统列出来，诸如每月 1460 美元的抚养费、心理咨询费用、信用卡最低还款额度。他好像忽略了每日最基本的个人花销，单子上没有房租和饭钱，对于他来说，这些滑稽的物质需求并不是必须满足的。查理没有将它们列在单子上，就是觉得这不是必须存在的。他算是彻底破产了，在法院看来他的生活水平在净收入的支撑下维持得再健康不过了，所以公共辩护律师的申请被拒绝了。现在他不得不自己花钱找个代理律师来，这让他过得更加窘迫。他从黄页上翻找出一个律师，付了钱。但这段关系仅仅维持了三天，那律师就放弃了。他声称查尔斯·库伦的性格让他做这个案子太“艰难”了。由于无法在庭上发泄自己的怒火，查理将这一切怨愤转嫁到自己的这位前任律师头上。他给法庭写了一封情绪暴躁的长篇信件，将自己与这个法律方面的专业人士做对比。“一个护士会中途放弃、离开自己的病人吗？！不，他不会。为什么不？因为这是不道德的！也是不专业的！”这封发泄的投诉信并没有改善他的处境。从目前的状况看来，除了代表自己出庭以外，他没有别的选择了。

查理对法庭几乎一无所知，他自己也很清楚这一点。8 月 10 日那天，他放弃了，承认了自己骚扰和侵害的罪行。法庭给出的判决是罚款和缓刑，没有送他进监狱。他可以自由地回家去了。到家之后，他又一次尝试了自杀，这次在药片和酒的作用下，他开车跑到了沃伦医院的急诊室。这种放任自己的行为和再熟悉不过的无助戏码或多或少帮他缓解了一些压力，就好像打喷嚏或是其他的一些日常举动一样，虽然有效，不过持续的时间很短。第二天晚上医院就让查理在雾气蒙蒙的天空下自己驱车回家了。

即便才 8 月份，地下室公寓却出乎意料地冷，屋中唯一的声响就是壁炉上那个座钟指针走动时发出的沉闷的嘀嗒声。米歇尔有电话，他也知道她的家在哪儿，但无论哪种方式都会让他违反自己的禁止令。他试图让自己保持缄默，但终究还是需要开口说话的。他听着座钟的声音，牙齿伴随着时钟的节奏上下磕碰，哐哐哐……两只眼睛盯着前方桌子上的酒瓶轮流地睁了闭、闭了睁，看着它在自己面前左右变换着跳起了舞。就在他开始奋笔疾书给法官写一封长长的信件时，他的手肘在换行的过程中不停地敲击着厨房的塑料贴面。

“米歇尔·汤姆林森和我之间发生过性关系。”他如此写道。

法官没有真正看清他到底是个什么样的人，起码没有像他所预期的那样了解他。但是查理却将这些法官看得很透彻。他在信中继续写道，那些人曾经是自己的病人。就在圣巴拿巴烧伤病房中心，为了减少感染的概率，这些脆弱的人在他的面前被脱去了长袍，每日只能靠呼吸机维持着氧气的获取。他一直写着，写到天空被清晨的朝阳浸染了一抹亮色。他刷着牙，往池子里吐了一口鲜红的口水。然后他去见乔治，那个法官任命的家庭服务顾问，那个决定着库伦和他的孩子们未来的人。

查理非常想留孩子们在身边，尤其是现在。这些小孩儿无疑会成为查理最真诚的粉丝。他们是需要照顾的，是有依赖性的，正如那些在重症监护病房中被护理的病人一般。他坚信自己有一天真的会成为孩子们期待的那种人：一个慈爱的父亲，一个很好的朋友，一个富有同情心、能照顾他们的人。确实在某些人眼中他就是这样的。比如一些同为护士的同事，比如他的母亲，比如曾经的阿德里安娜以及米歇尔。也许，他思忖着，如果能把孩子们留在身边，他是可以让他们爱上自己的，他们也会用那样的眼光看自己。如果查理得到了他们的关注，获取了满足感，他也许就不会做什么傻事而冒险失去他们了，也许他就没有什么理由再给医院那些像纳托丽女士那种无辜的病患下药了。查理会成为一个好父亲，一名好护士，一个乔治和家庭法院都乐于看见的好男人。乔治最后给出的建议将会是成就这种潜在未来的关键，所以每次在进行这些强制性访谈的时候，查理都会警告自己，一定要保持清醒，精神状态良好。

当然了，对于查理一直在杀人这件事，乔治确实一无所知，但他很清楚地知道查理过于频繁地尝试自杀，或是经常用这种方式装腔作势地闹一场。乔治还从库伦的文件中注意到自杀的行为是“最严重、最终极的虐待、放弃手段，此等行为所造成的不良影响有可能会作用于其子女”。过了几天，阿德里安娜的律师就在家庭法庭上使用了这份报告，综合查理酗酒的其他证据，以及阿德里安娜在因家庭暴力报警时所做的笔录留下的证词——“如果将他和我们的女儿单独留在一起，很可能会对他本人及我们的孩子构成生命威胁”，查理没有一点儿还击的余地。唯一还可以发挥自己的庄严的舞台，只剩下医院一个地方了。

十三

1993年，9月1日。

他不知道自己到底要干什么，决定还没有成形。不过他最近确实总是往重症监护病房跑，找合适的目标下手。一位叫海伦·迪恩的病人预计明天出院。她是个上了年纪的老女人，刚刚从乳腺癌的手术中恢复过来，有个成年儿子，叫拉里，貌似从来就没有离开过她的床边。这个细节不知怎么的，莫名地促使查理做出了一个决定。

地高辛（一种强心剂）存放在小玻璃瓶里，被整齐地码放在专门的塑料盒子中，放置在医院的药物橱柜内。在重症监护病房，地高辛是一种很常见的药物，被护士们简称为“地高”，有的时候在表格上填写药物名称时甚至就简单地写个“地”字。它是一种主要来自毛地黄的毒性强心糖苷。地高是医院用来减缓快速性心房颤动、心房扑动心室率的药物。查理一共拿了3管药，他思考着，3个0.5毫克的，一共1.5毫克，干扰肌肉运作足够了。他像变魔术一般将药物打入注射器，径直走进了病房。

据拉里·迪恩回忆，那个男护士走进来的时候，他正坐在母亲的病床边。他当时立刻就产生了一种别扭的奇怪感觉。因为自从母亲住院以来，拉里每天都陪在床前，他认识每一个护士，至少混个脸熟，如果是个男护士，他肯定会记得更深刻。但是他从来没有看见过这家伙，这是很奇怪的。而更奇怪的是，这家伙不像别的护士那样穿蓝色的工作服，而是穿了一身白色的衣服，像个卖冰淇淋的小贩。

这个一袭白衣的护士告诉拉里“你必须得离开这个房间”。在说这句话的时候，他面无表情，甚至跟他没有任何的眼神交流。所以，拉里听从了他的命令，转身走到大厅喝了杯咖啡。10分钟以后当他回到房间时，看见自己的母亲生气地独自一人坐在病床上。“他扎了我！”她说道。

海伦·迪恩拉起了自己的病号服，指着大腿根部的一个小点儿。拉里刚好带着他的瑞士军刀，那种组合多功能的军刀，上面刚好有个很小的放大镜。他看着那个地方，确定是个针眼以后，便叫来了医生。

“可能是虫子咬的吧。”医生如此解释。可是到了第二天，海伦·

迪恩的病情急转直下。她开始出虚汗，显得疲惫不堪。当她的心跳最终停止的时候，已经无力回天，她没法再复活，就好像拉里永远无法得到安慰一样。

事发之后，拉里·迪恩立刻就意识到其中肯定有问题，并且提出了调查申请。他从母亲的肿瘤专家医师那里得到求证，迪恩夫人没有被安排任何药物的注射。他又询问其他几个照顾母亲的护士，得知当天出现在病房的那个男护士是查尔斯·库伦。

拉里·迪恩立即将电话打到了沃伦县的检察官那里，控诉自己的母亲被谋杀，而且告诉他们真凶到底是谁。[①]

在给海伦·迪恩打完针之后，查理立刻驱车回家，开始思考当晚的行动。他没有特意策划这次的事件，他相信这次他们说什么也能知道是谁干的了。他们会吧？也许这还得取决于迪恩夫人是不是死掉了。第二天，他照常上班，非常惊讶于她居然花了24个小时的时间。不过，是的，她还是死了。而且，他们貌似知道是他干的了。他的工作日程上堆满了关于此次事故的调查会议。他被医生调查，被沃伦医院的管理员问询，甚至还被两个来自沃伦县办公处犯罪调查科的检察官调查。每个人都想让他大声地说出整个事件的来龙去脉。查理否认了一切，当然也包括这次注射在内。他看着这些人搜自己的储物柜。与此同时，海伦·迪恩已经被送去冷藏，准

①2001年，拉里·迪恩临死前，都在试图证明自己的论点，证明他的母亲是被谋杀的。在他死后，有人在他家的冰箱中发现了他母亲的血液和组织样本。

备解冻。一个来自法医办公室的医生从她的大腿根部注射孔采样。这次医检测试了 100 种潜在致命的化学药物，但偏偏忽略了地高辛。因此，海伦·迪恩的这次事故被认定为自然死亡。[1]

在这件事情宣告结束的同时，查理的主管通知他开始休假，不定期地带薪休假，而且立刻生效。这听起来并不坏，不用上班还有钱拿。他独自回到家中，坐在那个地下室的公寓中思考，抑郁地思考着他们是否会来抓他，或是他干脆安排一次这样的逮捕，给自己一个在监狱里自杀的悲惨结局，就像当初他闯入米歇尔的公寓时那样。现在他一直处于无事可做的状态，而且是整天都无事可做。就那么傻坐在沙发上，盯着电视发呆，直到自己几近麻木的时候，就移动到厨房的桌子上，然后上床，最后再回到沙发上。壁炉上的时钟不停地读着秒：嘀嗒，嘀嗒，嘀嗒。救护车是夜里 11 点前到的，查理特意为他们留了门。

十四

查理陷入了自杀的循环状态：从急诊室转到院内的精神科门诊，再到院外的心理咨询室，之后，他出现在沃伦县的检察官办公室。

---

①海伦·迪恩的尸检结果是由 M.L. 考文博士撰写的，她是沃伦县验尸官。“在注射部位进行过化学和毒物反应检测……化学检测评估结果呈阴性……有可能左大腿前侧被注射过一些物质，但有嫌疑的男护士通过了测谎仪的测试，结果显示，他在此事上说了实话，他没有给迪恩太太注射过任何东西。”

他们做了日常问询，他否认了所有的一切。当审问终于结束的时候，他们又拿出了测谎仪。

电线将他的身体和机器连接在一起。墨针将最后分析出来的结果画在图表上，通过那些上下波动的曲线和频率来显示，查理知道那些曲线的峰谷会偏高、偏低，甚至呈直线。而改变这些曲线的可能是他生理的一部分。

警察们不了解医学方面的知识，对那些峰谷之间的变化也毫不在意。他们的关注点都集中在那些脉搏变动的情况和节奏上了。基于这种情况，他们就认为自己可以判断真伪。查理可不这么想，他知道这些变化都可以通过地高辛、受体阻滞剂以及硝普钠来完成。

测谎仪给出了一个大概的结果，它忽视了心电图图表所表现出来的真相。它只是单纯地将心跳活动与人的大脑中的真相通过这种方式连接起来，跟一个孩子用破铁罐和绳子做简易电话一样不可靠。这是个很愚蠢的测试，查理最后的测试结果完美得无懈可击。不过，他心里明白，这些人打心底里还是知道事情真相的。

查理在沃伦医院的带薪假期中不知不觉地迎来了新的一年，他已经下定决心不回去了。鉴于他曾经每周 80 小时的高强度工作时间以及他曾经赚的薪水，现在他急需找一份新的工作来支付孩子的抚养费。查理发现在亨特医院，有一个很漂亮的小小的非盈利医疗中心，位于新泽西州弗莱明顿的上流小镇。用沃伦医院和圣巴拿巴医院提供的薪资作为参考，1994 年 4 月 3 日，查理手里还拿着自己的推荐信，以每小时 23 美元的工资在亨特医院的重症监护病房正式上岗。

1995 年 10 月，他得到了护士长马乔莉·蕙兰为自己撰写的业绩报告，报告中称他是“病人生活的倡导者……关心病人的福利……有组织，非常愿意贡献自己的力量，非常聪明，充满机智”。

他开始和凯瑟琳约会。凯瑟琳也是这个病区的护士，她婚姻不幸，是个带着三个孩子的单身母亲，很显然处于空档期。凯瑟琳在他身上的注意力足以弥补他对医院注意力的需求。冬天来临的时候，他收到了一张从亨特医院重症监护病房寄送来的证书扫描件，上面写道：“致查尔斯·库伦，感激他重压之下不失风度的工作态度，以及所有辛勤的夜班为我们带来的帮助。非常感谢。”马乔莉·蕙兰又在下面补充道：“查理是个乐观向上、有礼貌的有为青年，一个关心病人福利的好护士，非常有用，而且在用药上从来没有出现过差错。”

不过，这不是事实。

这种潜移默化的改变就好像黄昏到夜晚的过渡一般自然，不是意识上做出的选择——他都说不清楚是什么时候为什么做的。时间慢慢跨过 1995 年的时候，查理逐渐变得更加阴暗了。到了年底，11 月的时候，那个每日都出现在夜班值班室的理想型护士，那个亨特医院从来没想过可以如此幸运地拥有的雇员已经不复存在了。

其实，他真的记不得那些被他下药或杀死的病人都叫什么名字了。就好像他对待自己逐渐增厚的人事档案一样，没什么可在意的。有些护士总抱怨，当库伦独自拉上帘子给那些病人洗身上的时候，总是给病人用太多的浴液，好像他们都脏得跟油桶似的，不知在搞什么，耽误那么久的时间，显得其他护士很不敬业的样子。但更令人难以接受的是他一连串用药上出现的比这严重得多的错误。① 查理曾经被抓到给某些病人胡乱推荐未遵医嘱的药物，他还从某些病人那里私自扣掉了医生开的处方药。护士长蕙兰实在是无法解释，这个曾经的明星雇员怎么会突然间有这么大的转变，还出现这么多奇怪的行为。直到有一天，她太担心了，便去检查了库伦那几个病人的病例和日常记录的表格，那上面可不是一般的错误。每次他给病人错误用药，都没有记录到日常的表格上，而且他还扮演医生的角色，干医生都不应该去干的事情。库伦护士甚至给自己预定了实验室的检测，那些要求都具体得出奇，好像他正在特意安排找什么东西。

查理用一剂地高辛干掉那个老家伙杰西·爱琴 10 天之后，7 月 19 日早上，蕙兰护士长将他叫到了一个空房间开会。她实在是没法从自己看到的这些杂乱无章的错误中找到什么规律，所以她打算使出最后一招杀手锏，再出现一次这样的事故，查理就会被停职。

在过去的两周里，因为凯瑟琳重新回到她丈夫身边的这件事儿已经给查理带来了极大的打击，所以他不得不将自己所有的注意力转向来自护士长的这次威胁。再有一次，这太不公平了。查理

①有一个病人被发现死在病房中的时候，满屋都是沾满血的衣服，以及用完了的空药瓶，他全身赤裸地躺在床上，定定地看着天花板，输氧管早就没了氧气。医生们认为这些因素综合显示出来的结果表明，如果不是有其他致死原因的话，他死于突发的中风。

感觉不仅仅是蕙兰一个人这么看他，整个办公室的人应该都有所察觉了，所以他干脆跟蕙兰摊牌，就在那间封闭的屋子里。如果他们真的认为他是个坏人，他干脆直接辞职好了。他可以现在就辞职，如果这能让他们高兴的话。这不就是他们想要的吗？查理生气地离开了那间屋子，摔门而去，生气地开车回了家。他又一次拿出了自己的打字机，把这件事落实到了官方文件上，并且真的交出了单位钥匙。这次的辞职信上全篇都用的是大写字母，字里行间全是“！！！！！！！”和“？？？？？？？”用来强调语气。他很生气，所以发泄出来的感觉很爽。他告诉他们，自己即将拥有 170 个小时的带薪休假（他因为完美的出勤率而应得的带薪假期），但是其实他一丁点儿都不在乎，大可不要。他可以对他们说“你们自己留着吧”的感觉实在太好了，他让他们用这些剩下来的奖金另寻他人。这可是种很宽厚的姿态，跟自寻死路差不多了。除了一个仗义却心存委屈的人、一个纯粹善良的好人外，谁愿意将这样的便宜丢开不要？尤其对查尔斯·库伦这种陷入窘迫之境正缺钱的人来说。查理开车找到了一个邮筒，陶醉于这些话给自己带来的后遗症里，无法自拔。他将金属把手扳下，把信从缝里塞了进去。在回家摔门坐下之后，还是不放心，又跑回去看了一眼。当他发现那封信真的被邮走了之后，才彻底反应过来自己都干了些什么。他飞速跑回家，重新快速起草了另一封信，期望着可以赶上头一封，但很明显，想挽回这一切已经太晚了。

蕙兰收到了查理的辞职信后欣然接受。他可以在一些没人愿意值班的时间段替班，但严格说来顶多算是个自由职业者、派遣员，以后结工资就按天算了。查理不得不勉强接受这个结果，于是他的名字重新出现在了亨特医院的排班表上。不过，他后来再也没真正露过面，而是独自一人躲在自己的地下室公寓里，任由电话一遍又一遍地响着。这种时刻，他再一次感受到了自己的强大，忽略他们，他屏住呼吸，决定将自己的这种高高在上的姿态展现给所有人看：他的前妻、他的家庭、米歇尔、凯瑟琳、蕙兰……最后，电话铃声还是停了。

上帝关上了那个曾经照在他身上的聚光灯，到头来只剩他孤身一人蜷缩在地下室的公寓内，时不时地看看空空如也的邮箱。最后一封来自亨特医院的信摆在了他的面前，上面写着讽刺的祝福语："祝您以后前程似锦，事业顺利。"查理再一次拿出了自己的电子打字机，将当初跟妻子离婚时那个辩护律师写的陈述信拽了出来，将自己的悲惨境遇套用在那个咄咄逼人的语境和格式中，显得很官方，而且充满威胁的味道：

> 他们一直在房间里面试新人。在劳瑞塔找我之前，就有人告诉过我，曾经有一个参加面试的人还问了劳瑞塔："既然你们还没做出关于查理的决定，我们为什么要参加面试？"
>
> 那个人所得到的回应是这样的："这件事压根儿没什么可担心的，他太不稳定了。"
>
> 如果劳瑞塔可以如此随意且不加掩饰地告诉我的其他同事我是个不稳定的人，那她也应该毫不掩饰地解释一下为什么她没有坚持让我接受检查，或是至少不要让我这么一个"不

稳定”的同事继续工作；她还应该向他们解释，干吗还要提供给我一个兼职岗位。

查理没有发现其实自己正在跟自己较劲儿的这个事实，他只是觉得自己在很正常地争辩而已。这个三段论般的演绎推理最后变成了这个样子：

一个“危险的”“不稳定的”护士就不应该被排到值班表上。这是医院的管理层决定将他放到那个值班表上的。

因此，查理不危险，关于他的那些投诉也都是不公平的，查理是整个事件的唯一受害者。

当然了，亨特医院没有给他回这封信，还赔上了他 6 周的无业生活以及 170 个小时的带薪假期。还好，不算一无所获，至少这次的事件给他上了宝贵的一课：永远别把要说的话冲动地写到纸上。

十五

1996 年 10 月，从亨特医院辞职出来后，查理继续沿着大路往前开车，前往默里森纪念医院申请新的工作。默里森医院的人力部门通过一个专业服务机构（卡尔克研究所）严格审查了库伦的工作背景。尽管在调查中发现他填写的换工作的具体时间跟调查结果有点儿对不上号，但他们还是决定雇用查理。毕竟，没有人会真记得被雇用和被解雇的具体时间，甚至在亨特医院工作了9年的注册护士和沃伦医院、圣巴拿巴的护士们都记不清到底他是什么时候出现、什么时候离开的。默里森医院需要请人来填补没人值的班，所以轮到查理的时候，排出来的结果是每周工作75个小时，额外还有其他一些空岗的时段。他的时薪也飙到了一个新的高度，每小时23.27美元，从早7点工作到晚7点，还是在心脏监护病房。不过，查理还处于步履蹒跚的状态，没有完全恢复，并没有在默里森将自己最好的一面展现出来。

早班接班的人来了以后，看见查理的病人倒在血泊之中，水槽里堆了25条医用毛巾，垃圾堆得快碰到柜台了。在病人事故报告中，这一切都被详细地记录下来。当查理看到的时候，觉得非常吃惊，他简直不敢相信，这些小护士居然连毛巾的数量都数得那么清楚，然后记了下来，太可悲了。一个病人告诉查理的领导，说他要报警，但没打电话，反倒被查理教育了一通。查理知道，其实他们都在死死地盯着自己。之前他也经历过这种情况，默里森医院确实也盯上他了。他们已经注意到了他的工作方式，特别是他给病人开的那些药，似乎查理是个很粗心的人，总是给患者开错肝素或是得普利麻[①]的剂量。在默里森的日子还不到一年，查理就被开除了。原因不是残杀病人，虽然他自己很肯定这是最大的理由，实际上

① 一种短效静脉麻醉剂，通常用于诱导和维持全身麻醉。

这次他也就只杀死了一两个，他也记不太清了。他们用的是“表现不佳”和他们时常挂在嘴边的“实践经验不够”这种无聊的理由。他的上司很为医院的名声和病人们担忧，因为如果发生太多次事故，连病人都要投诉了。

此次事件中，压倒一切的最后一根稻草是一名男患者——查理记不得他的名字了。这个病人本来是要第二天早上做手术的，所以医生给他开了常用剂量的肝素。而他的护士查理先生应该按时为他注射，但他没有，结果他死了。当班的医生暴跳如雷，狠狠低吼了查理一顿。事后，他给出了一个最站不住脚的理由，这是个意外事故。虽然在别人看来这显然是个借口，但对于查理来说，这确实不是故意的，他压根儿没有动过杀念，或许正因为他没有要努力弄死他，才会出现这样的结果。

查理每次犯的错误跟病人的死亡总是没有什么明确的联系，但是对那些病人产生的潜在危险还是显而易见的。行政部的经理丽莎·加努恩描述他的工作时用到了“不可原谅的”，她的那些担忧也同样得到了心血管科主任约翰·巴纳斯博士的认同。加努恩还在上面继续写道：“对查理是否有能力提供安全的护理同样表示担忧。”这个报告之后，变化就立刻在查理的排班表上体现出来，他被送到了既忙碌又不会造成伤害的部门去工作了，继而又被通知回家待了一周的时间。查理深感委屈，但并没有做任何的辩解，起码没上来就反驳。他径自开车回了家，倒在沙发上等着电话响起。后来电话终于响了，是行政经理的秘书，约见他参加一次会议面谈。查理不想去，他直接回绝了那个秘书：“如果他们要想开除我，直接电话通知就可以了。”说完就挂了电话。大概一小时之后，加努恩又打了回来。这一次，轮到查理不接电话了，他琢磨着，哼，现在你们知道打电话了？他还是没接。加努恩继续打，后来不得不在答录机上留言：“查理，我们需要你过来一趟，我们得和你谈谈。”查理思索着，是啊，现在他们倒是需要我了。那一天是8月13日，他很生气，并且下定决心再也不回去了。几个留言之后，加努恩终于放弃了尝试，只得让查理把他的医院工作证以及其他相关物品归还。“对你的解雇从今日开始生效。”那一天是8月14日。几天之后，查理还是去了，比平时周六值晚班时早到了一会儿，自己的名字已然被人从排班的白板上划掉了。

没有了医院的工作，他没法像以前一样将自己的压力带到医院去，发泄到他们面前了。取而代之，他不得不驾车，将所有的怒气和不满用在拐角超市买来的可乐、薯片和儿童图画册上宣泄出来。他将那些纸张散落在厨房的料理台上，给默里森医院的院长凯瑟琳·楚默写了一封冗长而气愤的信。虽然感觉不错，但远远不够，所以他又重新写了一封。想到上次就是因为留下了自己的手写笔迹而被人抓住把柄，这次他用了打字机。不过他的打字技术也不怎么样，到最后还是得用圆珠笔在上面做些许修改。

仅仅一周之后，院长和医院审查委员会的回信就到了，似乎大家都认为查尔斯·库伦的停职是众望所归。查理又写了一封，要求外部仲裁。书信往来前后折腾了一个月的时间，包括互相邮递传真相关文件证明。过程慢得根本没法让查理得到一点儿满足感。他又一次尝试了自杀，他打电话告知911自己吞了一大把药片，他们会将他送到最近的医院——沃伦医院去急救。至少，在那里，他还是为人所熟知的。

通常情况下，自杀可以像夏天突袭的暴风雨那样扫除周遭原本阴暗的境况。查理总是时刻准备着尝试自杀，以此为自助手段。就算别人对他的关心不够，但救护人员却可以满足他的心理需求，急诊室的员工总是很把他当回事儿。那个照在他瞳孔上的小小射灯，更是直指他的灵魂深处。测血压的袖带像是老朋友那样紧紧地抱着他的胳膊，每一次对他的生命体征的评估都是对他存在于世的一次善良而真诚的肯定。查理像往常一样告诉医护人员自己也是一名护士，并且通过用一些专业术语念叨着手边那些医疗用具来证明这一点，病号服、药物编码、急诊包，总之蹦出一些词语，让他们知道自己也是个内行人。与去医院的路上不同，当他真的到了医院时，就完全是另一回事儿了。查尔斯·库伦被送到沃伦医院的急诊室，可是以熟人的身份出现的，引来众人一路侧目，前任雇员变身自杀的跟踪狂。“哎，你听说了吗？查理回来了。”他们将他推到一个小的病区，把帘子拉上，围着他看。查理知道这些护士之间是怎么散播流言蜚语的。现在这个世道，他还是能理解的。相比之下，还是灰石医院比较好，在那儿过的那段日子是那么愉快。急诊室的医生先过来采了个血样，查理想不通他想要查什么——也许他怀疑查理并不是真的想自杀，只是想跟这个严肃认真的地方开个无趣的玩笑。医生会根据查理的血样分析判断，给他安排医院，不过他们不一定会将他转院到灰石去。

查理拒绝了血检。他对每一个进入布帘后他的私人领域的人做出了声明，表明了态度。他验过很多次血，几十次，几百次，加一块儿差不多得有12加仑了，但没有一次是他自己情愿捐出来的——全是被人取走的。一旦查理顽固地做出这个决定，并打算坚持下去，是没有商量余地的。医生和护士们还是往前凑，查理不停地推搡着他们，甚至开始收拾东西准备离开了。在护士和医生们试图阻止的时候，他动手反击，直到某个护士站的人不得不打电话叫安保来解决这一切。现在，查理只能凭想象琢磨那些护士会说些什么闲话——我们后来都得叫保安啦！不过，至少他算是得到自己想要的效果了。

10月份的灰石医院比往常更灰暗了，好像那些石头块儿将乌云里头的寒气都卷到建筑物上了。查理在万圣节的前一天重新回到了这个坐落在山上阴气森森的建筑物中。这次他能在这里住几个月了。熟悉的沥青大道在白杨树间穿梭，从宿舍的窗户望出去，可以看到远处被白雪覆盖的田野，偶尔可以看到一些从看不见的壁炉中袅袅升起的烟雾，好似温柔的羽毛，飘散在世间。外面的世界似乎也在这一刻屏住了呼吸。在这儿的日子，最不缺少的就是时间，足够让那些新的药物开始发挥作用，让治疗过程变得有吸引力，也同样足够让病人们重新清醒，获得新生。不过，查理对重新迎接新生活一点儿兴趣也没有，当他12月11日出院的时候，径直驱车赶往警察局，将沃伦医院那个曾试图“偷取”他血液的急诊医生告上了法庭。查理站在警长的办公桌前，以确保在开车离开去取邮件之前，自己所说的一切都原封不动地记录在案。

那些滞留的邮件大多是关于子女赡养费和默里森纪念医院发来的律师函。在经过几个月的折腾之后，因为没钱支付仲裁费，查理之前的上诉也都败了。在1998年1月，查理曾在回信中写道：“我一直住在一个精神疾病研究中心，而且一直也没有拿到员工手册，所以延迟回复并不是我的问题。我才是真正的受害者。”同年3月，他又威胁除非他们同意自己的延期申请，否则将起诉默里森纪念医院。他们不得不再给查理寄一本员工手册过去，这次用了可追踪的邮件公司，而且同时批准了他的延期申请。查理没再给他们回信。默里森医院的事儿，对他来说曾经是头等大事，但现在看来，好像压根儿就没什么意义了。因为，很显然，他已经在受挫的道路上看到了前方的曙光。

十六

宾夕法尼亚的州界对于很多人来说不过是一条印在地图上的黑线，但对于查理这样的护士来说却是至关重要的。在宾夕法尼亚州，需要不同的护士执照——申请过程很简单，而且这也意味着一切都可以从零开始了。

他是在宾夕法尼亚州的阿伦敦申请的护理及康复中心工作许可，需要通过一个叫健康力的职介中心上交相关的必要参考资料。因为工作不称职、被病人投诉以及严重用药错误等原因将他开除的默里森纪念医院只是简单开出了他曾经在那里工作的证明，而那个在亨特医院曾经因为乱用药物和不负责地护理病人等原因将他停职的马乔莉·蕙兰也只是提供了一个简单的参考说明。因此，护理中心的人事通过这些材料得出了一个结论，查尔斯·库伦先生是一位“优秀的护士，能够提供高水平的护理，照顾病人也非常专业”。这些内容都是来自蕙兰的推荐表。在护理中心，竟然没有一个人怀疑为什么一个在大医院里工作了10年、经验丰富的护士居然乐意降职来疗养院工作，每小时还减薪5美元。他们需要专业的帮助，而查理也需要这笔钱。

几个月没有工资，查理还欠着66888美元的债务。被他刷爆的信用卡利息还在不停增长着，赡养费和孩子的抚养费也一直拖着没给。如果查理不抓紧给这笔钱，很有可能会被贴上坏父亲的标签，感觉跟虐待孩子的那些家长一样恶劣，这对于他来说是不可接受的。他无力支付抚养费可能会给阿德里安娜机会，让她在孩子们面前说他的坏话，毒害他们的思想，让他们相信自己的父亲是个坏人。肖娜9岁了，已经大到足够形成自己的思维，这对于查理来说可不是什么好消息。每天晚上，查理都挤进这个充满年迈气氛的地方，利用夜班的时间，处理心头积压已久的烦躁。

弗兰西斯·亨利是个断了脊椎、需要额外照顾的老病号。医生们用类似脖套的固定装置将他的脑袋固定在肩膀上，看起来跟科学怪人弗兰肯斯坦那个支撑头部的金属螺纹铁圈一样滑稽，而且这个装置同样也是被深深插入头骨里的。在我们的库伦护士看来，亨利先生与其待在疗养院，倒不如去医院更合适一些。

他成了查理的病人，专属病人。不会有什么仲裁会干涉查理的治疗，没有充满反对意见的投诉信。事实上，他不需要像之前那样小心翼翼了，他可以随时拿出个注射器往亨利先生的输液袋里打上一管子胰岛素。这次注射的不是很多，就是一般剂量，但也足以让亨利先生在 1998 年 5 月 6 日查理值夜班期间发生糖尿病式休克。这次用药的结果暴力得令人难以想象，查理让一个脖子已经断掉的老人经历了一次暴风骤雨般的癫痫发作。当天晚上，弗兰西斯·亨利就陷入了深度昏迷，到了第二天早上，查理的“诊断”立刻得到了验证，亨利果然是需要在医院里待着的人。又过了几天，亨利被医院送回了疗养院,没过多久就去世了。三天之后,5 月 13 日,查尔斯·库伦向银行申请了破产。

亨利先生的死亡并不是悄无声息的，随之而来的怀疑也注定无法避免。查理知道这次肯定还会是自找麻烦。公会展开了内部调查，并且在亨利先生的血液中发现了大量从体外注入的超出常规剂量的胰岛素。在亨利先生的医疗图表里压根儿没有胰岛素的影子——给他开出的所有药物中都不含一点儿胰岛素，而在那些记录的表格里也没有显示有任何员工曾经给他注入过胰岛素。这样一个年老的、无法自由行动的病人完全不可能是自己嗑药过量。在排除了所有可能之后,这件事自然就被定义为医疗事故。查尔斯·库伦在疗养院工作的时候已经有过一些护理期间发生问题的不良记录了，他伸着脑袋，时刻等着头上那把摇摇欲坠的斧头砍下来。可这一次，公会竟把矛头指向了另外一名叫金佰利·派佩的高级护士，在没有任何证据证明亨利先生的死和派佩有联系的情况下，就解雇了她。派佩护士的律师立刻发起反击，成功阻止了这次毫无根据的错误指控，且将焦点转移到了这个看起来更为可疑的查尔斯·库伦护士身上，让护理之家公会对他的怀疑逐步加深。

据派佩的律师说，她曾经在亨利先生去世几天后，接受过上级护理主管的问询。“那个时候他们可对我没有一点儿怀疑。”派佩在诉讼中申辩道，“他们虽然没有明确表示，但确实或多或少指出过，我的同事查尔斯·库伦好像有点儿问题。”公会继续对派佩发起的诉讼提出强烈抗议，并完全否认他们曾经对查尔斯·库伦先生有过任何的怀疑和指控。后来，公会和派佩选择庭外调解，将这个案子不了了之。

很难确切地说为什么派佩成了这次的替罪羔羊，也许真的是个简单的误会，但无论怎么说确实有人毒死了亨利先生，而这个害群之马要么还在公会继续工作，要么就被转到其他医院去了。无论怎样，后来都没有以刑事案件的方式展开调查。公会及其母公司 HCR 庄园护理之家都佯装糊涂，好像压根儿没有意识到曾经发生了一起谋杀案。派佩和她的律师提出了高于 5 万美元的赔偿，但她最终得到的确切数额谁也不知道，反正是足够让她签署保密协议，永远封口了。

无论公会到底知不知道真相，反正他们还是把库伦转出了重症监护病房，给他重新安排了精神科的轮班岗位。很快查理发现，这边不少病人都充满活力，精力相当充沛。于是，10 月 1 日这一天，库伦带着注射器跑到了一个老女人的房间，给她送去了医生没有开出的药物，这场混乱以病人断了手腕草草收场。在亨利先生去世 5 个月后，杀他的凶手终于被以未遵医嘱乱用药物的名义开除了。之后查理只在家里的沙发上蜷缩了两天，职介所就为他找到了一份新的护理工作，在放假期间得到替班兼职的机会总是很容易。

每年圣诞节到新年之间的这一周总是让查理倍感压力，但能穿上工作服还是很令他开心的。新的工作地点离公会的护理中心也就几公里远，是宾夕法尼亚州伊斯顿的伊斯顿医院。无论他们给他什么时间段的班岗，无论哪个病区手忙脚乱需要他的帮忙，他都非常开心。而且大多数情况下，他都能在自己最喜爱最熟悉的重症监护病房里加班、过夜，这是医院里唯一一个夜班时段频发死亡而不让人感到意外的地方。

起初，克里斯蒂娜·托特并没有过多注意这个拿着注射器乱晃的陌生男子。她甚至都不确定这人是不是护士，她唯一注意到的是这是个男人，一个为她父亲的生命负责、保证父亲多活一天的穿制服的陌生人。老爸奥特玛·施拉姆一年前开始中风，他的血栓在体内随处可见，已经成了他生命的一部分。尽管现在他没法像以前一样自己穿袜子，没法上台阶；尽管他经常被各种不知名的管子和电线包裹得严严实实，但他依旧还是那个爸爸。克里斯蒂娜安慰自己，老爸奥特玛是个很实际的人，对于遭受几年前折磨自己和其他几个老伙计的病痛和屈辱一点儿也不感到意外。年龄大了，难免生活会变成这个样子，只要有存款，有活下去的信念，就可以，毕竟老爸现在被伊斯顿医院的专业人士照顾着。

克里斯蒂娜记得那个男人跟她说要把她父亲带出去做“一些检查”，而那个注射器，是为了“以防万一，如果有什么不测，可以立刻急救”。虽然克里斯蒂娜坚信自己的父亲心脏没有任何问题，但自己毕竟不是专业人士，那种情况下，还是乖乖接受比较好。

克里斯蒂娜再一次看到自己的父亲是在第二天早晨的探访时间，那是1998年12月29日，他看起来糟透了，比当初送来伊斯顿医院的时候还要糟糕。[①]据医生说，施拉姆先生这次病情的突然恶化跟他的中风一点儿关系都没有。他发生了血压下降、心律不齐的情况，而且似乎越来越严重。克里斯蒂娜甚至做好了迎接父亲去世的心理准备。但就在第二天，好像发生了什么医学奇迹一般，早上她再看到自己父亲的时候，病情已经完全稳定。事实上，他们告诉她，施拉姆先生已经好转了。随着时间的流逝，他一天比一天健康，每日的探访成了克里斯蒂娜最开心的事情。奥特玛的妻子和女儿几乎天天给他送来做好的饭菜和装着热水的保温瓶，他总是很高兴见到她们，甚至在克里斯蒂娜忙完这一切准备上班的时候，他可以放下盘子坐起来给她个幸福的吻。她开始慢慢让自己沉浸在希望的曙光当中，似乎最糟糕的时期已经过去。

第三天下午，克里斯蒂娜·托特却接到了一个很奇怪的电话，是父亲长久以来的主治医生罗伯特·西尔伯曼博士打来的。西尔伯曼告诉克里斯蒂娜，医院里有人——西尔伯曼也不知道具体是谁或是因为什么——给她的父亲安排了一系列未经授权的血液检查，而更奇怪的是经过检查，似乎奥特玛·施拉姆的血液中含有地高

---

①施拉姆被救护车从疗养院拉走的时候，是因为在吸气的时候有食物进入了肺部。

辛的成分，而医院从来没有为他开过相关的处方药。西尔伯曼说，在施拉姆的血液中所测到的地高辛浓度是“史无前例的”。他也没法解释这到底是怎么一回事，不过他保证会跟进此事，并且安排进一步的检查，然后给她回电话。就在第二天凌晨1点25分的时候，西尔伯曼医生再次打来电话，语气中充满了震惊，新的血检还在不停地进行，克里斯蒂娜·托特的父亲却去世了。

“拜托你现在好好听我下面要说的这些话，”西尔伯曼说道，“当你去医院的时候，他们会问你要不要进行尸检，如果我是你的话，一定会选择是。”克里斯蒂娜一点儿也不明白到底是怎么回事儿，西尔伯曼继续说道：“因为地高辛。”似乎他已经透露了足够多的信息，只能点到为止了。

克里斯蒂娜和家人第二天早上去了父亲在伊斯顿医院的病房，发现房间里除了还在值夜班的查尔斯·库伦以外，空无一人。克里斯蒂娜不知怎么的，感觉好像这个男护士是专门为了等她来的。他带着克里斯蒂娜和她的家人来到了走廊尽头的一个房间。奥特玛·施拉姆的尸体就在里面，擦净，整装，身上再没有那些乱七八糟的管管线线了。他真正死亡的事实还是给了克里斯蒂娜极大的震惊。“我会给你们一些时间。”查理说道。这句话不知怎么的，让克里斯蒂娜倍感冒犯——好像这段跟她父亲独处的时间是这个护士送给她的珍贵礼物一般——但她没有去追究。库伦几分钟以后就回到了停尸房，他来询问家属们是否需要安排尸检。

克里斯蒂娜记得西尔伯曼医生的叮嘱，她回答道：“我想是的，我们考虑安排尸检。”

似乎这个答案并不是库伦护士所期待的。“你干吗要安排尸检呢？”他如是说。库伦不停地提醒着克里斯蒂娜，施拉姆先生生前是多么排斥各种极端救护的手段，比如抢救时的呼吸机之类，而尸检和呼吸机比起来简直要糟糕1000倍——难道她宁可违背自己父亲生前的意愿吗？

克里斯蒂娜压根儿就懒得给出什么回答，她只是单纯地把库伦让出了那个房间。

又过了短短几分钟，另一个护士走了进来，这次是个女的。她同样来询问家属们是否都同意安排尸检。

克里斯蒂娜搞不懂了，到底是他们故意针对她，还是这些护士确实就这么难以沟通？她不是刚刚跟护士把所有该说的都说了吗？“我们不确定。”克里斯蒂娜换了个回答。护士点着头离开了房间，克里斯蒂娜重新回到了家人身边。

几分钟之后，第三个护士进来了，再次询问他们是否要进行尸检。这一次，她终于受够了：“是的，我们要做尸检！”克里斯蒂娜吼道，“我们当然要做！有人给我父亲使用了过量的药物，而且……”

“我要是你，就不会再说下去了。”这护士打断了她。

十七

奥特玛·施拉姆去世之后，医院开展了一次内部调查。当在施拉姆的体内发现了出人意料的高浓度地高辛后，他的尸检报告被上交到了县验尸官的手中。后来此事还是被判定为意外事故，尽管查理并不知道最终的处理结果是什么，不过好像没有对他产生什么影响。反正他也从来没想着要在伊斯顿医院长干下去——这里不适合他。到了1999年3月份，医院开始挨个调查，查理接受问询的时候，已经在街尾雷海山谷医院的烧伤病房找到一份全职工作了。

在雷海，烧伤科的护士还是将病人身上的坏死组织刮掉扔在金属托盘里，依旧使用压力服治疗烧伤，但与查理刚开始工作那个时代的烧伤科不同的是，这里不再充斥着尖叫和痛哭。新的药物迎来了新的时代——一种新的苯类抗焦虑药物，不但可以缓解烧伤的痛苦，也能减缓病患所承受的心理压力。尤其是相对于三年前刚刚投入市场的新一类止痛药奥施康定，它立刻使吗啡的功效显得过于原始而初级。现在新发明的药物十分有效，甚至可以让最年幼的患者都免遭痛苦的折磨。

伴随着新药品的出现，现在又出现了一种新的药物分发与跟踪系统，被安装在“蛛网药物站”的机器中，是类似电脑的那种高科技玩意儿，是由俄亥俄州一个叫作卡地纳健康护理公司发明的。这机器本身是个金属的大型药物管理机，配备电脑显示屏幕，还安了个键盘。不是所有护士都可以适应这个护理行业的新兴高科技设备，不过查理确实很喜欢它，他一直很善于使用各种各样的技术产品，而且他也觉得一个能像自动取款机跟踪现金去处一样跟踪每一个护士取药的明细和记录的机器是非常高效的。蛛网系统可以根据护士们取药的数量和记录随时随地提醒药房什么药品快没了，还能直接给库房发出消息预定新货。这是个非常有用的系统，不过还是不够完美。毕竟，无论怎样，这终归只是个为人类提供提醒服务的工具罢了，最终它还是会因每个操作者的不同缺陷而导致原本程序化的完美工作出现瑕疵。

查理认为自己算是个烧伤护理的老手了，尤其是曾经在圣巴拿巴烧伤科工作的那段日子让他积累了相当多的经验。可是，在雷海山谷，查理感觉自己又回到当海军的时期，所有人都把他当新人看待。他很不喜欢他们欺生的态度，也不喜欢他们对待病人的方式。在查理看来，他们处理伤病的护理工作做得过于专业了，显得那么冷酷无情。他管他们叫“冷酷无情”，他们管他叫“怪胎”。这个漫长冬天里的所有夜班都让查理觉得自己在被迫做所有的工作，几乎所有的工作细节都被他淡忘了，不知道谁是从车祸中生还的，也不知道哪个是从火灾中救起的。在这里过去的16个月的漫漫长夜几乎没有给他留下任何印象，他觉得自己似乎什么也没做。他值班时照顾的病人大多数都死了，事情就发生在这些“冷面”护士的眼前，在这样一个残暴的工作环境下，这是他能享受到的唯一一件私事了。

住在烧伤病房的年轻男病人大多是因为喝醉了以后被聚会的篝火弄伤，要不就是出了车祸。一个叫马修·马特恩的病人就是因为后者入的院。他被困在着火的汽车里，送到雷海医院的时候全身超过70%的地方被烧伤。即使是对最有经验的老护士来说，这个病例也相当惨了。这位年轻的重症病人给医院的病房带来了前所未有的现象，一波接一波同龄的年轻人面带愁色地跑来探望，上了年纪的护士们看着这个孩子总是会想起自己的儿子或孙子，年轻的护士们也会想到自己的朋友或恋人，甚至自己。不过，没人把这事儿放在明面上聊，起码没人跟查理聊起过。大家都在默默地算着数学题，根据九分法则，这个年仅22岁的马特恩死亡概率有92%。不排除他可能挺过来，毕竟还是有那么一丁点儿希望的，尽管大家都认为死亡的可能性更大一些。

马特恩被护士们打上了“缓慢等级”的代码标签。查理一直观察着他的治疗过程，就算最终他能挺过来，就算皮肤移植也都成功，他也会永久残废，除了部分截肢以外，他还将永远在愈合后极端丑陋的疤痕组织下穿着压力服度过余生。与此同时，外科医生们也在用自己的方式将他一点点地推向死亡的边缘，在护士们看来，那简直就是屠宰的过程。马特恩的烧伤已经深入到骨头，四肢全部都被烧焦，总有一天，医生会将他的身体一部分一部分地扔掉，很多护士都在祈祷最终的结局早点儿到来，好让他脱离痛苦的深渊。

查理很了解这种无助的感觉，每当跟那些老护士打交道的时候，每当想起自己童年的成长经历的时候，无助感都会袭来。同样的感觉还来自儿时在自家的客厅里，那些陌生人的无端殴打，而哥哥就在楼上的房间里熟视无睹，还有离家出走的姐姐们留在身后的那些不肯离开的前男友的欺侮。而且，当查理终于离家出走的时候，在潜水艇上的生活再一次将他扔到了无助的世界中。在海地，老水手们终于等到新的船员来替代他们的工作，作为新人的查理变得越来越孤僻。他是那么安静的一个孩子，没有朋友，没有自卫的能力，没有适应社会、适应海军生活的本领。他受不了这些人的霸道，但这样的情况不但没有停止，反而越来越多。其他的水手看到他冷冷的回应，以及每当受欺负之后都低着头盯着地板，一边斜眼一边嘟囔的时候，都会觉得很阴森，好像他随时有可能在睡梦中把他们干掉一样。他们叫他“变态狂，臭神经病”。大部分时候他的脸色苍白得跟鱼肚儿似的，除了用湿拖把追打舱里的老鼠时会让他满脸通红、耳朵冒烟以外，他总是苍白得跟死人无异。查理的小白脸总被别人嘲笑。但现在毕竟已经退役，终于到了他可以做主的时候了。1999 年 8 月 31 日，查理向马特恩的输液袋里注入了地高辛，在太阳还没有升起的时候，这个贴着缓慢代码的病人就去世了。有些护士觉得这一定是神的眷顾，而此时的查理，这个所谓的神，正走向停车场。

前些年，这种缓解压力的方式成为他大部分工作的根本动力，他以病人的名义去干涉治疗这件事，大多数时候跟病人压根儿一点儿关系都没有。通常情况下，他可能从来没关注过病人本身，而只在乎他们的结局罢了。他们的每一次痉挛都会给他带来一段短暂的拯救，为他灰暗的生活增添一抹如阳光般的明亮。马特恩的死让他重新看到了冉冉升起的太阳，这光亮应该又可以持续很久，他边想着边在寒冷的雨水中驾车，驶向当地迷你商场的停车场。

查理把烤肉架堆在门边，跟冷却器卸下的一堆泡沫包装扔在了一起。他这次买的烧烤架很便宜，是一次性的，基本上就是铝制盘子上面放了个烤盘，但也足够架在他地下室公寓的浴缸边缘了。查理往上面浇了些液体，划着了一根火柴扔到湿煤上。他望着眼前跳动的火苗时，突然想到了吧台上的玻璃杯，他走出去，在厨房倒了一杯酒，然后拿着它坐进了浴缸中。

几分钟后，巡逻车在谢佛尔大道公寓的车道上停了下来，一位叫达迪的警官询问房东凯伦是否打过911报警电话。她说是自己打的，因为总是看到时不时来个救护车把她奇怪的租户给拉走，而现在她又闻到了很奇怪的味道从地下室传来，所以打电话看看是不是那个“怪胎”又惹什么麻烦了。达迪来到地下室公寓的门前，外面的大门锁着，门缝好像被毛巾一类的东西给堵上了。他一边大喊着“警察”一边使劲儿撞门，很快这个破旧的大门就被撞开了，站在门后的查理正睡眼蒙眬地看着他。

“先生，”达迪说道，“你家的散热器是不是坏了？”

“呃，不。”查理晕乎乎地答道。随着大门被打开，那股浓烈的味道立刻扑面而来。

“嗯，我还是想自己去检查一下，可以吗？”

“呃，没事儿，没问题的。”查理继续站在原地，没有动。

“我觉得你还是让我看一下吧。”达迪说道，“消防队已经在路上了。”

查理叹着气打开了门，达迪走了进来。现在燃料味道更加明显，肯定是有什么东西烧着了。

毛巾和其他一些绝缘物把加热管的通风口塞得满满的，屋子里的烟雾报警器被强拆下来扔到了桌上，里面的电池也被拔了出来。达迪再一次望向查理，继续顺着味道走进了浴室。迷你烧烤架放在浴缸里，火苗还在蹦跳。查理解释说，他特意把这个放到了浴缸里，远离屋子里的其他东西，就是因为怕着火——毕竟他自己是个在医院烧伤科工作的护士，他知道火的力量到底有多可怕。但是达迪还是用无线电叫了一辆救护车来，查理叹着气开始找出门穿的鞋子。

当救护车到达的时候，查理问救护车上的急救人员，是否可以把他带到除沃伦医院以外的其他地方，他实在是不想继续忍受那种被别人当怪物看的眼神了。

十八

2000年，4月。

查理感觉到自己在雷海山谷医院的日子已经不多了，似乎关于他的话题也不再引起烧伤科护士们的好奇了。查理试过申请转病区，但其他病区似乎也不想凑热闹，接下他这个烫手山芋。[①]查理在雷海医院又待了三个月，杀了几个病人来缓解自己最近受到的打击，并且悄悄改变自己的值班时间，以便有机会到附近的医院找工作。

---

①2000年4月，查理使用病房区的电脑给两个近期被医院解雇的护士发了电子邮件，表达了自己的同情，并告知他们自己也离开了烧伤病房。他解释说自己已经申请转移到心血管科室那一层了。他说，自己跟他们是一伙的，也非常看不惯那些在病房里干了15年经验老到的“高级服务”护士。查理管他们叫“SS”，并在邮件中列举了一系列他们纳粹般的行为做参考。当时，他并没有意识到，自己的邮件不仅仅发给了那两个刚刚被开除的护士，而是整个在烧伤病房工作的人，当然，也包括那些“高级服务”的“SS”。那之后，他在烧伤病房的日子立刻变得无法忍受了，而心血管科室的人很显然也没给这位新转来的成员什么喘息的机会。

幸运的是，似乎在这过去的10年里，雷海山谷的人口增长了两位数，医院像腐烂木头上的蘑菇一般一家接一家地出现在了这片煤矿区。从他浸着咖啡渍的地图上可以看出，以地下室公寓为中心，行驶路程30分钟以内的宾夕法尼亚地区至少有6家护理中心在招聘，每一家提供的工作岗位都比他现在的要忙碌得多。查理拿出自己的打字机，重新做了一份简历。他有13年的工作经验，在6家不同的医院待过。尽管大多数医院都觉得他能力不足，甚至有的觉得更糟糕，认为他工作有严重错误，但至少他不用担心，每个地方都有老同事对他印象深刻，足以帮他作证，提供确切的在岗日期。他手中持有宾夕法尼亚州有效的护理执照，而推荐信上依旧把他描述成一位极具“团队精神”的“有内涵的绅士”。一个可靠的员工，永远可以接受“加班和多余的工作”。他沟通技巧优秀，工作质量完美。自雷海医院之后，第一个收到他的简历的是位于雷海大街尽头喷泉山上的圣卢克医院。

每年，医院这个产业都处于稳步增长的状态，生活质量提高之后，最核心的表现就是服务行业的多元化，现在大家在医院花钱的渠道又多了不少，比如瘦身手术以及失眠的治疗。人们总是很乐意为了新的工作而接受训练，但经验丰富的护士们还是最有价值的商品。当查理签订了合同后，圣卢克医院给了他5000美元的招聘奖金。

对于查理个人来说，这是一次千载难逢的好机会。圣卢克医院被美国的新闻界推崇为全国前100名的医疗中心，而9个房间的冠心病重症监护室更是这顶桂冠上最闪亮的一颗宝石。他将会成为星级医院的一名星级员工。库伦毫不犹豫地一头扎进了新的工作中，开始适应全新的工作环境，认真得就像开春筑巢的鸟儿。“第一印象是最重要的。”他对自己的同事们这样解释道。

事情起初并没有引起所有护士的注意。在医院这种地方，死人是常有的事儿，尤其是重症监护病区。有的时候死亡来得特别突然，在整个病区爆发，但跟之前相比，好像确实有什么变化。经验老到的护士最先感觉到好像夜班有点儿新动向，死神总是在夜晚悄然而至，带走了很多病人；而且接踵而至，似乎就没停过，每个人死得也并不安详。

有些护士看起来还挺喜欢急救的过程，在病人生命力逐渐减弱的时候冲进病房，快速地注入肾上腺素。毫不夸张地说，甚至有的护士沉迷于此。查尔斯·库伦总是给同事们留下工作狂人的印象，每当有病房呼叫的时候，他都是第一个冲进去的人。他们注意到，查理还有一个怪癖，就是喜欢跳到床上，跨在病人身上给他们做胸部按压。他们毫不怀疑他对工作的热情，但他的态度确实有点太浮夸了，充满戏剧性。最奇怪的并不是这个，而是无论什么情况下，他都面无表情，没有丝毫的感情色彩。

是的，这个新来的家伙确实非常与众不同，但你总不能因为人家过于热爱工作而批判他吧。确实没有什么问题可以归罪到查理身上，只不过他的热情偶尔会出现得不合时宜——比如在护士值班站。每次夜班查理都会把其他空闲的椅子推到走廊尽头的空病房去，每晚他的主管艾伦都会命令他把椅子还回去。他会一边叹气，一边转着眼球走到走廊尽头，把那些椅子重新放回去，不过第二天，一切照旧。似乎他在故意挑逗着每个人的忍耐极限。只有在换班的时候大家才会注意到椅子都不见了，但那时候查理早就下班了。护士们不得不挨个病房找椅子，然后一个个给推回来。其他的员工都觉得这件事滑稽得让人无法忍受。

从表面看来，好像这个举动丝毫没有意义，只不过是查理自己玩儿的无聊游戏罢了。

十九

2001年，2月。

自这个前海军士兵查尔斯·库伦13年前在一个全是女生的护士学校就读护理专业开始，世道就变了。现在海军的队伍里有很多女人，而护士的值班台后面也不乏男人当班。查理对这样的变化不是很喜欢，他觉得那些男护士大都态度恶劣，毫无同情心，冷酷得很。查理很少跟他们说话，并把本该给他们的那点热情全都双倍给了那些在圣卢克医院工作的女员工。在这些人中，他最喜欢朱莉。查理开始每天往护士站送小礼物，上面总是贴着“来自你神秘的倾慕者”这样的纸条。最初，这是个很可爱的行为，但随着日子的累积，每天一个礼物的情况开始逐渐变得让人毛骨悚然起来。所以到了后来，查理不得不把卡片改成：“送给朱莉，来自你的倾慕者布莱恩·福林。”这足够让这些护士琢磨一阵子了。谁是布莱恩·福林？

这个问题成了整个护士站唯一的谈资。查理处在匿名者风暴的正中间，为能偷听她们的八卦备感自豪。终于，他还是控制不住揭晓了答案，承认自己就是那个神秘人，但结果却与他原本的期待大相径庭。男人们对他大肆嘲笑，女人们竟吓得避而远之，所有他身为布莱恩·福林所享受到的快乐一下子变成了痛苦。查理很怕遭到拒绝和别人的羞辱。他觉得，相比之下，还是匿名是最好的选择。当你充当别人的时候，你才会拥有原本没有的力量。匿名可以让你有权否认，有权消失，甚至有权将错就错而毫无悔过之意。能够掌控局面，成为上帝才是最重要的。

查理每次轮岗时，都是跟两个男护士一同值班，有一个是乔·布拉德，还有另一个查理没记住名字。他很不赞成这种工作模式，就像是不带着病人去厕所，而直接给他们穿上尿布草草了事一样令人讨厌。这是很不专业的安排。如果可能的话，他希望自己值班的时候压根儿没有其他男同事。不过，这个晚上，查理还是接了医院打来的电话。他们说有个病人转院，正在送过来的途中，希望查理过去。于是，他匆匆结束了洗了一半的澡，直奔高速公路。等他到了医院的时候，新的病人已经躺在床上了，而其他几个男护士正在一旁冷眼抱怨着。

这次转院的是个老太太，病得很重，是从另一个医护中心叫急救车送过来的。这种病人往往被护士称为"扔货"，已经病入膏肓，别的医院都不再接收了。她是将死之人，在急救车把她送到这儿的路上就抢救了两回，不过是在熬时间。查理知道，"扔货"其实是个战略举措——医院或医疗中心摆脱掉一个濒死的病人可以保持其颇低的死亡率——得靠这招才能进入“百大医院”的名单。圣卢克医院就是百大医院名单上的一员，重症监护病房的护士很为此而自豪，但这种“扔货”无疑会毁了他们的良好记录。

后来，他还记起那些护士对这个老女人的嘲笑，大家开心得好像在开派对。他记得当时老太太的主治医生跟着一起来了这边，一直在跟家属解释，为什么要把她送到这儿来，为什么需要叫救护车，为什么急救，以及圣卢克医院可以做哪些之前的医院做不到的事情。但其实查理很清楚，什么都没有，全是瞎扯。大家都心知肚明，说的是套话。查理能体会其中的冷酷无情，因为他自己也深谙此道。这些家属都不想面对事实，所以告诉他们需要知道的那部分就足够了。

与此同时，那些护士开始用一卷绷带玩起了打沙包。他理解这个工作需要一些轻松的气氛来调节——这在病房里是很常见的。没必要因为死亡而哭哭啼啼，但无论怎样，玩打沙包的游戏还是有些过分了。就好像你不能拿硝化甘油开玩笑一样，那是病房里用于救命的心血管药物，而不是送给这些愚蠢的男护士玩耍的玩具，他们不应该把药物随便乱丢到停车场上做实验，观察到底会不会爆炸。

关于这些“扔货”，查理知道他们终会面临的两种结局。今晚，他直接为那个老太太选了一条比较直接的近路，直接往她的输液袋里注射了点儿地高辛，一切就搞定了。输液袋的顶端有一个护士专门用于注入生理盐水的口，他们管这种盐水叫“洗液”，用来清洗血管里的残留药物，以便为其他输液做准备。所以，往这个端口注药是再正常不过的行为了，不会引起怀疑。如果有人撞见了他，他完全可以用这个理由搪塞过去。地高辛同生理盐水一样都是透明液体。但是，没有人进来，这是个私人病房。毕竟，作为“百大医院”，它的卖点之一就是一对一的贴心服务。

事后，查理将用过的针头放入了利器盒内，离开病房，径直回到了护士站，然后开始在值班台后面徘徊，让自己显得很忙碌，把椅子从护士站推走。直到护士站的警报终于响起，这个急救达人再次第一时间出现，用尽全力去抢救。

再之后，当这个女人的生命终于宣告结束，她的家人都来悼念时，查理发现这帮傻男人仍在不停地扔着那卷绷带。还好，他把自己该做的事情都做完了。这是他今晚需要照顾的唯一一个病人，很显然，工作结束了，他可以回家了。最近有事情要忙——他最近一直对大家经常提起的那个叫简的怀了孕的护士很感兴趣，有几个男的也经常在病区对简眉来眼去，他能感觉到，但他才不屑于这么做。他想让她知道自己在明确追求她。或许这次，是时候再请匿名者出山了。

二十

圣卢克医院的护士发现药品失踪的时候，已经是春天了。当然，不是什么药都没了，只不过有一种药，他们几乎没怎么用，却一直缺货：普鲁卡因酰胺。每天下午他们都会往药柜里补充这个药，但每天晚上这药都不翼而飞。连着6个月了，这问题实在很让人头疼。护士们常会拿这事儿开玩笑——肯定有人把这玩意儿当化肥使！没有人知道到底发生了什么，也没有人真的想要调查此事。

这让查理很失望，因为他一直在试图向他们传达信息。每天他上班的时候都会把这药拿出来扔掉，连着好几个月了。他发现自己真的太讨厌圣卢克医院了。他觉得要是个基督教医院，肯定表现得比这儿负责得多。他认为圣卢克医院不过是个工人阶级的疗养机构，如果你非要进医院，那这里也能让你好起来。不过查理最忍受不了的还是他们的态度。他不停地将那些椅子拿走，而他们会接连将椅子找回来。还有那洗液——他也用得相当浪费，但好像主管对所有这一切都毫不在乎，他想当然地认为可能是查理有这些需求。于是他开始跑到病人的房间，用他们的洗液，然后把剩下的给扔掉。他们毫不在意，摆出来更多的洗液，所以他不得不开始浪费他们为病人准备的爽身粉。虽然有时他自己也觉得这样小儿科的战役实在是荒谬得很。不过，作为一个在天主教医院工作的天主教徒，曾经为了婚姻和孩子放弃自己的信仰，继而在失去婚姻以后又失去了孩子，他到底还有什么呢？一无所有。作为一个爱尔兰犹太人，信奉着天主教的查理为圣卢克医院工作着。作为那些医生的得力助手、一位单身的连环杀手、一位艺术家，他竟然不知道能做些什么事情来抵抗，只能通过精心的计算，消耗掉成百上千美元，当然，是以扔掉药品、浪费医院成本的方式。这是他唯一知晓的交流方式，虽然很间接。查理的一部分理智告诉自己，他们是知道这些事情的真相的，他们一定能调查出来，他们也必须调查出来。这就像是他给出的测验，一种信念的表达。但在他心底，还有另一个声音在嘟囔着，他们应该一直没注意到，毕竟自己是那么小心。对于这个想法所带来的满足感，查理还是感到非常欣喜。不过，事实是，他们确实早就发现了。

值班护士长塞尔玛·莫耶是头一个发现普鲁卡因酰胺正在以非常夸张的“井喷式”持续缺货的人。2002 年 4 月，莫耶将这个情况汇报给了自己的主管艾伦·阿米地奥以及药房的药剂师汤姆·纽金。纽金翻查了自己的记录，但没法计算出具体丢失的数量。阿米地奥将此事放在了心上，但没有采取进一步的措施。

2002 年的 6 月 1 日是个周六，对于查理来说，这一天是乐翻天还是沮丧到底，完全取决于监护官的安排。如果孩子们来看他，而且大家玩得很开心，那就是一个完美的周末。他们可能在小花园里玩耍，摘一些新鲜的花朵别在头发上，然后在 DQ 冰淇淋店里享受美好的午后时光，尽情享用所有菜单上她们感兴趣的新品。但很不幸，这一天是个糟糕的周末，下午的空气潮湿，天气预报还说有雨，他在家里憋了一整天，但雨一直就没下。哦，太典型了，他们总说有雨，而且只要你等，它就永远都不会下。如果天气预报什么都没说，很可能连着一周都大雨倾盆。他在准备上班的时候甚至都不确定自己到底要不要带件雨衣。

开车去圣卢克只要一路向西到 22 号公路出口下高速就行了。他傍晚 6 点 15 分到达停车场，6 点 20 分进了病房。夜班 7 点开始，但他喜欢早到。他在男更衣室脱了大衣，换了双鞋。这时段更衣室没别人——又是一个早到的好理由，不用怕被别人听到自己小便的声音，不用在乎别人窥探你的隐私，盯着你下面看，更不必用充满孩子气的幼稚搭讪来打破尴尬的沉默气氛，没人跟你玩更衣室的恶作剧。门外，可以听到重症监护室各种仪器的轰鸣声和嘈杂的人声，还是探访时间，很多家属都没走。整个病区显得满满当当的，护士站空荡得很，好像被遗弃了一般冷清。

用微妙的让人难以察觉的方式间接搞破坏，没有人会怀疑什么。在其他护士眼中，他只是在四处帮忙，偶尔去药房补货，或是帮其他护士一起准备输液袋，要是有人需要急救，他们也能看到他四处忙碌的身影。从没有人会把这三件事儿联系在一起，因为没有什么合理的解释可以让它们有所关联。他压根儿不需要遮遮掩掩，也不需要戴手套。他只需要从包装中拿出早已准备好的10毫升容量的注射器，拔掉针头的盖子，推推，抽出“生理盐水”，推推，再打到输液袋里。然后将用过的针头和注射器扔进利器盒，将他独家调配的抗生素鸡尾酒放到指定病人的药物托盘里。查理在关灯的那一瞬间，瞥到了普鲁卡因酰胺，就在架子的顶端。这药又被放回去了，货源被重新补满，就像那些他藏起来的椅子一样恢复了原样。

查理简直不敢相信这一切。他们就这样跟他打着太极，周旋着。这感觉就好像你拼尽全力吼得嗓子都冒血了，还是没人听到一样令人崩溃。不过，他还是会继续呐喊下去的。当然了，你知道的，不是真的喊出来，他才不会喊呢，但他需要被别人听到，被别人关注到。他重新关上灯，回到了医院的走廊。当第二天早上 7 点有人来接班的时候，他们会发现药柜里又少了几百美元的药物，而重症病房里又有几个病人停止了呼吸。

二十一

2001 年，1 月。

这场雨直到第二天早上才落下来，从早上换班开始一直持续到下午。下午的时候，31 岁的重症监护病房白班护士吉姆·沃尔夫去药物储藏室取她的输液袋。跟往常一样，她将用完的针头扔到利器盒里。通常来说，一般针头会直接掉到空荡荡的盒底部发出一声闷响，但这一次，出乎意料的是，不但没有发出声音，而且废物盒已经满到连针头都塞不进去了。

护士们一般是没什么强大的理由需要打开利器盒去翻这些危险的医用垃圾的。更何况除了肝炎以外，艾滋病也越来越常见，冒着被针头伤害的危险来处理这些废物是环境污染服务的范畴——生物危害的垃圾回收工会将这些针头和其他医疗废品送到新泽西州的另一端，进行焚烧处理。不过，吉姆实在很好奇，她将盖子掀起来，从洞里看进去，结果映入眼帘的不是用过的针头，而是很多白色的纸盒子。

沃尔夫离开储藏室以后找到了护士站的盖瑞·津博和坎迪·沃马科。盖瑞算是个老员工了，在这个病区工作了 16 年。他挺着胸脯慢慢走到药房，发现那帮聚在门前的小护士跟找耗子似的看着什么，但当他挤进人群的时候，却意识到事情没那么简单。盖瑞立刻拿起了电话。

利器盒就像是个废弃的邮箱，只有环境污染服务的人有钥匙。他们把这个盒子打开，盖瑞把里面的东西倒到一个便盆里，他和坎迪把这一堆东西拿到一个空房间，开始了搜查工作。他们小心翼翼地将那些药品从废弃的针头中拿出来，一一摆在柜台上。

对于一个护士来说，这一幕确实有点过于震撼了。这些药都被污染了，它们可是钱，是所有人的饭碗。两个人本能地拿出单子开始对着目录查药。一共有 6 瓶维库溴铵、一些苯肾上腺素和多巴酚丁胺，以及硝酸甘油和拉贝洛尔，除此以外是 40 多盒最近丢的普鲁卡因酰胺。

盖瑞和坎迪完全没有头绪，这跟他们所有遇到过的情况都太不一样，确实医院里最近有药物丢失或是被倒卖的传言，大家都私下猜测着各种情况，但没有人猜测是这样的结果。对医院来说，像氯胺酮、奥施康定、维柯丁、扑热息痛、丙氧吩、杜冷丁和吗啡等让你逃避现实、足以上瘾的药物才是丢失名单上最常见的，谁会对 48 盒苯肾上腺素感兴趣呢？除了改变血压和心率以外，这没什么大用。他们实在是想不通。垃圾中被丢弃的成堆的普鲁卡因酰胺的确是个问题，这个奇怪又浪费的行为让他们非常厌恶，但有更大的问题足以让他们害怕起来，那就是另一堆维库溴铵的空瓶子。维库溴铵是高纯度药物，以粉末的状态储存在密封的玻璃瓶里，开口上有个永久的橡胶塞。获得这种药只有一个办法，就是将药物溶解稀释后从密封的容器中取出，就跟喝“酷爱”饮料似的，用装着生理盐水的注射器穿过橡胶塞，往里面注入足量的生理盐水，使劲摇晃，然后将里面的药物重新用注射器抽出来。很显然每个空瓶子都意味着有一个装满药物的注射器，而从现在的状况看来，数量惊人。

维库溴铵是种药效非常强劲的全麻辅助用剂，如果摄入过量，会导致类似溺水的缓慢窒息发生。所有身体机能的肌肉慢慢停止工作，但人还是醒着的，至少在心脏和肺的肌肉停止工作之前，人是清醒的。更糟的是病人将会在药效发挥的时候失去移动和呼救的能力，却无法让他们摆脱身体机能逐步失效所带来的一切痛苦。

长期或过量使用维库溴铵会对昏迷中的病人造成脑损伤，因为过于严重的副作用，医生们越来越少用到它了。就算是一些特殊的处方中出现了它，剂量也都非常小，通常只有 5 毫克左右。这个周末轮值的四个班岗，没有一个使用此药处方的记录。可摆在他们面前的是凭空消失的 60 毫克维库溴铵，显然被装进了针管，注射到了哪里呢？

盖瑞 • 津博重新踱回走廊，突然感觉到不安。四周的每个房间里都躺着一个昏迷不醒的重症病人。医院里经常挤满了员工、探访者、科室专家、新员工和打扫卫生的小时工。他决定和坎迪以及吉姆一同轮班盯着药物储藏室。吉姆从护士站找了一个很好的观测角度，决定值第一班岗。她不认识头一个走向药物储藏室的人，所以一直目不转睛地盯着。他输入了密码，成功转动了门把手，进去之后还不忘找个楔子抵在门缝处，防止门自动关闭。吉姆从始至终可以看清楚那家伙都做了些什么，但他并不可疑。半个小时以后，药房的家伙输入了密码走了进去，他也没关门。吉姆和坎迪交换了个眼神，突然觉得这事儿特别蠢，但离换班还有一天的时间，他们还是继续看下去。

傍晚6点20分的时候，查理像往常一样很早就到了医院。吉姆·沃尔夫很高兴见到他——她很喜欢查理。两年里，他们总是赶上交班，虽然没有成为朋友，但关系还算很友好，平时轮岗碰上了还会互相打个招呼。是的，他确实有点儿与众不同，但沃尔夫没有因为他的各种怪癖而嫌弃他，无论怎么说，他是个很能干的家伙，还总是满足每个护士的替班需要。在查理到达护士站开始每天都要上演的常规动作时，坎迪和吉姆默契地一同将目光从药房收了回来，盯向了手头的表格。

值班护士站的椅子都是“顶级奥菲斯”的牌子，椅子腿都被设计成了怪异的蜘蛛腿形。查理将多余的椅子推到走廊尽头那些没人住的空病房，一次两个，然后走回来再推走两个。全部搞定之后，他停在了走廊尽头药房储藏室的门口。他输入了密码，快速地闪了进去，门在他身后关上了。这一切吉姆尽收眼底，她刚要叫坎迪，就发现她也早盯着那边看了许久。

当她们再次看到那个门被打开的时候，过了足足有5分钟。两个女人在查理走出来往更远处走的时候非常默契地同时低下了头。吉姆查看了一下周围，然后快速地跑到药物储藏室，输入密码，往里面看去。利器盒又满了。看来，急需马上通知重症监护楼层的经理艾伦·阿米地奥。在寻找未果的情况下，她们打通了艾伦家里的电话，耳语着将这个惊天的发现告诉了在家休息的艾伦，终于知道是谁一直在使用那些致命的维库溴铵了。

半小时以后，该换班了，盖瑞和苏还有坎迪都要下班，只有查理一个人留在了护士站。他有整整 12 个小时的时间，一切才刚刚开始。

一直到周一早上换班之前，这个利器盒就再没人打开过了。那天是 6 月 3 日，盖瑞 · 津博和主管经理泰瑞 · 科勒戴着无菌手套在医院安全主管的监督下将里面的东西倒到了柜台上。这一次他们发现了几十个药瓶，其中的大多数都已经空空如也，里面包含 10 个维库溴铵的玻璃瓶。很显然，他们还不知道，早在 7 个小时之前，这些药物就被注入了爱德华 · 奥图尔的输液袋里。

这个时候，艾伦 · 阿米地奥已经到了病区，管理层的几个重要人物都被惊动了。杰西卡 · 瑞达是圣卢克医院的风险经理，给大家制定了一个临时规定：白班剩下的时间，负责的护士要定期检查利器盒是否会出现新的药瓶，看是否库伦不上班利器盒就是空的。大量危险的心脏药物丢失开始让护士们人心惶惶，瑞达只好去联系了自己的风险管理主管肯维尔。他们一同开始制订战略性计划，到底怎样才是“对医院最好的”解决手段。离查尔斯 · 库伦护士的下一班岗只有不到 8 个小时的时间了。他们决定一同咨询一下圣卢克医院的驻院律师特劳布。他打电话给史蒂文斯和约翰逊法律公司，这个公司擅长处理刑事案件，特别是对医疗事故方面的辩护很厉害。他们派了一个叫保罗 · 劳克林的费城前任助理检察官前来调查。

下午2点，劳克林就已经坐到了圣卢克管理办公室的桌前。在大致了解情况之后，他便回家等消息。电话是凌晨从重症监护室那层的护士站打来的。查尔斯·库伦回来上班了，他们又发现利器盒里出现了新的药瓶。无须再等，劳克林径直开车回到病区，找了个走廊尽头的空病房继续等待。几分钟后，就有个叫布拉德的男护士将查尔斯·库伦送了过来。查理似乎很吃惊，他瞪了布拉德一眼，对他道："嘿，无论怎样，你也至少应该提前提个醒，通知一下吧。"

二十二

这位年轻的律师让查尔斯·库伦坐了下来。他态度友好地询问着查理的生活背景、工作习惯，查理有条不紊地回答着每一个问题，好像对事情的走向很清楚。他告诉律师，自己喜欢提早上班，每天都差不多6点半前就过来开始准备药品了。今儿备药的工作也搞定了，也就花了他10分钟。

"那，之后你干什么了？"劳克林问道。

"哦，"查理回答着，"嗯，你知道，就……没出来，一直在药房待着。"

"为什么呢？"劳克林提出了自己的疑问，难道之后查理就不用去药房了吗？

"我不知道，也许，有人让我这么做。反正如果有人让我待在药房，我肯定会这么做的。"

“好吧。”劳克林继续说道，“那么，事实确实如此吗？有人让你去药房了？”

查理盯着地板嘟囔：“我记不清了，我整晚在这儿工作，都不能睡觉，所以，你知道的，总是迷迷瞪瞪的，我也不记得具体晚班都干吗了。”

“有人跟你说在利器盒里发现了好多丢弃的药瓶吗？”

劳克林直接把利器盒拿了过来，打开了盖子，直接将成堆的空药瓶子摆在了他面前。也许查理应该表现出一点儿吃惊来，但他没有。他压根儿就不屑于记得人类在面临这种情况时所应该持有的表情是什么样儿的。“有什么关系吗？”他又重新低下头，盯着刚才地板上相同的地方看，脏乎乎的油毡像块儿烂肉堆挤在一起。

“那么，我再问你一遍，你到底有没有听说过医院的药物一直丢失的事儿？”

“哦，这个，我听过，你知道的——莫耶护士，她跟我提过那么几次。”

劳克林继续问道：“那到底是谁把药扔到这里面的呢？查理，你对此事又有何看法呢？”

他一直说着。查理听着他把所有找到药品的排班表列了出来，全是查理在岗的时间。这家伙还提到了维库溴铵，说明了药品的危险性以及具体的使用方法。除了查理以外还有谁能做这些事呢？会有别人吗？查理？查理？

查理环顾着这间屋子，看着屋里的椅子、桌子，又看向了律师的膝盖。他手里有病人的病情记录，他们的血检结果，实验室测出了过量的维库溴铵。他们已经找到这些玻璃瓶了。对于查理来说，这无疑是在欺负他。他们明明已经知道得很清楚了，这些提问只是单纯为了折磨他。“你已经有了定论。”查理说道。他们还能指望他做些什么呢？

查理面前摆着一个选择——其实也算不上是个选择：如果他辞职，圣卢克医院会给他写一份不好不坏的推荐信，这次的事件也不会被记录在案。查理继续盯着地板，现在他成了一个“扔货”，很显然他们要摆脱掉他。他想这就是他们如何保证在“百大医院”行列里的另一个方法吧。查理真是不愿相信，在那么多医院里，他偏偏选了这个天主教医院，就是因为这里像是充满民主自由的地方。无论怎样，查理还是接受了这个选择。他坚信自己才是事件中正义的一方，就像当初耶稣被送向十字架一般，安保人员将他遣送出了病区，将他一个人留在了冰冷的停车库里。

二十三

6月8日，就在圣卢克的安保人员将他护送到停车库3天之后，他将车停在了宾夕法尼亚州阿伦敦一个距离圣卢克不过10分钟路程的停车场内，另一个重症监护病房的夜班工作开始了。他还是提前到了病区。转院到圣心医院的过程相当简单。一份如实表明“2000年至今，在圣卢克医院工作”的简历，加上一封还算中肯的推荐信，让他的这次转院看起来很正常。但查理不知道的是圣卢克的管理层在他离职之后给很多同行的医院打了电话。不过，无所谓，他们还没给圣心医院打电话，而且正巧赶上这里急需人手。查理心无旁骛地一头扎进了病房，他应该立刻开始新的工作了。

库伦感觉自己很喜欢在圣心的工作，他已经开始喜欢上那几个同事了，尤其是一个叫凯瑟琳·维斯托夫的年轻妈妈。跟他一样，凯瑟琳也是个新人，单身，只值夜班。工作开始还不到一周的时间，他们就开始约会了。像往常一样，查理很快就显露了本性。两周后他就接到了内容熟悉的电话，告诉他可以不用回去上班了。即使这样，事情还是有好的一面。凯瑟琳很为自己的新男友感到难过，风波来袭，但不知何故，分离反而让这件事儿变得浪漫起来。几个月后，查理将行李装进自己的福特，搬进了凯瑟琳在伯利恒租的公寓中。

这次在圣心医院为他开出的停职通知单上，原因写的是“人际关系冲突”。查理认为估计是一些老护士听到了什么关于他的传言。事实上，圣心的一名护士曾经在伊斯顿医院工作过，施拉姆因为地高辛死亡的事件现在依旧还在那里的员工间流传。她听说过这个故事，并且很快圣心的其他同事也都听到了这个故事，大家一致对管理层施压，威胁说如果不把库伦开除，他们就集体辞职。查理并不知道事情的来龙去脉，不过他也没必要知道。底线足够清楚了：他需要走得更远一点儿。幸运的是，一个全新的开始正在州界的不远处等待着他。查理准备回到儿时的家里了。

查理还是能利用圣卢克医院开出的那份推荐信找到好工作的。

后来医院声称，通过劳克林的调查，风险经理瑞达和护理科的主管科勒详细撰写的一份调查报告，加上圣卢克医院法律顾问的分析，发现似乎没有一例可疑的死亡案件可以同找到的维库溴铵的空瓶子有直接联系，当然也没法同查尔斯·库伦在医院的表现联系在一起。不过，圣卢克管理层的领导们还是不希望库伦在健康护理的圈子里继续工作下去了，显然其他的医院也不应该留这么一个隐患。

2002年8月，圣卢克医学院事务处理中心的副主席查尔斯·桑德拉给自己在伯利恒地区的同僚们打电话，问他们是否遇到一些牵扯到一位叫查尔斯·库伦护士的奇怪事件，并且告诫他们在雇用这个人的时候一定要慎重考虑。首席执行官文斯·乔瑟夫和律师保罗·劳克林也给出了相同的建议。但是，桑德拉、乔瑟夫和劳克林都不约而同地把这件事情私了了，没有人想过要将此事捅到公众、警察或是州护理委员会那里去。不幸的是，萨默赛特医疗中心同他们一样，不在通知的名单上。

二十四

2002年，9月。

招聘传单是大众营销的高质量手段，全彩的印刷吸引着成批符合条件的护士。查理在厨房的水槽旁边认真地研究着招聘的宣传手册，翻来覆去地看。“加入我们的团队吧！”上面这样印着。

他应该吗？这辈子他都靠这样的邀请活着，生活的道路已经被这些出现在他面前的机会之门卡得死死的，没有一点儿余地。他只得按照命运的安排持续走下坡路。查理没听说过萨默赛特医疗中心，甚至都不知道新泽西州还有个萨默赛特郡，但很显然，4年之内换过5个东家的他已经上了宾夕法尼亚州的黑名单。他虽然在新泽西也问题重重，但毕竟已经是4年前的事儿了，更何况新泽西是个很大的州。从地理上说，萨默赛特离他儿时的家只有50分钟车程，但从社会大环境和经济上说，那地方可与查尔斯·库伦的老家西奥兰治有着天壤之别。

萨默赛特是美国最古老、最富有的城市之一，坐落在山林之间的肥沃农田吸引着成批的贵族金融家和企业家，并且成为这个地方发展起来的最早根基。约翰·德莱顿是英国保诚保险有限公司的创始人，19世纪80年代的时候，他在伯纳兹维尔建造了跟凡尔赛宫一般的府邸。经历了大约一代人的时间，布鲁克·库索，后来更名为布鲁克·阿斯德，住进了这个叫作丹布克庄园的宅子里。在南北内战之后的那几年，正值繁荣时期，世界上最富有的国家中最富有的一群人住在了这个地方。他们为所欲为，可以得到想要的一切。1898年的时候，他们突然想到，应该在这个地方建一所医院。

这个想法是因为一起死亡事件引发的。那是个头部受伤的16岁男孩。即使是在1898年，这也绝对算不上个致命伤。在头骨上面钻洞释放颅压是个很久很久以前就可以做的手术了，几乎比拉里坦河床下游荡的印第安亡灵还要年老得多。但是，在男孩被送往纽瓦克医院接受医治的途中，他受伤的头部持续肿胀，像刚烤的面包，颅内压力对头骨造成了巨大的挤压。当他到达纽瓦克的时候，瞳孔已经扩散。也就是这个时候，开设本地医院的需求第一次摆在了大家眼前。

利用最先筹集的5500美元捐款，他们给位于东大街的一家房子配备了电力和自来水，还将当时最先进的现代医学技术引进到这个地方。这其中包括一个德国的机器，可以利用那种不知名的X射线来为人体的内部器官拍照。还有一种做手术时可以用的新型电灯泡，是离这地方不远的门洛帕克市有个叫托马斯·爱迪生的家伙发明的。最早的那段日子里，一共有10个医生、12个病床。随着整个镇子的稳步发展，医院也逐步扩大起来：越来越多的病区从简单的木框架房屋蜕变成红砖墙的高大建筑物，还配备了几十种高端专业的医疗设备和350张病床，并高薪聘请数千名专业人员在此任职。除此以外，这里还有一个超大的停车场，并且拥有靠近高速路出口的便利地理位置以及雄厚的资金储备，可以为愿意在这里短期签约的经验丰富的护士提供高达10000美元的签约奖金。

2002年8月15日，查理坐在萨默赛特人力资源的桌前，继续填写那些早已烂熟的表格。他在上面真实列举了自己注册护士的身份和所获得的各种认证资格，但在刑事犯罪方面选择性撒了一些谎。他一点儿也不担心这些人会去费力寻求每个问题的真相。在申请职位的时候，他的首选还是重症监护病房，但如果不行，其他的病区也无大碍。关于排班时间，全天候、轮岗制、时刻待命的临时岗位夜班、周末班、假日班，所有都可以。库伦无论从哪方面看都是个非常优秀的护士。作为参考，库伦将圣卢克的工作履历写到了上面，并且在离职原因的地方填上了“寻求改变”。这在某种程度上来说也算是实话。除此以外，他还将自己在雷海山谷的烧伤病房工作的那几年填了上去，理由是“那里的工作不适合他”，护理委员会和康复中心的工作“没有足够的工作时长”。所有这些过去的工作经历都不算是撒谎，这些原因也都确实存在。填完表格，剩下的工作就是萨默赛特医疗中心的人力资源用自己的方式在细节上替他锦上添花了。

库伦之前在沃伦医院的上司证实了他曾经在那里供职的事实，也没有否认他的才干。而圣卢克医院的人事部也确实像之前承诺的那样为他的在岗时间和所担任职位给出了实事求是的答案。2002年9月，查理得到了萨默赛特医疗护理中心重症监护病房提供的一份全职工作，并全身心地投入到了这份照顾全院生命最脆弱的人群的工作当中。

查理很快就成了萨默赛特医院夜班的明星雇员。通常情况下，白班和夜班之间的交接工作都要持续一个小时的时间，当然了，主要还是取决于具体的护士。查理动作非常快，他从来不问问题。白班的护士在排班表上看到他的名字总是兴奋得不得了。他们向他快速地报告一下手头的工作，就可以径直回家了，因为查理总是很早就做好了工作的准备，手持记录病人所有数据的移动电脑设备，站到走廊尽头。他的夜班同事更喜欢他，因为他的工作开始得最早，而且也超有效率，总是第一个完成手头的工作。当其他人刚刚巡视第一轮病人时，查理已经站在药品自动分发系统的机器旁边将他们夜班需要给病人换的输液袋统统准备好分配到托盘中了。之后，他们还会在响应病人呼叫的时候，再一次看到他忙碌的身影。

每个晚班护士都有自己独立的工作时间表，而一同值班的同事也不是固定的。查理很快就被经常跟他同班的一个姑娘看上了。那是个叫艾米·洛克伦[①]的高个子金发女孩，总是笑称自己是个“扫帚星”，从这一点足以看出她是那种直率真诚的人，对比之下足以让查理显得更加缄默。开始，查理的确在她身边很少说话，但随着漫漫长夜的催化，他开始在等待药品自动分发系统工作的时候跟她偶尔交谈两句，抱怨下对政治的看法，或是在晚上吃力赶报告时隔着房间与她心领神会地交换个眼神。夜深之后，当所有的患者都已经处理妥当，所有的输液袋都挂好，查理就会用他认为可以同艾米产生共鸣的方式将自己的抑郁、坏运气和之前经历过被欺凌的故事一一道来，她总是用笑声或查理需要的母爱般的关怀来回应这一切。几个星期过去了，他们终于跨越了朋友的

---

①为了方便故事的叙述，查理在病房工作期间的另一位密友并没有被提及——唐娜·哈德格里夫。现在改名为唐娜·斯科蒂。唐娜也是艾米的好友，他们在一起的时候，好像是个小团体，其他的护士管他们叫“三剑客”。最初艾米听到的那些关于库伦的事件真相都是从间接的消息源得来的，唐娜是中间人。她没有参与后期的调查，对艾米参与调查的事也并不知晓。

界限。

艾米·洛克伦拥有一个饱受虐待的童年，靠着心中一个神秘的信念——世界早晚有一天会因为她过去悲惨的生活给她一个补偿——而大胆反抗着走过人生的最低谷。36年努力而冲动的生活为她带来了10个男朋友、两个女儿、一张护士执照和一辆租用的白色捷豹，但在她这个金发光鲜的外表之下，是个无论如何挣扎都没成功的受伤灵魂。她不上班的时间会时不时被袭来的焦虑症逼迫得不得不流浪在外，而到了晚上，她的生活则被工作和酗酒一分为二。她的时间被纽约北部的生活和新泽西的工作填满，家庭和医院造就了她坚强的个性，用努力工作来维持家庭的稳定，她在女儿、男友及大部分同事面前没能将自己完全展现出来，只有她的新朋友查尔斯·库伦，可以让她完全沉浸在安全感的怀抱中。查理似乎也需要她的庇护。

当查理9月份刚开始在萨默赛特工作时，艾米就从心底里知道，自己很喜欢这个新来的家伙——不是“喜欢一个人的那种喜欢”。没错，她单身，但还没那么饥渴。事实上，她100万年前就不再有那种对爱情的冲动了，她只是觉得这个新来的家伙跟她很来电，她觉得他很懂自己。她明晰自己为人处世的界限，6英尺高的大个子，身形健硕完美，即使在《实习医生风云》里头出现，也不会逊色。她一直是个很有警惕、不轻易对别人敞开心扉的人，但对于她来说，似乎查理是安全无害的。他关心她，但似乎没有什么过于明显的企图，也从来不跟她调情。虽然他没有总跟她有什么目光接触，但也绝不会趁机偷瞄她上衣下面凸显的线条。他还是个很安静的人，哦，起码起初很安静，而沉默寡言又刚好特别对艾米的胃口。这个人，艾米思忖着，一定有什么不可告人的秘密，就像她自己一样。

新来的男护士似乎也跟艾米一样认真对待着这份工作，似乎还更认真一些——高效和专注到了近乎痴迷的状态。他有点儿古怪，但不至于让人觉得是个怪胎。查理总是独自一人照顾那些病人，将病房的门关得死死的，还拉上那些遮挡的帘子，扒光他们的衣服，为他们搓洗，打上肥皂，抹上润肤乳。艾米管这些病人叫作他的“黄油球火鸡”，滑溜溜地给他们翻个身都难。他的另一个狂热的爱好是使用塞纳医疗公司的各式仪器。在塞纳数据库中制表是每个护士在被逼无奈的情况下必须做的一项工作，但对于查理来说，似乎在这上面花上数个小时远比在医院的走廊里溜达着巡视病房要有趣得多。艾米总是打趣说他一定是在写小说。查理很喜欢这样的玩笑，在某种层面上说，艾米已经把他当自己人了。

同很多护士一样，艾米觉得自己是保护人类脆弱一面的超级英雄，一个弱势群体的发言人和权利倡导者。看着这个新来的护士脸上充满疑惑的表情，还有柔软的灰色头发和老式破旧的羊毛衫，艾米觉得他同其他脆弱的灵魂一样急需保护——一个罗杰先生型的典型悲剧，麻烦缠身还心怀沮丧。他白色的护士服充满了学院气，油腻的眼镜后面是一双充满了黑暗和绝望的眼神，在艾米看来是种愤怒的掩饰。不过值了几个夜班，艾米就意识到查理是个十分风趣的人。凌晨4点，查理可以从他的生活角度来讲一个故事或段子让她哈哈大笑，幽默和八卦为工作所带来的痛苦和悲伤做了很好的缓冲，查理总是可以做到这一点。有一些故事围绕着他曾经荒诞的海军生活，比如被指派看守核导弹的时候，遭遇老兵欺侮的时候，或是拒绝在另一个人面前公开往杯子里尿尿的时候。不过所有的故事中，最多提及的还是查理的女友凯瑟琳和她让查理搬出去的企图。艾米管这个叫“查理和凯瑟琳的表演秀”。每晚她都过得十分开心，直到有一天，她最终决定开始自己的忏悔，敞开自己的心扉。

每晚，查理都会放下照顾病人的职责，快速地走一遍病房，直到看见她为止。艾米绝对是个拖延症患者，总是迟到，也正因为如此，她格外敬佩查理的专业精神，14年的工作经验，9家不同医院的任职经历，很快便让她在工作上对他百般依赖起来。15年的护理经验为艾米带来的这份萨默赛特的工作是她能期待的最好结果了；另外加上7个月的合同、2万美元的奖金收入和每月1700美元的食宿补助，让她为之欣喜若狂。她希望可以一直守住这份工作，就算它在不知不觉中蚕食着自己的生命也在所不惜。

10月的夜班，查理发现她靠着护士站冰冷的白色砖墙打着寒战。他将她扶进一间没人的病房，关上门，安置她坐在病床上，等待着她可以恢复平静的呼吸，解释到底发生了什么。这是个挺有趣的故事，起码对于一个经验老到的护士来说，这点儿敏感度还是有的。她正在全国顶尖的重症监护病房工作，但私下里，正在慢慢承受着心脏衰竭的痛苦。

艾米被诊断出患有先天性心房颤动，并伴有长期的慢性病窦综合征。她现在的身体状况至少有部分原因是焦虑造成的，而导致她经常被恐惧侵袭的原因也非常令人不安。心脏肌肉的异常导致她的心脏无法规律地跳动，所以心肺之间总是出现供血不足的情况。艾米经常窒息于自己呆滞的血液流动中。之所以这样，从医学上说，最符合逻辑的是她的心脏肌肉曾经被其中一个病人所携带的病毒感染过，但艾米却总认为肯定是出于什么更加神秘的原因。比如一种情感上的伤害，像病毒一样，自她可怕的幼年便侵入了体内，并在事后清除了一切相关的记忆。心脏的状况并不是她唯一的秘密，尽管这也是在慢慢将她推向死亡的原因之一。

查理像医生一样一边点头一边听着她的描述，继而离开了病房，1 分钟后手里拿着一片蓝色的椭圆形药片走了回来——是 0.5 毫克的地尔硫卓。艾米把药吞了下去，扶着一个输液袋支架慢慢站了起来。才凌晨 2 点而已，还有工作要做。

“不，你听着，”查理告诉她，“你需要休息，医生的吩咐哦。”他露出了一个令人宽慰的笑容，“今天晚上你的病人交给我吧。”

“查理……”艾米停顿了一下，看向了他。

“没关系，”查理说着转身走了出去，“我会保密的。”

查理不记得自己在萨默赛特干掉了几个，只知道从艾米生病起这一切就开始了，而且一旦开始，就再也停不下来了。

直到 2 月份，艾米在工作的时候突然倒地不省人事，直接被送进了急救室之前，她从没有做过心肌病的检查。现在她需要回家休假，靠起搏器过日子了。查理独自一人坚守在夜班的岗位上，用自己的方式取代了她需要带给病人们的关怀。

那些具体的案例中，年老的、病入膏肓的病人都有。最令人难忘的似乎是1月11日，用地高辛干掉的那个叫伊拉诺·斯托克的60岁家庭主妇。两周后，在查理43岁生日那天，他使用了一种类似于维库溴铵的强效心血管麻醉剂巴夫龙，虽然该药剂本身就有很强的药效，但他还是使用了其他的药来加快进程。那晚，查理不知道究竟谁死于他的这次行动，也没法确切说出来，具体是什么杀死了乔伊斯·曼格尼和吉安科米诺·托托。不过，他还是很肯定是去甲肾上腺素在3月11日干掉了约翰·沙哈尔的心脏。在他抢救的过程中，查理深知哪些药物可以立刻将那些老家伙从死亡的边缘拯救回来，对于其他护士来说，他好像有某种先见之明的超能力。即使是那些年轻的小护士，也开始逐渐习惯为查理让道，让他出马带领大家救护。他的名声随着急救的次数一同增加。

那年5月，当多西亚·霍格兰的心脏停止跳动，呼叫台的编码变成冰冷的蓝色时，查理依旧看起来没有丝毫惊讶，好像早就知道这一切一定会发生。每个病人都因为身体状况和用药的不同有着错综复杂的变化和问题，每一个人需要的救治也因此而千差万别。这是个忙碌的春天，与那些病人相比，似乎查理对他们的发病原因和治疗方法更为了解。

迈克尔·斯兰科是这个病房中相对比较年轻的一个病人，这些人里头，就他还处于热衷于涂发胶的年龄，也正因为如此，护士们也就格外同情他的病情。这个21岁就读于塞顿霍尔大学计算机科学专业的学生患有遗传性自身免疫系统疾病，伴随着很多复杂的并发症，整个身体状况十分令人担忧。艾米从起搏器的手术和长期病假中恢复过来，重新上班的时候，开始为这个叫迈克尔的年轻人担忧，觉得他可能会熬不下去。在查理看来，这可没什么希望可抱，结局是一定的。

最后，可能是地高辛，或肾上腺素，或其他一些别的药物混在一起，将斯兰科推向了死亡的边缘——加重的病情让这一切都变得那么精准。只需一小点儿推动，一声轻微的叹息，抑或1毫米的微调，变化细微到无从察觉，分散得没人注意到究竟是什么原因造成了令人吃惊的结果。那天晚上呼叫的次数很多，场面却一点儿都不令人欣慰。查理拖着步子走到外面的候诊室去找迈克尔吓坏的母亲，递给她一张精确的图表，上面写着各种技术性词汇，画着各式不知所谓的标记，来解释在那最关键的一刻，他儿子逐步迈向死亡的体内究竟发生了什么。查理向她解释心电图的含义，她儿子的心脏脉冲何时出现了异常，如何用药物来影响这些跳动，哪些是去甲肾上腺素和地高辛造成的波动。他告诉斯兰科夫人，迈克尔是个病人，而无论她是否愿意接受这个事实，病人的结局只有一个，他们早晚都是要去见上帝的。

迈克尔的父母被这样的解释吓坏了，勒令查理立刻离开。但查理的所有解释确实是正确的。在5月15日接近凌晨2点的时候，斯兰科夫人跟她儿子冰冷的尸体做了最后告别，他那不再起伏的胸腔确实证明他已经永久地离去了。

艾米本不是故意找事儿的人，但她就是喜欢质疑一切。她想就算这些事儿让自己变成了大家的“扫帚星”——可能因为偶尔自己确实太过分太夸张了——那也无所谓，至少自己不是个随便就可以糊弄过去的笨蛋。这就是她，虽然她自己也明白，有时候很冲动，嘴不饶人，做事反叛还脾气火爆，但起码她不傻，她不会什么都听之任之。关于她在肿瘤科的那些事迹早就传得人尽皆知。艾米，就是那个拒绝遵守重症监护病房新规定的护士，她觉得把自己的名字写在胰岛素调取表格上的规定相当愚蠢。后来事实教育她这次的反叛精神确实造成了很严重的后果，她从肿瘤科的重症监护病房调职了。

他们将这个新药品协议称为“胰岛素调节表”。她的经理威尔一边向艾米解释，一边劝她在上面签字。此前，胰岛素不过就是随意存放在小冰箱里，但现在不知出于什么原因，他们改变了原来的规定，勒令护士们像对待其他危险药品那样在每次调取胰岛素的时候都留下自己的电子签名，并且记录到底还有多少剩余库存在药库中。这在艾米看来既不精确又愚蠢至极。她怎么能准确地目测出到底剩下了多少瓶胰岛素？他们让她以自己的护士执照做赌注，陪着玩一场数糖豆一般愚蠢的游戏。很显然，一定是有事情发生了，就在她的病房，很有可能就是她的病人。艾米要求上级告知她到底发生了什么事情，但威尔压根儿没打算告诉她。为什么突然把胰岛素当麻醉药看管？艾米对于这样的要求感到异常不解，胰岛素有什么危险的？

当她的主管没有回答这些问题的时候，艾米生气了，她拒绝合作。威尔命令道：“签字。”她坚定地拒绝。“你就签个字而已！”威尔继续坚持，艾米继续拒绝。

现在，轮到威尔生气了。在艾米看来这事儿确实有点儿小题大做，干吗大家都这么在意这么一份无关紧要的破协议呢？——多大的事儿？死了人不成？

威尔再次张嘴的时候几乎是吼出来的：“听着，你就签个字而已！这事儿压根儿就不是针对你的！可以了吗？”

“这什么意思？那这事儿是针对谁的？”

那个时候，艾米还没有将这个新出台的政策和最近频发的急救事件联系到一起。她唯一知晓的就是最近工作加重了不少，好像需要包裹的尸体越来越多了，似乎在过去的半年中，她所处理的尸体比自己之前的护士生涯中处理的都多。她根本没意识到这里存在着什么问题，所以也就更想象不出来，查理或是任何一个什么人会是这一切的始作俑者。查理是个好护士，甚至可以说是卓越超群的。她总是很乐于在排班的表上看见查理的名字跟自己出现在同一天。虽然医生们总是跟她说一切都还好，放轻松，但随着她手头负责的病人越来越多，她觉得轻松绝对不是个正确的选择。有时她甚至需要在关注自己心脏状况和照顾病人之间做出选择。如果有查理跟她一同值班，她就完全不需要再这么担心，他总是会腾出手来帮她。

2003 年 6 月 4 日，查理早到了整整半个小时——他等不及了。他在电脑上查了每个病人的数据资料，并且将那个来自东方的女士挑了出来。韩金庚夫人不是他的病人，但很显然她现在有很严重的问题。6 月 12 日韩女士入院的时候，被诊断患有霍奇金淋巴瘤和严重的心脏病。她的心脏病主治医师扎拉尔·萨林已经给她开了小剂量的地高辛，通常的用量是 0.125 毫克，让她的治疗水平维持在 0.63 左右。医生在 6 月 13 日还为她安排了另一剂地高辛注射，但在之后的心电图显示的结果上，他发现地高辛根本无法改变她心律失常的问题。而且，地高辛很有可能会给她带来致命的威胁。他立刻勒令在她的治疗过程中停止了此类药物的注射。

晚上 7 点，护士们通过递交报告和口头转述等方式完成交接班。查理到了 7 点半的时候彻底搞定了所有的事情，径直走向药物分配的电脑管理系统，领取了地高辛。他为自己的病人开了一剂方子，继而很快又把操作取消了，但药柜的抽屉还是弹了开来。这一切都非常简单，新型安保协议愚蠢得很，查理拿了两剂量地高辛出来，合上了抽屉。

查理步入了韩的病房，这女人睡得很熟。他一如既往地开始了自己的常规动作，将一剂地高辛通过注射生理盐水的小插口打入了她的输液袋，让它们缓缓地通过长长的管线流入她的血管之中。韩本来已经不该注射任何地高辛了，但这次查理往她的输液袋中注射的含量是她平时所用计量的 8 倍之多。做完这一切，他将针头扔到垃圾桶里，走了出去。已经快黎明了，在他晚班结束的时候，药效就差不多该完全发挥出来了。在他休息的整个白天，对结果的预期都一直回响在他的脑海中，好像周边的一切事物都不再重要，变得模糊起来。查理在16日的晚上重新回去做工作交接，为了检查之前的成果，他去得很早。但，韩还在那里。

查理去系统中检查她所有的相关病例。韩的心率确实出现过波动，给早班的那些家伙带来了一次惊心动魄的抢救，血检报告显示在她的体内检测到了地高辛的含量，从平日的 0.63 一下飙升到了9.94。韩的主治医生第一时间给她安排注射了解毒剂，韩的状态逐渐平稳下来。无论如何她算是挺过了白班，熬到了第二天的夜班时段，虽然状况很差，但好歹幸存下来了。

艾米把查理叫来，他总是很擅长处理那些刚刚去世的危重病患，打理他们的身后事，所提供的帮助快速而高效。他有一系列很严肃的工作流程，而且很讨厌跟别人谈论此事。他喜欢给他们擦洗身体，然后将输液袋的针管从血管中拔出来，将所有的管子慢慢包起来，拔掉各类导管，摘掉呼吸器，卸下喂食管，最后将他们所有的遗物都归拢到一处，盖上白布。在艾米看来，这一切是很神圣的过程，庄严而肃穆，但在萨默赛特，用来盖住尸体的那块布是非常廉价的薄塑料布，透明，易卷，一扯就坏，还总是不够大。它们总是让她联想到保鲜膜。如果独自一人做这一切，总会让这本来充满高贵的举动变成一出恐怖的闹剧。将塑料布包裹在人身上，需要从多个角度一同下手，不然很容易会因为尸体的重量造成无端的撕毁或出现褶皱。就好像你在铺一张有人躺在上面的床。艾米不停地拉扯推顶会让整个工作的结果变得混乱不堪。她曾经试图将四个角分别固定好，以防出现重叠，但总是会在肚子上露个口子，包裹不全。如果调整方式，先从下面的脚包起来，那头一定会露在外面。最后她不得不用透明胶带粗略地将那些皱巴巴的空隙包裹住，填满裸露在外面的地方，就像是一个孩子粗略地包着生日礼物。与其这样，她觉得还不如直接让查理来帮忙。

查理将尸体放下，将单子铺好，每个地方的折叠都刚好维持在正确的尺寸上，角度和包裹的地方都非常完美，好像一个塑料膜做成的茧，无论头、脚还是其他地方都在里面。查理很棒，她总是这么告诉他。而查理总说这很简单，他只不过多练了几次，熟能生巧罢了。

弗劳伦·盖尔牧师被救护车送到萨默赛特的重症监护病房时，正值查理在那里工作9个月的最后一天。他的体温已经飙升到3位数了，他的淋巴结肿大得跟一块块石头一样，所有的症状都表明应该是细菌感染，可能已经引发了肺炎。他的肺部像是盖了一层湿漉漉的烂毛巾，每次活动只能输送非常少量的氧气供给他的心脏和大脑。应该立刻插呼吸机了。盖尔扬起下巴，张开嘴，气管立刻被塞进了一个塑料的管子，长度刚刚好，为他搭建了一个人工的呼吸系统，直接连接到了呼吸机上。但，就在这一切进行的同时，盖尔的肾脏开始衰竭，如果他能挺过来，那他的肾脏或许还能有所好转。不过从当时的状况看来，透析的机器也是必不可少的了。

牧师的姐姐每天都会来他的床边报到。卢西尔·盖尔是临近一家医院的高级护士，所以与其他的家属不同，出于职业上的相互关照，她可以在这里留到很晚。她并不是很满意对自己弟弟的护理。查理虽然不是负责他的护士，却总是时不时跑过来做不必要的检查，而且似乎对卢西尔的在场很是不满。她不止一次对给她弟弟所用的药物和原因与查理发生争执，好像她才是这里的负责人。比如，她不认为给盖尔服用泰诺是什么好主意，毕竟他的肾脏已经负荷够重了。卢西尔的态度已经让查理烦到了骨子里，甚至每当想起盖尔的时候，脑中都会浮现那个女人的样貌。看来只有等她离开的时候，查理才能做自己的事儿了。

盖尔真正的问题可能还是心脏病——心房颤动。这也许意味着他其中一个心腔的收缩有点过快了。负责的主治医生给他开了地高辛，这应该可以减缓他的血液流动，让足够的血氧在他的心脏里再次循环起来。至少，理论上是这样的。

从那时起，整整一周的时间，都没法判断牧师能否活下去。他的家人同意对他进行不得复苏令[①]。如果盖尔的身体决定离开这个世界，那至少他可以不经历那一系列戏剧性的折磨和“极端手段”，直接走到主的怀中。但慢慢地，牧师的状况开始有所改善。医生们取消了不得复苏令，也停止使用地高辛。到了第二周，盖尔可以坐起来自己吃饭了。随着他的肺炎逐渐消退，心率趋于稳定，他已经开始跟时刻守在床边提高警惕的妹妹开心地聊天了，埋怨着那些照顾他的护士，抱怨着身上插着的各式各样的管子和时刻轰鸣的各类机器。很明显，我们的牧师先生又恢复了以往的老样子，找回了熟悉的臭脾气。他可以吃，可以说。如果他的状态持续变好，出院的日子也就不远了。

查理会在晚上研究这个家伙，看着他的秃头在机器闪烁的灯光下发亮，看着他脱下牧师袍后被换上一次性病号连衣裙。这个男人看起来和查理儿时记忆中的牧师一点儿都不一样，一点儿也不像是上帝派到人间的传道者——他看起来就是个病人，一个普通

---

①一条法令，就是院方在经过家属同意之后，不再对出现病危状况的病人进行抢救。

得不能再普通的平凡人。这就是查理给出的分析结果。他对这个家伙的病情了如指掌，他将记录数据的小电脑推到重症监护病房的角落里，在里面输入了各种极富戏剧性的数字。

早上 9 点 32 分的时候，弗劳伦·盖尔牧师的呼叫器开始闪灯，那天是 6 月 28 日。他在毫无预兆的情况下出现了心脏衰竭，尽管采取了一系列夸张的紧急救护措施，但还是以失败告终。他被记录在表格上的死亡时间是上午 10 点 10 分。盖尔的血检报告显示体内的地高辛含量远远高于正常水平。

萨默赛特医疗中心的管理层面临着一个严峻的问题，这绝不是一起自然死亡，盖尔也并不是首例出现这种情况的病人，他们管他叫“第四号病人”。

管理层决定拟定一个计划处理这个内部问题，必须越快越好。药房根据地高辛致死的日期去检查分药系统的记录。药房助理南希·多赫蒂联系了新泽西州的毒物防控中心。现在唯一的问题就是算出盖尔血液中到底有多少地高辛真正发挥了作用而导致了这次死亡，但这一切不过是个数学问题。

二十五

2003 年，7 月 7 日。

待机时所播放的爵士乐节奏感十足，听起来充满了希望。已经录好的自动回复说道：“感谢您指点，马上就会有一位专家为您服务，请……”

紧接着，有人接了电话：“新泽西毒物防控中心，有什么需要帮您的吗？”

“哦，哦，是的。”打电话的人表明了自己的身份，她是萨默赛特医疗护理中心的药房助理南希·多赫蒂，“事实上，这不是刚刚才发生的事故——我们曾经试过去调查此事，哦，发生了一起‘地高辛’的病人毒害事件，我不知道，是否有什么人可以为我提供帮助……”

“哦，好的。”接线员边思考着刚才关于时间的问题，边继续说道，“所以，这是一起发生在……”

“这发生在……哦……几……哦，事实上那个人……”

“已经死了。”但南希没有说出来，戛然而止。

“6 月 28 日。这事儿发生在 6 月 28 日。”她如此回答道。

新泽西毒物防控中心的药剂师布鲁斯·拉克医生①在 10 分钟后重新给萨默赛特医疗中心的药房打了回去。他被通知等候转接，在这个过程中，隐隐约约可以听到一个女人专业地在听筒另一端小声说道：“在萨默赛特医疗中心，病人的安全肯定是第一……”

“南希·多赫蒂。”南希带着新泽西口音的元音字母发声与刚才在广播里转接时纯正的英式发音形成了强烈对比，听起来好像是妮安西·多挨蒂。

---

①拉克是药物信息主任，受过专业的教育，并且获得过临床药理的博士学位。

“哦，嗨，你好南希，我是布鲁斯·拉克。”他知道南希只是个传话的，被迫要完成这个调查任务，解决萨默赛特出现的这次内部问题。

“是。”南希答道，她对着听筒深呼了一口气。“这事儿……有点儿……复杂。”

多赫蒂在老板的指示下打电话，打算为了最近发生的几起事件寻求点专业帮助。她告诉布鲁斯头一次有病人被急救的时候是3周前，即6月16日。血检表明他的体内含有大量治疗心脏病的地高辛，剂量不多。地高辛帮他稳定了心率，但很显然南希打电话不是为了这点儿小剂量的药物。

“结果，28日，在同一个病房，出现了另一起地高辛毒害事件……”

“等等，”拉克打断了她，这不对劲儿啊，两个病人，同一种药，不同的晚上。“你确定这是同一个病房？”

“是。”

拉克点着头确定着自己听到的答案：“第一个病人是韩夫人，她住院的时候不是因为地高辛的毒害问题吗？”

“不，”南希回答着，“我们让实验室做了检测，她进医院的时候体内的地高辛含量是正常的。”

“哦，我的上帝啊。”布鲁斯答道，“南希，你这是去了什么样的医院啊。”

“萨默赛特医疗中心，我觉得自己像个侦探似的。”

“嗯，我听着还是挺吓人的！”

“是啊！”南希答道，听到另一个药剂师了解到了问题的严重性，她好像松了口气。南希让拉克等在电话旁，她好方便站起身查看一下自己是否可以足够私密地继续打这个电话。“第四号病人，盖尔牧师——”南希直接拿出了药检报告，从上面读数，20 日数值是 1.2，22 日数值是 1.08，接着是 1.53、1.33……再之后，就在 28 日的黎明，他的数字突然飙升到了 9.61。

“所以，在 27 日之后，在他去世之前——什么时候被注射地高辛了？”

“他再也没有注射过地高辛。”南希如实说道。医生命令给他停药之后，整整一天他的地高辛含量都没下来过。

“首先我能想到的就是实验室出了错误……”

“哦，后来他们告诉我他们重新测试了。”

“哦，”拉克继续思考着，“那不可能一下就飙升到 9 点多啊……”

布鲁斯有点搞不明白状况了：“他被安排抢救了？”

南希忍不住了：“他死了，知道吗？他死了！”

拉克被这突如其来的消息吓得突然陷入了沉默。南希通过调查所有盖尔牧师曾经用过的药物来调查此事，研究到底是哪个环节出了问题，算了很多数学题。但拉克直接跳到了最基本的问题上，抓住了源头。

“好的，”他终于打破了缄默，“让我慢慢冷静地思考一下，看来，我需要做个深呼吸。”

“我知道这……”南希犹豫着。

“我错了，很抱歉。”

“没事。”

“那么首先，”布鲁斯开始了他的分析，“在我看来，27日到28日发生的这一切对吧？所以没有任何可能性，在如此短的时间内他体内的地高辛可以突然飙升到这么夸张的含量，除非被外界注射了更多的地高辛，这是唯一合理的解释，对吗？”

“是的……”

“先让我们从这个角度分析，好吗？”

“好的。”南希回答道，这一次显得镇定了很多。其实就是这么简单，她心里明明知道的，人体自身是不可能产生那么多地高辛的，一定是有人给他注射过。

“我想把这事儿汇报给其他人，”拉克说道，“这——这事情太严重了。”

“是的。”南希答道。在拉克听来，南希似乎是个在绝望中急需跟别人倾诉寻求帮助的女人。“嘿，布鲁斯？”她小声嘟囔着。

“怎么？”

“这事儿你保密？”

“嗯？”

“在这之前，还有两个人也出现过降糖药使用过量的情况，死了。”

南希·多赫蒂在电话铃声重新响起来之前一直在药房中不安地踱着步子。正如之前布鲁斯答应的一样，他又打了回来。“嗯，你能等一下吗？我想在我的办公室接这个电话。”她小声地问道。

电话的声音转成了录音："我们价值百万的最新医药电脑管理系统保证减少一切用药失误的出现。"

南希在身后关上了办公室的门，按下闪烁的等待键，重新接通了电话。"谢谢你，"她急促地呼吸着，"可以了，嗨。"

"南希，"布鲁斯说道，"你知道吗，你可真遇上大……"

"我知道。"南希心领神会。

"我必须小心地注意自己的措辞。"拉克说道。

"好的。"

"哦——大困境。"

"是的，"南希答道，"左右为难的大困境，没错。"

"这几个案子，我用了不同的计算方法。"

"嗯？"

"如果想让体内的地高辛含量达到那样的高度，你至少需要2~4毫克的地高辛。"

"2~4毫克。"南希一边听一边记着。她曾经跟玛丽·劳德以及药物主管威廉姆·科尔斯医生讨论过这个问题。他们试图通过计算得出地高辛数值达到顶峰的时段，并与排班表上的值班记录联系在一起。她唯一需要得到的帮助就是计算出什么时间病人被注射了这个药物，以及具体注射的含量。如果盖尔的心脏是早上6点停止跳动的，那他什么时候就开始受药效的影响了？

"我不知道这到底有没有可能，但他们想要看到直观的结果，他们想看到具体变化的曲线图。一个曲线，你明白我什么意思吗？"

"但是，南希，"布鲁斯说道，"你知道吗？其实我现在更在意的是你刚才提到的之前的两个病例。”

“哦，”南希叹了口气，“你本不应该知道这事儿的，因为他们都……他们都……你知道……”当她和第一个通知风险经理有问题的护士马蒂·凯利看见那些令人不敢相信的数值时，都被这事儿吓坏了。她们发现地高辛和胰岛素都出现了用药过量的问题，她试图将降糖药这事儿抛之脑后，给防控热线打这个电话上报地高辛的问题本来是一个常规的汇报工作，但现在就好像抓住了一丝至关重要的线索似的，布鲁斯死抓降糖药的事情不放，把整个问题搞得愈加复杂。“我不想说这……”南希吞吞吐吐地答道，“你知道，他们不……”

“南希，南希，你是不是知道什么？”

“我们现在没有调查那两个案子，好吗？”南希终于发作了。

“但我们就是在调查。南希。”布鲁斯说着，“我们必须这样做，我们必须调查这两个案子。”

“是！”南希承认道。事实上，并不是布鲁斯把这一切变复杂的。他反而将事实变得更加明晰，简单地将这一切联系在了一起。

布鲁斯缓缓说道，以确保南希不会错过这句话：“你不仅仅需要调查这两件事，你还需要让警察来插手此事。”

“而且，我还要将此事交托于你。”拉克最后说道，“你现在必须立刻把这事儿上升到警察的调查范畴内。”

“好吧，我……我……”她支吾着。

“在我看来，这事儿只有交给警察解决了。”

“好吧。你知道我怎么想吗？这……”

拉克打算一直不停地强调，直到她真的听进去了为止。“听着，南希，我也不愿意这么说，但这已经是刑事案件了。”

现在，轮到南希陷入了沉默。“好吧。”她终于答应了。

“无论这是某人一不小心搞砸了造成的医疗事故，还……”

“好的。”南希回答道，她应该可以做到这一点。

“这是最好的情况了。”

“嗯。”

“不过，南希，对于那两个降糖药的事件，如果他们的血检中有高含量的胰岛素，但C-缩氨酸的含量又没有升高，那一定是被注射了胰岛素，而不是自身产生的。”

“嗯。”

“你知道我在说什么吗？”

“当然。我听见你说什么了。”

“如果事实证明这真的是警察才处理得了的事情，而你们却一直没有做出什么进一步的举动去及时阻止，南希，那这事儿到最后一定会将你逼疯的。”

南希叹了口气：“他们不知道我跟你说了胰岛素的事情……”她的声音透出了些许担心。

“南希，你这样做是对的。”拉克安慰道。

“好吧……”南希不太确定，她的声音听起来很缺乏安全感。

“你这样做是对的。”布鲁斯又重复了一遍。

“好吧。”南希点了点头。她需要关上电话赶快处理这件事了。拉克还想一路开车过来亲自翻查这些文件，她的电话显然成了推动整个事件的催化剂。

现在她必须告诉自己的老板了。南希告诉布鲁斯暂时先别来，她要先跟劳德和科尔斯简要汇报一下这个状况，她需要同他们一起处理此事。

布鲁斯·拉克将自己的直线号码给了南希，南希答应他会尽快回电话。

拉克挂上电话后便快速走向大厅。他发现自己老板的门虚掩着，毒物防控中心的主管斯蒂芬·马库斯医生正靠在他堆满文件的桌子后面。马库斯在没等拉克说几句话之后便打断了他。数据是不会撒谎的，萨默赛特医疗中心里有人正在逐个“干掉他们的病人”。萨默赛特管理层的领导们越是按兵不动，就会有越多的病人惨遭毒手。

到了第二天，马库斯和拉克仍然在等那个承诺要从萨默赛特打来的电话。最终，拉克还是按捺不住，再一次拨通了萨默赛特医疗中心的电话。又是药房的接线员，在表明身份之后，他一直在那里等待着电话被接通的声音，直到待机音乐戛然而止。这次接电话的是个男人的声音，听起来并不友好。斯图尔特·维格多是药房的老大，南希的老板。布鲁斯在知晓这个情况的时候，立即将自己本来焦急的口气转变成了友好轻松的声调。

“哦，”布鲁斯说道，“我只是跟进一下事件调查的结果。你们打算怎么处理这事儿？”

“事实上，从某种程度上说，管理层已经接管了调查的工作。”维格多死板地答道。

“哦……”

“他们叫来了我们驻院的律师，在这种特殊时刻，我实在是不方便向外界透露更多的信息，这是院方要求，在我们的内部调查没有……”

“好的。”布鲁斯打断了他的官话，“那么……那么他们确实知道了。斯图，我会跟我的主管汇报此事，这将会是他的选择，但你们确实让他很难办啊。”

维格多没有对此发表进一步的评论，拉克试图用更直接的方式套话：“那么，你并不知道上边这事儿到底处理到什么地步了？”

“我现在不知道。”维格多答道。在拉克看来，似乎维格多已经下定决心在自己问出任何问题之前就把他的话头堵回去。医疗中心的律师已经吩咐他“无可奉告”了。维格多也明白，到时候倒霉的肯定是自己，不是南希。“我必须将所有的电话都汇报给我们的风险经理玛丽·劳德。”

“好的。”

“你跟她说过话吗？”

“是。”拉克说道。显然这是个谎话，虽然很小，但足以为维格多提供时间让他关上门。“你有她的电话吗？我给她打过去。”

“好的。”维格多听起来比刚才轻松了许多。

“你知道的，我完全理解现在的状况。”布鲁斯依旧很友好地说道，“我知道他们做的是正确的事。”

“嗯，我们确实不知道事实上是否有病人……”他停顿了一下，“这时候还只是在调查中。”他最终憋出这么一句话来。

“嗯。”

“好，”他继续说着，“我们并不能确定是不是有什么见不得人的勾当，还是……”

“哦，当然，”拉克很明白他要说什么，“不过，我还是得再问一下，现在到底具体负责调查此案的是——”

“我们负责调查此案。”维格多接下了话茬，又回到了最初防守的状态。“我们可以，你知道的，他们会……我肯定，我会给你一个满意的答案。”

“当然，当然，好吧，可以给我电话了吗？”

布鲁斯听到一阵翻纸的声音，紧接着是几秒沉默。又过了一会儿，维格多才回来。他没有去找电话，但他确实是仔细思考了一阵子，他需要拉克知道，这整个用药过量的事情压根儿不是他们药房发生的错误。在拉克听来，维格多现在的做法完全是为了推卸责任，也许是南希的电话给他造成了这个影响。这明明是管理层们该去处理的状况。

“你也是希望他们将这件事儿上报的，对吗？”

“呃，嗯，是的。”

“你知道的，斯图，你没必要说这些。”拉克说道。他完全误解了维格多。维格多可能也就是个小孩子，不谙世事。也许他并不坏，只不过野心勃勃，不希望就此影响了自己的仕途罢了。

“我真的觉得，他们可能认为你们插手得有点多，有点不合适，其实你这么做有点不值得。”维格多斟酌着自己的措辞，“而且，你知道，你们……”

“是，当然，我知道。”

“你在这个事件里本应该只是大家解决此案的其中一个选项，你知道，嗯，一个选项……”

“嗯。”

“一种可供利用的资源……”

“当然，当然，我知道。”

“所以，你知道，我们本不应该害怕给你们打电话报告这件事儿的。”

“是，当然，我完全同意。”拉克说着，“但是，斯图，如果已经牵扯到了毒物监测的问题，我确实有义务去上报有关部门和州政府。”

“是……”维格多也明白。

“所以，这是一个……一个必须坚持的原则。”

“嗯，好吧。嗯……”维格多又停顿了。

拉克直接打断了他：“她的电话呢？”

维格多长舒了口气，还是把电话读了出来。

“这是风险经——嗯，不，是质量保障部门的经理——”维格多及时纠正道，“玛丽·劳德。”

“当然。”

“你昨天跟她说话来着？”维格多试探地问着。

“当然。”

“我相信，当时在场的还有威廉姆·科……”

“是。”

“我知道这事儿，你懂的，上级为此事来找我，并且告诉我这个暂时还处于内部调查阶段。他们让法律方面介入了，他们已经找来调查专员了。”

拉克被这句话逗笑了——他就是一个药房的调查员，现在在打电话，准备调查此事，但很明显他们不想让他插手。“好吧。”他回答着。

“你知道，”维格多说，“我可能说了很多不该说的事儿。”

“斯图，你跟我说的——你听我说，斯图——”

“嗯？”

“这是我们，你知道——就咱俩说的事儿。”拉克肯定地答道，“是保密的。”

但布鲁斯·拉克还是隐瞒了一件事儿，他并没有告诉维格多，刚才的这段对话已经被录下来了。

二十六

2003年，7月8日。

因为来自新泽西州的毒物防控中心主管逐渐升温的催问电话，他们不得不决定将与萨默赛特医疗中心管理层的电话会议定在9

点。这是萨默赛特风险经理玛丽·劳德第二次给斯蒂芬·马库斯医生打电话，头一次没有聊出什么结果，这一次是她的老板直接丢了一颗重磅炸弹过去，才问出点儿有用的东西。

“你看，现在我们被你置于一个非常尴尬且棘手的境地。”马库斯也爆发了，“这就是为什么昨天晚上我跟你说了那些话。如果有人要为这件事负责，那他一定是在你的医院里蓄意做这些的。我们有法律义务上报此事。”

“嗯，没错……”科尔斯答道。

“这绝对不仅仅是一起药物不良反应的普通医疗事故！”马库斯继续说了下去，打算一次性说清楚此事。“我的意思是，这已经牵扯到法医了，我非常肯定一点儿都不想参与，或是被抓住什么把柄，在众人面前丢脸，重蹈几年前长岛发生的那件事儿的覆辙，或是密歇根。你知道的，就在 5 年还是 10 年前，有个什么人四处捣乱，专门祸害病人！”

马库斯直白的表达方式让整个在场的人都震惊了。几个人在劳德打破僵局后深出了口气。

“我们听懂您的意思了。”劳德缓缓说道，“我们明白您的担心，就像我昨天所说的，我们也在为同样的原因而纠结，我们知道我们应该为这样的事情负责。”

就在此时，拉克突然插了进来：“你们还有另外两个病人在用药方面也出了问题，对吗？”

“嗯，是，我认为南希跟你讨论过此事，对吗？”

拉克答应过南希·多赫蒂一定会保护她，所以为了避免直接回答这个问题而不小心出卖了自己的消息来源，他用一个问题挡了回去，一个他已经知道答案的问题：“你们给那些胰岛素含量异常的病人做过C-缩氨酸的检测吗？”

再一次，大家一起陷入了尴尬的僵局。因为拉克问到点儿上了。C-缩氨酸的含量可以直接证明到底胰岛素是外来的还是人体自身产生的。如果是外界注入的，很显然他们有大麻烦了。而对于拉克和马库斯，这意味着萨默赛特医院有个潜在的投毒者。

最终，劳德和科尔斯一同用几乎听不到的声音回答了这个问题。

“是的。”

“嗯，是。”

“然后呢？”拉克追问道。

又是一片死寂。

“嗯，发现什么必然联系了吗？”

“是的，”最终劳德开了口，“确实有。”

“嗯，”科尔斯接着说，“此案件的内分泌专家……他，嗯，觉得，哦……至少对某一个案子是这么认为的……哦……我想不起来具体是哪个了，我现在手头没有那个分析的报告，但是……他一定会解释到底在这些病人身上发生了什么，缺少……”科尔斯停下来琢磨了一下，终于想到了合适的词，“一个造成此结果的外部源头。”

“嘿，听着！”马库斯觉得科尔斯终于直言不讳地把问题说出来了。他刚确实说了，他们自己的调查专员确实得出了这样的结果，病人们体内的过量药物是来自外部的注射。“刚才那个——是的，这正是我们也同样担心的事情！”马库斯吼道，“我的直觉告诉我，他们出事儿的原因都来自同一个人！”

“我们确实也这么觉得。”科尔斯表示认同，“我们正在跟他暗中对峙。你知道的，让整个病房陷入恐慌是不行的，你知道我们有责任让病人们远离伤害。但情况是，我们确实应该这么做，那是我们的职责，我们现在也正在这么做。”

现在轮到防控中心那头陷入沉默了，他们等待着科尔斯自己说说到底对峙有什么结果。

终于，科尔斯接着说道：“我们一直努力调查这件事。在我们冲动地做出什么举动之前，必须得先找到足够的证据，掌握足够的信息。你知道的——之后才能做出裁决。我们的部分调查需要很多专家的意见，比如现在我们和你们之间的探讨，尽管这让你们也陷入了一个尴尬的境地。”

“嗯，确实！”马库斯不屑地哼了一声，“你看，问题就是每一份报告都同这份一样，会得出相同的结果。现在你们执行的任何司法调查都为医院带来非常致命的拖延。我不在乎你们的背景有多好，但那些做法医调查的家伙都不是什么特别专业的人士，尤其是在过去，他们经常换人，而且……而且很有可能工作交接不到位，到时候连报告是谁给的都不知道，根本找不着负责人。”

“是，”科尔斯应和着，“谁做得好法医调查呢？”

“嗯，就警察有专业的家伙，这是警察该管的了。”马库斯抓住了机会，说出了这句话。

“嗯，哦——是。”

“是吧，我是说，真的，说实话。”马库斯继续说着，“如果你不把这事儿上报给警察局，又有人死了，那这事儿就落你头上了，责任绝对是你的，你那时候可就难堪了！”

“是的。”科尔斯苦笑了一下，“我们现在主要是保护那些病人。”

“不，不，不，”马库斯着急了，“很显然，我跟你一样也担心你们医院病人的人身安全，但我同样担心的是，总有一天我们会一起为此付出代价，被众人指指点点，蠢得像个傻瓜一样！”

科尔斯听了这一席话，清了清嗓子：“我们给你打电话的目的之一就是讨论此事是否有更好的解决办法。现在这种情况，我们希望你还是过来看一看这些报告。通过这些，你知道的，真正的记录，或许，我们可以……现在应该先停止这次谈话。我们可以咨询一下我们的法律部门，然后，让他们给点意见——就是把所有事实都摆出来，以确保我们做的……是正确的。”

马库斯疲惫地叹了口气：“哎，我……好吧。当然，我们会很乐意亲自过去看一下这些报告的。我的直觉，你知道的，毕竟从事这行这么久，也被卷入过几次刑事调查的案子中，从某种情况上说，你们确实需要你们的法律人员介入——不过，换作我，是不会耽误这些时间的。”

马库斯知道几个医院员工毒害院内病人的案子，有些是从文献里看见的，还有一些是他曾经亲自插手调查过的。他们总是管这些杀手叫作“死亡天使”。所有这些案例都有一个简单而令人不安的相同模式。每一次，医生们都会像治疗突发疹子等急症的病患那样去研究他们的病情，而管理层的领导和律师们会把这当作潜在的诉讼案件。在报警之前，整个院方领导都会拖时间，一直在不停地做各种调查。而就在他们拖延的当口，又会有很多人死去。现在，同样的模式正在萨默赛特医疗中心重复上演。

“我要确保你们一定得向当局反映此问题，也同样会确保他们知晓现在情况的严重性。之后，他们会着手调查此事。如果他们决定不采取任何措施，那也不是你们的问题，而是他们的不作为了。”

“我明白。”科尔斯如是说。听起来，他也受够了被这么奚落，已经做好挂电话的准备了。

“我们真的领会您的意思了。”劳德补充道。

“健康监管部门的人也明白了！”拉克又提醒了他们一次。

“我的意思是，这事情绝对属于突发状况。”马库斯说道。他很明白如此措辞会给医院的领导产生怎样的影响。突发状况是那些会威胁到病人生命安全的状况。马库斯将这个挑战直接甩了出去。从法律上讲，萨默赛特也应该将此事件上报到当局处理[①]。“他们需要知道这件事儿。”马库斯又强调了一遍。

“好吧。”劳德终于吐出了这么一句话，用哼唱般变了调子的语气说了这两个字儿，以表示是时候该结束此次通话了。

“嘿，我们很感谢你们的热心介入，”科尔斯总结道，“而且，我们会在确定后给你们个信儿……以便……哦，无论怎样你们会听到我们的消息的……”

---

①州政府条例规定医院必须将任何在本院内发生的可能危及病患安危的事件上报给健康部门。上报需及时，医院无须查清具体引发事件的原因再去上报，一旦发生就应该联系上级。

“希望这确实没有什么，你知道，没有不应该发生的事情。”拉克试图继续逗他们说出更多关于谋杀的事情，让他们别挂电话。“希望这次的事件不过是个错误，或其他什么别的原因。”

“是的！”科尔斯说，“我真希望有人为此事出面，然后说‘嘿，不好意思，我搞砸了’。要是这样我就能睡个踏实觉了。”

“嗯，你现在手头有两个病人是地高辛过量，两个是胰岛素过量。”马库斯总结着，“在我看来，怎么都不是搞砸可以捅出来的娄子。”

布鲁斯·拉克打心底里明白，自己其实只是碰运气罢了，尤其在马库斯医生跟萨默赛特那边发了脾气投下重磅炸弹之后，但他还是需要接触到这件事儿。他再一次拨通了萨默赛特医疗护理中心药房的电话，想着如果这次接电话的还是维格多，他就随便编点儿什么搪塞过去。在铃声刚响两次的时候，就有人接起了电话，听筒那头传来一个姑娘的声音。这一次，他没有着急自我介绍，表明来意。

“嘿，我想找一下南希！”

“哦，好，等一下，她在。”紧接着那头的听筒就被捂上了，一个闷闷的声音说，“找你的。”

“南希·多赫蒂，有什么可以帮您的？”

“南希，是我，布鲁斯。”

“哦！嗨！”她很快地应道。

“听着，”布鲁斯说，“我知道你现在没法跟我聊这个案子，没关系……”

“哦，嗯。”南希应着。她很明白，正如维格多所说，现在所有关于这个案子的电话都应该直接转给劳德或法务部门的，为什么布鲁斯还要打给她呢？

“南希，我唯一想要跟你说的事儿就是，如果他们试图或是让你陷入了任何……无论什么样的麻烦之中……”

“哦，嗯。”

“医疗的主管，他和我谈论过此事，我们百分之百支持你，因为你没做错任何事情。”

“好的。”

“他们难为你了吗？”

“哦，有点儿吧……”南希小心地思考着措辞，“确实，有很多问题纠缠着……”

“好的。”

“很多问题，”她强调了一下，“纠缠着。”

“好的，”布鲁斯说道，“不过南希，南希。”

“嗯？”

“你没有做错任何事。”

“嗯。”

“这也是为什么我要和他坐下来谈论的原因。”

听起来，好像南希情绪有点儿激动，难以自持。“好的。”她哽咽了一下，弱弱地回了一声。

“我负责将所有的事情归拢到一起。”布鲁斯说道，“你？你就偶尔打电话跟我分享下信息就可以了。”

“好。”

“你不应该成为他们攻击的对象。”

“谢谢你这么说，真的，很感谢。”

“你明白的。”

“嗯。”南希叹了口气。听起来她马上就要哭出来了，“你不知道现在能听你说这些对于我来说到底有多重要。”

本来毒物防控中心的马库斯医生和萨默赛特医疗中心的管理层们只剩下一通电话会议了，但马库斯再一次警告萨默赛特的领导们，他们有义务在这些事件发生的24小时之内就通知当局，不应该耽误时间，考虑后果。现在医院没能按规定履行自己应尽的义务。不过，同上次一样，他再一次被告知，在没有开展全面调查之前，他们不打算上报此事，无论是新泽西州健康部门（通常被称为DOH）的高管还是警察。

不过，这次的电话同上次相比，有两个非常重要的不同。首先是更加强硬的声音和态度，这个改变主要来自马库斯医生。按他自己的话说，他曾经“极度担心”以及“非常泄气沮丧”。而“粗鲁地辩驳，跟萨默赛特的新雇员打交道时，感觉他们毫不讲理”成为科尔斯在此次通话后对马库斯医生的态度的描述。防控中心的这位领导很显然已经恼羞成怒，口无遮拦了。他大声地抗议着，说事关病人的安危，一切都应该找警察来处理。他给他们24小时，如果萨默赛特还是不采取行动，他就有权利将他们的问题上报到健康部门。而且为了更加能表达自己的感受，他还特意加上一句："如果你们要让我来做这件事儿，可就没这么好看了。"

但事实是，在他的第二个电话打来之前，马库斯已经将萨默赛特的这些情况上报了。当天下午他就给一位名叫艾迪·布雷尼兹的医学博士打了电话。电话打通的时候，这位国家流行病学家、卫生署副署长正在开会，硬是被叫了出来。马库斯记得当时和布雷尼兹博士说的时候，原话是："现在本州的医院发生了一系列事件，很有可能是刑事犯罪。"紧接着他又给健康部的助理专员艾米·松顿发了一封邮件，总结了一下医院"四起集中发生的严重临床事件"。[①] 萨默赛特不愿意在彻底调查事件之前将此事上报，所以他代劳了。

第二个非常重要的不同在此次通话20分钟后发生：马库斯告知萨默赛特医疗护理中心的领导们，所有他们的对话都已经被录音。

几个小时之后，玛丽·劳德联系了健康中心的人，上报了这四起事件——盖尔和韩夫人的地高辛中毒事件以及另外两起胰岛素过量事件。这份报告通过传真和电子邮件发送，陈述了事件发生之后他们所采取的各种有效措施。他们调查了制造商方面给出的报告以及关于各种药物不良反应相互作用的结果，还确保所有

---

①电子邮件显示的日期是2003年7月10日，有一部分内容是这么写的：我曾经跟医院的风险经理、药房主管以及运营经理、医疗中心主管分别交谈过，他们告诉我，在整个事件彻底调查清楚之前，院方管理层从来没有打算将这一系列事件上报给任何外人，不告诉健康部门，也不会去报警。

的输液袋以及设施、显示器都是可以正常工作的。最终还跟实验室确定这不是一次实验误差——他们已经重新将所有的实验做了一次。他们现在已经没有其他可选择的合理原因了。为了起到警示作用，萨默赛特严格控制了对地高辛的使用，就像当初对胰岛素的限制措施一样，让护士们格外重视这些本是常用药物的日常用量和库存。如果有人用这些药毒害他们的病人，那至少得保证这些药品不再那么容易领到，也算是一种防范措施。

发生这种事情最有可能的原因就是有人故意而为之——在医院，用药失误确实时有发生，什么情况下都有可能出现。一次失误可能需要纸面上的确凿证据才可以证明。萨默赛特医疗管理中心向DOH给出保证，确实已经检查了药物管理系统里的所有文件。医院中现在处于使用中的主要有两个电脑系统，“蛛网药物站2000”负责药物管理，帮助归类所有病人的用药记录。目前为止他们没有发现任何一个失误的记录。那如果不是这样，还能是什么情况呢？肯定有什么不寻常的事情发生，而且比单纯的错误要罪恶得多。“人力资源也应该放到考虑调查范围之内。”在7月10日劳德给DOH写的这封信中，她给出了保证：“所有相关的工作人员都已经接受了单独的调查和问询。”

7月14日，萨莎律师事务所的雷蒙德·弗雷明律师带领来自西奥兰治的麦特林、马洛特、格雷尼、穆兰等人驱车赶往萨默赛特医疗中心。玛丽·劳德将情况向弗雷明简单汇报了一下，他们准备了一间空的办公室，准备对查尔斯·库伦进行问询。

查理看到坐在会议桌另一端的弗雷明身着暗色西服套装，打着颜色很明亮的领带，一看就是杰出公司的职业律师，一下就跟其他人区分开来。查理知道这次的问询一定跟近期自己病房发生的几起死亡事件有关，这种场面之前可经历过太多次了，他已经做好了回答问题的准备。

弗雷明看起来似乎对查理有所了解，他知道查理在萨默赛特工作时间还不足一年，也知道他在过去的几年中换过很多家医院。对查理来说，这表明这个人是看过他的简历和资料信息的。尽管查理没有在那些资料上写具体日期，但也许这个律师连那些细节也已经了如指掌了。或许这些信息很有用，或许无关紧要，反正他自己对这些毫不在意，毕竟以前他也从来没把这些当回事儿。

弗雷明对盖尔牧师也有一些了解，似乎这是本次会议的谈论重点。他知道的信息很多，比如，牧师去世那天其实并不是查尔斯·库伦当值，但查理曾经确实为他护理过，所以他很了解盖尔的用药记录。弗雷明对发生过的那些事儿似乎很清楚，盖尔因为什么样的原因住院，他生病和身体逐渐康复的时间点，以及他因为体内地高辛的含量骤增而发生的急救。他还知道查理有三个夜班为盖尔牧师护理过，是6月15日到17日。

查理在头一天上夜班的时候，就为盖尔牧师下单领过地高辛，那是15日，但紧接着他确实取消了操作。这些记录都在系统里明明白白地显示着。查理在盖尔去世的前一晚值夜班，又一次申请领地高辛，并且再一次取消操作。在同一个晚上，他重复了两次相同的动作。

这些取消在别人看来完全没有什么意义——如果查理输入了错误的药物代码，或是按错了按钮，那应该紧接着还会有其他的操作才合理，应该有正确的药物申请紧随其后。但是系统显示仅此而已，没有别的申请了。在地高辛之后，没有其他的药物申请。很显然，查理当时输入了自己的名字、病人的名字以及药物代码，就在抽屉弹开将药物送出的那一刻，他突然发现自己没有什么需要从机子里申领的药物，便径直取消了订单，转身离开了。

弗雷明在分析案件的过程当中发现了另一个有趣的事实。当月药房在检查地高辛数量时，发现丢了几瓶，但是无从核对，记录里查不到任何领取信息。弗雷明并没有将这些事情按照特定的顺序说出来，也没有要威胁、指控或是劝解查理辞职的意思，这显然跟之前那些问询者有着很大的不同。查理不得不承认，这是一次充满好奇的问询。就在弗雷明向他抛出另一个新的问题时，这一切变得更加奇怪了：查理是否意识到，如果从系统上申领药品，并且立刻将申请操作取消，整个操作过程依旧会在药物分配的蛛网系统中显示出来。

“当然。”他告诉律师。就算他之前不知道，现在也肯定知道了。

二十七

查理很肯定，既然地高辛是这次事件的主要问题，那他们一定只关心地高辛的事儿了。所以，在接受弗雷明问询的前一晚，他用多巴酚丁胺干掉了一个男人。[1]这是种类似于肾上腺素的化学物质，看起来也很好用。

虽然还不到他当班的时候，但查理已经穿上白袍，走进詹姆斯·斯特克兰德的病房里，盯着他起伏的胸口。就在这个时候，他感觉到了一种异样，这个房间里还有其他人，有人就在他身后的门前。他将病例夹好，好像刚刚完成护士的日常检查一般，然后低头朝门口走去。

“查尔斯？”是斯特克兰德先生的女儿詹尼斯，一个金发的中年妇女，肩膀上背着个超大的钱包。詹尼斯注意到了一些东西，念叨着她父亲的名字问了一些问题。这让查理感觉很不爽，就好像在街上跟一只陌生的狗走得太近一样。

在她探访的时候，查理碰到过几次，慢慢地，他们开始互相沟通、交流，逐步融入自己应该扮演的角色当中，保持着护士和病患家属的关系，查理也随着时间的流逝逐渐舒服了一些。他喜欢从医疗条件等方面给她解释技术问题，似乎她听进去了。她偶尔也会把小儿子带来一同探访，那男孩有自闭症，在查理看来非常脆弱。今晚，是詹尼斯独自一人守在这里。

“查尔斯？”那女人又开始说话，“查尔斯，你今天晚上是负责照顾我父亲的护士吗？”

查理不想跟她说话。他继续埋头往外走，装作没有听到，径直

---

① 帕斯卡尔·纳波利塔诺于7月13日被害。

转进走廊进了另一个病房，等着她离开。查理在走廊尽头的房间翻找着所有病患的资料，将斯特克兰德先生的用药表格拿了出来。不，他当然不是斯特克兰德先生的当班护士，按规矩来说不是。他甚至都不应该出现在斯特克兰德先生的病房内。但是，斯特克兰德先生仍然在查理的动手范围内。他决定了，用胰岛素。

不像地高辛，胰岛素是一种激素，一种人体能自然产生的物质。在医院，它是通过输液袋慢慢滴入体内的。在身体里，它是通过一个粉红色的胰腺滴出来的。按照教科书上的说法，是体内一种名字很奇怪的特殊胰岛细胞产生的。当查理还在护理学院上学的时候，那些从体外注入的给糖尿病患者使用的胰岛素都来自动物，比如猪、牛。通常情况下，一般都是给热狗当原材料的那些动物。他们经常在课堂上以此为乐，在一同经历过如此多常人无法忍受的课程内容后，他们总是喜欢收集这些令人作呕的段子。

胰岛素是控制体内含糖量的。如果体内胰岛素含量不够，那就是糖尿病；如果太多了，血糖就会猛降，造成低血糖。这不是毒药——你不可能因为吃了胰岛素而生病，胃液会像汉堡包一样把它们包裹起来，防止你的身体受到伤害。但是如果通过静脉注射，就会导致体内胰岛素含量过高。有的时候，这样的情况是人为故意造成的。

首先，你的嘴唇和指尖会逐渐出现刺痛，并渐渐麻木，继而是大脑。体内突然涌入的胰岛素会给胰岛细胞下达命令，使它们变得异常饥饿，会从各种渠道席卷你身体里所有的糖分。当血液中的糖分被消耗殆尽、一片荒芜的时候，你的四肢便陷入了极度的饥饿当中。人类只靠糖分和血氧工作的大脑也会跟着停止运作，这个时候人便会出现昏迷，神志不清。所以降糖药的偶尔误用会让很多人看起来像是喝醉了一样迷迷糊糊的，大脑一片空白，一阵晕眩，整个身体变得非常不稳定。根据不同的体质，人不是变得很暴躁就是头晕得无法忍受，继而整个胃部下坠，同样失去工作的能力，豆大的汗珠会从头皮渗出来，太阳穴突突地跳着，心脏胡乱地打着节拍，越来越快，视线变得越发模糊，然后一切就结束了，记忆陷入一片空白。

这整个过程其实不用很久，发生得很快。如果是个身体状况本来就不太好的病人，或是已经因为镇静剂或麻醉剂陷入了深度昏迷的病人，那这些突发的改变和身体机能的逐步衰退是不会被人发现的。

胰岛素过量就像是化学元素诱导溺水。大脑确实是活活窒息而死的，瞳孔扩大，视线慢慢消失，直到生命之光完全消失殆尽。葡萄糖的移动会导致体内一系列其他的变化，这时候，人体就会开始抽搐了。

起初对胰岛素过量最为广泛的研究是由纳粹科学家着手的。在一些集中营里，孩子们的体内被注入胰岛素，用来测量他们对低血糖的耐受力，研究到底血糖含量最低能降到什么浓度。这些所谓的终结死亡实验为他们绘制出了一个钟形曲线，每一个体内注射过量胰岛素的人都会殊途同归。

故意过量使用胰岛素原本是一种治疗手段，目的是让病人陷入昏迷，故意诱导休克，这突如其来的冲击会让某些病人心理上出现的紊乱得到调整。这种治疗方法始于20世纪20年代的瑞士，就在发现激素后不久。如同电击疗法一样，整个20世纪50年代，胰岛素休克疗法被用于治疗偏执型精神分裂，但后来因为大脑在挨饿的时候会产生一系列的副作用，包括暴力倾向和脑损伤，因此胰岛素疗法逐渐被停止使用了。

从胰岛素休克中逐渐恢复过来，就好像从溺水中生还一般，是否会对身体造成永久性伤害，完全取决于大脑供血或供氧不足的时长。如果大脑持续处于饥饿状态，会损害大脑皮层，致使大脑微观化学结构崩溃，整个大脑表面变得平滑，状态同神经退化性疾病患者的大脑无异。有的会出现帕金森病一样的症状，有的会出现运动皮层的损坏，导致无法活动，更有甚者会导致永久性智力障碍。

不过，当然了，最严重的影响还是死亡。唯一可以操控结果的诀窍就是用量的多少。

二十八

查理总是喜欢夜间的医院，没有多余的人，管理员、探病家属统统不在。礼品店也关门了，公共浴室也上锁了，大部分同事都下班了，那些平时为病人服务的各式机器，现在都在黄色的警戒线后面安静地待着。

头顶上方，荧光灯像霓虹灯一般发出轰鸣，自动售货机在空荡荡的大厅里喃喃回响，休息室里堆满了留着牙印儿的塑料杯子，沾着口红的弯曲吸管，还有被人吃剩下的迷你甜甜圈。有些护士整个晚上都在吃这种垃圾食品，但是查理从来不吃。他从来不在自己当班的时候吃东西，他只是静静地等待着。

他一直盯着走廊看，等待着下半夜的到来，等待着斯特克兰德先生。他在系统里查了他的病历表格，煮完咖啡，又检查了一次，斯特克兰德先生还在那里。查理总是煮咖啡，有些人从来不顾及别人的感受，他们只知道用咖啡，从来不补货，不过也无所谓，他总是在咖啡用完之前又重新添满。他看着护士站的护士们每天搅拌着那些咖啡，她们得到了他的帮助，对此如此依赖，却一无所知。

他从口袋里掏出一个10毫升的注射器，将4安瓿剂量的胰岛素注入了斯特克兰德先生的输液袋内，然后将注射器和药瓶都扔到了利器盒里，走出病房直接在表格上签了字，下班回家了。尽管他从没机会见到斯特克兰德先生所经历的抽搐，但上下班的时间足够让他在脑海中想象这些了。

第二天他很早就上班了，还是9月22日。查理快速走到斯特克兰德先生的病房往里面看。那个男人，或是别的什么人，反正还躺在床上。他回到走廊检查表格，使用移动管理数据，尽量避开护士站的其他人。

当时是晚上7点05分，他轮岗的夜班才刚刚开始几分钟，但是他着实等不及了。他将药品推车送回护士站，准备交接班。

有些时候，查理没有耐心去处理这些细节问题，但是他今天做了。白班的护士将所有需要交接的细节都用不同颜色的笔画在了图标上，查理早就从系统里看到斯特克兰德先生的药物使用记录了。

那天早上，斯特克兰德先生像往常一样检查了血常规，做了血糖测试。实验室在测试的血液样品结果中没有看到一点儿葡萄糖含量，他们以为一定是检测的某个步骤出现了误差，因为一个人如果血糖含量为零是不可能还活着的。他们根本无法想象，斯特克兰德在过去的 3 个小时中一直处于极度低血糖的状态。随着早晨时间的流逝，当太阳完全升起的时候，斯特克兰德先生饱受饥饿的大脑已经开始慢慢吞噬他仅剩的那点儿生命了。

他的女儿是中午时分到的医院，这次同她一起来探病的是已经快成年的大儿子。查理以前见过这个男孩，而且每次在他探访的时候都尽量避免发生正面接触。很显然，他是第一个发现自己外祖父出现问题的人。

男孩发现斯特克兰德先生的胳膊发生了轻微的抽搐，这是人体最初的应激反应，而且是很难被发现的。但随着时间的流逝，斯特克兰德先生体内的葡萄糖储备已经消耗殆尽，抽搐也逐渐扩散，直到全身都发生了严重的抽搐，即使对护士来说，看到一个男人在病床上如此严重地抽搐也是很可怕的。呼叫器大声鸣叫着，家属哭喊着寻求帮助，斯特克兰德好像触电了一般在床上不停地抖动着，这是他的脑叶在脉冲的刺激下发生的痉挛，护士一整天都在给他注入葡萄糖，但他还是一次次陷入病危。那个儿子指着那些昂贵的医疗设备吼道：“这些破机器都是用来干吗的？”

查理重新从系统里调出斯特克兰德的数据，又看了一遍，研究着他发病的规律和急救的时间。之后，查理又去了蛛网系统，打算寻找自己的下一个目标。这家伙可以活下去了，至少身体能存活下去了，他会一直留在萨默赛特。在这之后，查尔斯·库伦花了整整两星期的时间，终于用一剂地高辛在午夜时分将斯特克兰德先生干掉了，但是斯特克兰德先生的用药记录里是肯定无迹可寻的，蛛网系统记录里也没有查理的申领记录，整个系统也没有出现任何取消申领地高辛的记录。查理很在行的。

每一个病人的身体都会呈现出很多对生命造成威胁的不同症状，而病房中所使用的很多种药物也都有可能加速病情恶化。这些事情发生以后，他真正能记住的也就数得过来的那么几个。比如梅尔文·西姆科那样的病人，从5月开始入院，有四个孩子，是一个公司的经理。在入院的时候，查理给他使用了硝普钠，直到他的血液稀薄到毫无用处。还有一个叫克里斯托弗的吸毒者，来到重症监护病房的时候，他的大脑大部分已经死亡了。接着是菲利普·格雷格，貌似有人想要毒死他，但是就差那么一点儿剂量，杀人未遂，送到这边抢救来了。弗朗西斯·阿格达在查理给她注射过量胰岛素之后，血糖检测的图标发生了惊人的变化。科瑞肯特的心脏则是跟斯特克兰德先生一样，在被注射过量地高辛后停止了跳动。

事实上，病人们的变化是难以预测且一直不会停止的，尤其是在重症监护病房。没有什么停止的理由，所以查理也不会让这些人保持不变的状态。唯一令人惊讶的就是，时间已经过去了16年，而这一切似乎还是如当初一样简单。

下部

二十九

每一个案件都是从一个电话开始的，然后调度台派一辆车到达现场，穿制服的人们在事故发生的地点仔细检查尸体，有些事故在他们看来是自杀事件，他们管这叫“自杀性死亡”。如果没有任何迹象表明是自杀事件，而他们又无从定夺到底发生了什么情况，他们就将这些案子定为凶杀案。

每一具尸体都代表一起死亡事件，但并不是所有的死亡事件都有犯罪现场。一般情况下，非常年轻的受害者大多是事故死亡，而年纪很大的是自然死亡，其他剩下的那些人大多是被枪杀致死的——至少，在纽瓦克是这样。自杀并不总是看起来像自杀，比如一个人从一个住宅楼上呼啸而下，那自然就会产生一个问题：是他自己跳下来的，还是被人推下来的？根据数据统计结果显示，抑郁症患者不会跳下来，他们会让自己的身体直接跌下来。拿出录像带检查过去的那些数据表格，你会发现，如果是枪击致死，而凶器还遗留在现场的话，那多半是自杀，无论有多少个弹孔遗留在现场；而躺在角落的尸体多半是被谋杀的；那些死在车上的尸体看起来总是特别糟糕；而出现在河中的弃尸则充满了神秘感。你总是可以从不同管辖范围内的警察口中听到各式各样的坊间传言，和大家最近正在办的案子。

值班警探在他 24 小时的当班时间内，无论接到什么案子都得展开调查。有的时候可能他很幸运，什么案子都没接到。当提姆·布劳恩还在纽瓦克的时候，有那么一个特殊的晚上，他一下接到了四个报警电话。就这几天的时间，似乎他对尸体有着格外的吸引力，像磁铁一样，招了一堆案子。局里当班的警察根据所有警探所在当值区块的分布图，将那些案件根据轻重缓急分配下去，只要有一个新的谋杀案发生，他们就会重新将所有的案件打乱顺序再排列一次。最上面的案子被他们称之为“红球”，每个人都想将这种案子尽快处理掉，一般这样的案子是享有最高优先权的。在纽瓦克，如果在提姆之前有其他新闻记者到达了现场，那这事儿一定是红球级别的案子。如果有个孩子或是市长的白痴儿子不小心涉及了一个案子，分类也肯定是红球级别。不过，这是可以改变的。红球只是一个临时代码，每一个当下最棘手的案件，可能很快就会变成被冷处理的案子；每个新发生的谋杀案都有可能在重新洗牌后替代它，被放到档案文件的最上端；每一具最新被发现的尸体也都有可能抢夺掉现在享有优先权的那一具；每个电话都有可能重置他们面前飞速转动的时钟。

※　※　※

提姆·布劳恩生平看到的第一具尸体是他在圣巴拿巴医疗中心做安全警卫的时候。他的家乡在新泽西的利文斯顿。那时候的提姆还是个少年，生命充满了活力，好像什么事儿都伤害不了他。对他来说，那些上了年纪的尸体不算是真的尸体——他们不过是匿名者的躯壳，偶尔过来一个可爱的护士问询时，“大提姆”总会以此为谈资跟她聊一聊。第一个让提姆在意的尸体出现得很晚，当时他已经当上了巡逻警察，作为一名新人，每天穿着制服随时等待着响应调度台的召唤。那天，发现尸体的是一个渔夫，他领着提姆穿过一片芦苇丛来到河边。那个躺在泥里的家伙穿着很普通的衣服，钱包和鞋都在。如果不是脖子上那条划过的红线和他弯曲得好像诡异的微笑一般的苍白脊骨，这具尸体看上去还算是正常的。他是受害者(victim)，警察们习惯性地叫着单音节的缩写“Vic.”。在外人听来，这些执法者或许有些过于粗鲁了，不够尊重死者，但其实所有关于死亡的官方用语都是冷漠的，大家故意这样做，以便可以更加专业，不掺杂个人感情地处理案件。看得太多，如果掺杂了过多的私人感情，那工作就没法进行了。不过，对于还是新人的提姆来说，他还没有学到这一点。那个秋天，提姆参加了考试，被调职到了纽瓦克，开始了在凶杀重案组的职业生涯。

20世纪90年代的时候，纽瓦克似乎是谋杀案件最频繁的地方，被《时代》杂志称之为“美国最危险的城市”，而且在所有人眼中，也是最腐败最肮脏的地方。如果你在埃塞克斯郡的检察官办公室当一名侦探，那么你就会明白，侦探不仅仅是个职业，而且是一种生活方式。配枪，崭新的制服，永远营业的警察夜店……提姆总是想象着自己最终将坏蛋绳之以法的那一刻，就像自己还是个小孩的时候所梦想的一样，就像他的父亲在利文斯顿当警察时所做的一样。起初提姆总是一直在工作，他从来不回家，每天昏天黑地地参加各种派对，沉迷于肾上腺素带给他的快感当中，无法自拔。侦探就像是可以配枪的摇滚明星，警徽给了你很多别人没有的特殊权利，自然就会出现不少滥用职权的机会。在安静的夜晚，提姆总是会在车上多准备一把手枪，多放一盒子弹，但通常在太阳升起之前就都用完了。他的婚姻生活开始变得让人难以忍耐，轮班就像指针在时钟上一天一天地转一样，酒精让这一切变得十分模糊，直到有一天，这一切淹没了他，让他重新审视自己的生活。

埃塞克斯郡检察官办公室只有10个警探，但是要负责每年将近400个报警电话。布劳恩在打一场游击战，在这场战役中，所有的平民都变成了潜在的敌人。开始的时候，这一切都很好玩，但就像大多数侦探一样，提姆发现想要将自己的私人生活从这个暴力的世界中完全剥离出来，几乎是不可能的。纽瓦克是个很残酷的地方，在利文斯顿，每次就算是骂了一个普通民众，都会接到投诉；而在纽瓦克，那里的人们会因为没被暴揍一顿就侥幸逃脱而心存感激，那些偶然成功上报的投诉也会被当成不必要的噪音，在还没有来得及处理之前就被成堆的新案件淹没了。提姆在这份工作中学会了不少东西，算是尽职尽责地付出了几年的辛苦，混了几块奖牌。他知道无论尸体是出现在河边还是铁轨上，抑或躺倒在角落，100个案件里有99个案子都是由毒品引起、由枪结束的。他知道当打电话通知一个母亲她儿子的死讯时，只要她停止了哭泣，就该伸手要可以获得的赔偿金了。提姆搞不懂为什么他们都知道国家会给受害者家属支付赔偿金，也并不理解这个体制的原因，反正，这些钱确实成功地让他们摆脱了悲伤，不再关注此事。也是在100个案件里面，有99个案子的受害者家属从来不会给他留下的手机号打电话，没人来询问：“你抓住坏人了吗？”他确实搞不懂，纽瓦克的体制是如何让这些母亲接受她们孩子的暴力死亡或是入狱劳改的，他觉得她们就是不关心这件事。“那，如果他们不关心，我还需要关心吗？”这儿真是糟糕透了，每一天都会死很多孩子，在未来，还有更多的等着他。不过只要过一阵子，就再也没有人去在意哪些人是坏人了。

有这样一个具体的案件，标志着提姆职业生涯的结束。开始的时候，这就是一个很不同寻常的案子，虽然罪案发生在街头，却不是街头犯罪。因受害者是一个中产阶级白人，且有一个在州警局任职的侄子，所以此案件可能会升级为红球级别。这位叫乙基·杜里埃的50岁老者是个受人尊敬的护士，被枪杀在纽瓦克富人区的街边。一个清晨锻炼的慢跑者经过时在雪地里发现了她的尸体，她的钱包就扔在她身旁，没有被人动过的痕迹。整个案件没有目击者，没有线索，没有嫌疑人，除了子弹以外，什么可查的东西都没留下。提姆接到了这个报警电话，对他来说简直就是冷血现实版本的《谁是真凶》。找到射出这枚子弹的手枪，花了提姆整整一年的时间，而将这把枪同一个价值几百万美元的保险诈骗案联系在一起，又花了他6个月的时间。在当地医院的急诊室里，有人将那些特殊病人的信息偷偷卖给当地那些投机取巧的堕落律师，而这些律师当中有很多人在纽瓦克有些小小的权力。如此看来，这起关于杜里埃护士的谋杀案仅仅是为了封口而进行的一次杀鸡儆猴般的打击。提姆的上司告诉他不要插手这个案子，当他不顾警告执意要进行调查的时候，他就被暂时调职离开凶杀重案组，被扔到了提姆平时称之为“橡胶炮队”的地方，为地方法院工作。

慢慢地，他才逐渐明白整个事情的来龙去脉。除非提姆不想要自己的退休金了，否则这种冷门的案子最好保持冷处理，不要轻易插手。但不知怎么的，杜里埃的这个案子有什么地方触动了他，就好像第一次见证谋杀案时给他带来的冲击一样。提姆离受害者的家属太近了，近到他开始不惜亲自暗中调查杀害她的凶手。他曾经一直认为，自己的职责就是让杜里埃的灵魂得到安息，为她伸张正义；然而他工作的真谛，就像他现在才理解的那样，其实不过是为强权服务。他可以在街上当巡警，管那些在街上胡乱作为的小屁孩儿，但他绝对不能跟强权作斗争。杜里埃的灵魂现在还在外面飘荡，偶尔出现在他的视野范围内，模糊他的双眼。她不是个“Vic.”，而是个穿着被鲜血浸染的护士制服、被人枪杀的女人，就站在他的良心之上，看着他。很快，她就从一个虚幻的形象变得具象，蔓延到了他的现实生活当中，好像是一小块香烟烧过的疤，出现在他的胳膊上；然后随着时间的逝去，逐渐扩散，将他整个吞噬，完全覆盖。从上次戒酒算起，他已经有 10 年没有喝过了。提姆没有请过一天病假，但现在，他又开始拿起了酒杯，他将更多的时间花在了陪老婆劳伦和儿子康纳上，花在了思考、祈祷上。然后，突然有一天，他头也不回地离开了纽瓦克。

在花园之州的沥青大道上行驶了 30 分钟，天色渐黑，道路变得愈加顺畅。从 140A 的出口下高速，就会来到 US22 大道上，直通新泽西州萨默赛特郡的萨默维尔。在那里，房子上没有帮派们用喷漆胡乱涂鸦的痕迹，一个个整齐而洁净的房子有序地排列着，门廊前插着美国的国旗。在那个充满历史痕迹的城市广场对面，是刚刚建好的闪闪发光的州检察院办公室。萨默赛特郡是整个新泽西州最富有的地方——在整个国家的经济排行榜上位居第四。这是每个人在即将到达领取退休金的终点之前，都愿意慢慢踩下刹车，缓缓停止前进的脚步，最终停留的地方。

萨默赛特郡的凶杀重案组提供的工作有着更高的工资、更少的工作时段，也不再像之前那么危险。他有一个带门的独立办公室和一个放着铭牌软垫的桌子。他将所有私底下没有处理完的案子都放到壁橱的最顶端，他告诉自己，杜里埃护士的灵魂一定会理解自己的。已经步入42岁的提姆告诉自己,可能是时候放慢脚步,停下曾经坚持的一切了。

三十

电话是2003年10月3日打来的，那是个周五，打电话的是萨默赛特郡的检察官韦恩·福雷斯特。布劳恩捂着话筒琢磨着自己目前面临的选择。在他看来,这次的“Vic.”可能是个政界黑客,或是跟有钱人有所关联，要不就是个线人，所以当局才会这么耍着警察们团团转。一个人死在了医院，他们给警察打电话，这种事就足以引起萨默维尔的一片骚动了。找到所有的联系，将它们串在一起才是关键，这跟纽瓦克发生的那些频繁谋杀案可不一样，这里的案子都是经过仔细思考后的细活，调查的工作至少得持续到提姆领退休金的时候了。

作为警官，布劳恩的工作就是将所有重大犯罪案件分配下去，并且监督手下的警探们完成破案的工作。他看着记录工作的白板，带颜色的编码完成后被抹去的痕迹表明此案一直在跟进中，所有人都在随时轮岗待命，等待着案件的进一步发展。年轻的丹尼·鲍德温是新来的，留守局里，相对来说，工作内容很简单。丹尼·鲍德温是个很难让人忽略的存在——不仅仅是因为作为前后卫球员的他顶着一个剃得干干净净的光头，还有他下巴底下同锁骨齐平的层次分明的发达肌肉，还因为他是萨默赛特郡警察局唯一的黑人警官。身高 6.5 英尺、体重 250 磅的身形彰显着勃勃的野心，浑身的肌肉都颤抖着，显示出力量。提姆第一次遇到他是还在纽瓦克任职的时候，作为埃塞克斯凶杀重案组为数不多的美籍黑人，丹尼因侦破车辆盗窃案件的优秀表现而小有名气。他比提姆小 10 岁，但作为一名新入职的警探，绝对算得上经验丰富的高级警察了。丹尼是个好警察，换句话说，他是真的用心在办案，而不是将它们草率归档了事。当他听说丹尼要找个新的工作环境、打算做出点儿改变的时候，第一时间就努力游说他进了萨默赛特郡的警察局。

丹尼在萨默赛特郡才干了 6 个月的时间，除了几个抢劫银行的案子以外，大部分时间都相对安静，无所事事。他之前在其他郡工作的时候，干了不少事儿，帮了不少忙。那个时候他利用以前一些联邦调查局的老关系，给自己找卧底的工作干，在南卡罗来纳州办了一些雇凶杀人的案子，还帮助莫里斯郡的检察官迈克尔·罗博纳齐奥解决了一起高水平的谋杀案。但是，自从到了萨默维尔，他还没有机会接触一起凶杀案。提姆原来在纽瓦克的时候，跟丹尼合作办过很多案子，他知道要解决自己堆在桌子上的这些麻烦事儿，丹尼是个很不错的人选。布劳恩在下班的时候，去丹尼的家找他，地址是从检察官福雷斯特那里问到的。“这家伙死在医院里了，去查查，好吗？”提姆说道，“去看他们尸检，让他们多加加班，用点强硬的手段对付他们。”

丹尼本来要同自己的妻子金伯利相约去参加一场婚礼，但他实在是无法拒绝到手的案子。提姆已经对这个从纽瓦克转来的光辉人物，这个曾经赢得无数良好口碑、与大家邋遢的传统穿衣风格格格不入、每天西装笔挺的家伙备感不爽了。无论自己答应过什么，丹尼也绝对不能将到萨默赛特郡以来接手的第一件凶杀案拱手让人。

周六早晨，丹尼·鲍德温从医检办公室出来。他看了尸检的全过程，开车回到萨默赛特郡检察官办公室，坐在工位前填好了立案的表格，将所有的相关资料装订在一起，然后在车上打电话给提姆。死者是一个叫麦金利·克鲁斯的年长黑人男子。从表面上看起来就是一起普通的死亡案件，没有什么太多的疑点。

“实在有点儿浪费时间。”丹尼解释道。这不仅仅是他的看法，州验尸官诺比·曼博医生也是这么认为的：一起自然死亡案件。既然检察官打电话让他们调查此案了，那还是迫于上级压力应该调查一下的，他们让实验室做了相关的检测，送回来的时候，结果显示一切正常，就是一起自然死亡案件。

"嗯，这人什么来头？"肯定有什么不寻常的地方，要不上面不会这么施压，再怎么说也是个重要人物，"他看起来像谁吗？"

丹尼给出了否定的答案，他实在搞不懂这到底是怎么一回事儿。这家伙上岁数了，是个黑人，看起来本身就是个病人。事实上，看起来就像个死人。曼博医生也肯定了这一看法。布劳恩不得不打电话给检察官，他真是不敢相信好不容易等来的新案子居然是这么个结果。布劳恩一边打电话，一边思忖着是不是还有机会回家收拾行囊，去乡下的湖边小屋度假，看落叶慢慢在地里腐烂。

四天之后，福雷斯特检察官又一次打来了电话。让提姆和丹尼·鲍德温去街尾的萨默赛特医疗中心报到，这里算是镇子上雇员最多的大户了。一个世纪以来，源源不断的捐款和稳定的利润收入让这里不断地翻新、扩大，从一个小小的黑色建筑物变成了一个巨大的、有着古典风格的大公司。在电梯门关上的时候，提姆和丹尼都没能从这眼花缭乱的建筑风格中收回自己左顾右盼的眼神。直到他们进入会议室，看见所有重量级的人物都聚集在那里的时候才意识到，这次接到的不是个普通的电话。一定同提姆想的一样：我的天啊，这次死的这个家伙一定是个顶级的重要人物。

最先站起来的是一个律师，他介绍说自己是保罗·尼托里，萨默赛特医疗中心的法律顾问。他是个白人，剪着上百美元的发型，戴着一条有矢车菊图案的蓝色领带，是那种你在美国公告牌上经常会看见的家伙。他首先对警探们的到来表示了感谢，继而开始解释这一切。他介绍此事的方式很圆滑，而且说医疗中心并没有上报一起谋杀案，起码事实不完全是这样的。

在过去的5个月内，萨默赛特医疗中心经历了5次“无法解释的重症监护病患离奇死亡事件”。就在上周五，重症监护病房发生了第六起相同事件。在这种情况下，医院不得不报告当局，通知检察官办公室了。萨默赛特医疗中心的高级副总裁威廉·科尔斯医生宣读了这些名字：5月28日，约瑟夫·雷曼先生；6月4日，弗朗西斯·凯恩夫人；6月16日，韩金庚夫人；6月28日，弗劳伦·盖尔牧师；8月27日，弗兰西斯·阿格达女士。名单上的最后一个人是麦金利·克鲁斯，刚刚死于四天前。就是在他死后，医疗中心的人打电话上报了此事，而当局派出了丹尼去太平间参与尸检。

科尔斯医生似乎在很小心地注意着自己的措辞，尽量避免过多地放入因果句。这6个病人所涉及的案件都“无法解释，得出异常的实验检测结果，出现威胁生命的发病症状”。这6个病人现在已经死亡了，这些事件是否有所关联，科尔斯并没有给出观点，似乎他也不愿意多说些什么。不过医院显然已经开展了5个月的内部调查。这次的调查，据科尔斯所说，没有确凿的证据表明切实的犯罪信息。在陈述完基本情况之后，科尔斯将6个病人简短且由很多专业技术性细节构成的医疗记录总结了出来。

在这些记录中，提姆看到了一些名字——有死者的姓名，以及一些被加重的笔迹，每个字母都大写的药品名称——胰岛素和葡萄糖。这些他原来都听说过，除此以外，还有个他没听说过的新名词——地高辛，是一种心脏病药物。剩下的不过是一些模糊的医学术语及常见单位了，比如立方厘米、毫克和微克。没有犯罪现场，没有凶器，甚至没有可供采集的指纹或污点证人，没有子弹，没有枪。他们确定真的有犯罪事实吗？提姆一直在笔记本上重复地画着问号，直到整个纸页都打起了褶。

坐定之后，毫无头绪的丹尼·鲍德温似乎要把自己的笔杆攥断了。

警探们用最快的速度走出了会议室。10月的阳光照在布劳恩贴了绿色车膜的玻璃窗上，提姆按开了车锁，滑进了驾驶座，感受着冰冷的皮座带来的一丝清醒。

提姆知道萨默赛特医疗中心在整个委员会有着举足轻重的影响力。这里可是个赚钱的中心，是整个郡最大的雇佣公司，对当地政权也有很大的影响，毕竟前两任州参议员都是现任医疗中心的委员会成员，更有甚者，其中一个还是现在警察局局长的岳父大人。这里的麻烦事可是让检察官急得火烧眉毛，而让检察官坐立难安的麻烦事肯定也会给他带来极大的压力。提姆等丹尼关上门之后才开始自己的抱怨："这是什么情况？告诉你吧，与其用这种方式折磨我，还不如直接用最老套的方式给我一枪子儿，让我来个痛快的。"提姆在那些医生汇报的时候，压根儿没机会举起手来插句话，问个问题，他真想跟上司说"我跟丹尼是处理街头凶杀案的，干不来这个"。不过，潜意识里，他还是很想查这案子。

提姆转动钥匙，发动了车子，而丹尼怀抱一大摞从医院拿回来的案件资料靠在副驾驶的座位上。很明显，就算有犯罪事实发生，他们肯定也没法从这些文件中找到什么有用的信息——医疗中心的人已经仔细研究过这些了。丹尼正烦心地咬着自己的腮帮子，他是负责这件案子的侦探，将萨默赛特医疗中心递过来的这些东西变得有所关联、有意义，是他的职责所在，所有人都在盯着他，看他是不是能破这个案子。

但这些零碎的东西都是什么啊？数字，实验室检测结果，还有各种提姆和丹尼根本无法理解的表格。很显然，就算是最专业的实验室人员都没法用这些文件解释到底发生了什么。这些受害者只是潜在的受害者，他们很有可能是自然死亡的。就现在的情况来看，他们的身体没有明显的伤口，按照他们以往的办案步骤来推测，这压根儿就不是犯罪，他们只是医疗事故的受害者。不过大多数红球级别的案子都这样，跟在纽瓦克的时候一样。在提姆看来，这一切再明显不过了，肯定是萨默赛特医疗中心出了什么内部问题，这比接到一个无头公案还要糟糕，因为很有可能这压根儿就不是个案子。

丹尼从笔记本的杂乱记录中抬起头来，看着右侧的布里奇大街被抛在身后，琢磨着为什么提姆没有在上一个路口拐回警局去。“目前看来，基本上就是他们认为有人毒害医院的病患，可能是出于某种目的而故意为之，对吧？”

“而且他们似乎已经展开了5个月的内部调查。”提姆说道。

“那，干吗到了这会儿才打电话呢？”

“就是，他们本来早就应该给我们打电话了，为什么5个月前不通知我们呢？”

丹尼又低头扫视着自己的笔记本："'无法解释的事件'，他们是这么说的。4个胰岛素的，2个心脏病的。"丹尼翻着纸页，找出那个新学的单词——地高辛。

"地高辛，地高辛。"提姆重复着，来来回回就这一个词。他往右打轮，原地转了360°，直接驶向206大道。"地高辛是什么玩意儿？"

"你介意我问一下吗？咱们这是要去哪儿？"

"这儿，医药字典。"提姆说着将车驶入一个商场的狭小停车场内，将车滑进了宽松的消防车道。他将门打开走了下去。"好了，"他说着，"现在，我要问你，你是周五的时候接到的电话，3天后，我们就被叫到了这个快乐的火坑里，那么，从周五到今天到底发生了什么呢？"

"是哦。"

"是吧。"

"嗯，或许那些律师需要一个周末的时间来思考整个事件。"丹尼试图解释道，"也许，他们害怕了，被所发生的这一切吓着了。"

"嗯。"提姆认同道，他思考了一下，"你知道吗？我敢打赌，这帮浑蛋非常清楚到底是谁做了这一切。"

三十一

无论是不是红球级别的案件，在萨默赛特医疗中心没有上交所有相关文件之前，这案子就没法继续调查下去。尼托里律师答应尽快将所有内部调查之后得出的相关材料寄送给两位警探。当天下午晚些时候，包裹就到了。在把包裹送到隔壁提姆的办公室之前，丹尼花了几分钟的时间琢磨了一下这里面的东西。

信封里只有几张单页传真记录的扫描件。警探们知道自己不能指望着收到一份完整的内部调查报告，但至少也应该比这几张破纸多一些啊。包括标题页在内，一共 5 页的记录，从页码来看，好像有一页纸还丢了。

“你看一下日期。”丹尼提醒道。

记录显示是 2003 年 7 月 5 日——差不多 3 个月之前了。

“这什么玩意儿？我以为他们的内部调查是才结束不久呢。”

这份记录是雷蒙德・弗雷明寄送来的，他是就职于西奥兰治法律公司的职员，外派到医疗中心做法律顾问。寄送的标题页这么写道：“回复：弗劳伦・盖尔牧师 V 萨默赛特医疗中心。”还有一个文件附在这张标题页的背面。

丹尼不认识这个律师，但他仔细看了一眼这个标题特殊的文件，尤其是放在两个名词短语中间的那个“V”。他知道律师们天生就喜欢较劲儿，不同的律师发送不同的信函也不是不可能，但将病人和医院的相关材料贴在标题页背面的这种反常做法还是挺有意思的。

根据标题页的信息来看，这个备忘录的收件人显示的是玛丽・劳德，那天早些时候他们在会上跟这个女人握过手，她和丹尼还互相交换了名片。从那时候起，玛丽・劳德就被指定为丹尼在医院的联系人了，只要警探们需要什么线索用以辅助调查工作，都直接找她来解决问题。提姆记得她是个很干练的中年女人，在萨默赛特医疗中心的职位名称很让人难忘，名片上印的是“风险经理”。很显然，这位风险经理也是弗雷明在医院的联络人。

亲爱的劳德女士：

随信附上一份与查尔斯·库伦的会面之后，我方总结的备忘录文件。

非常感谢您的合作。

您，真诚的

雷蒙德·弗雷明

“查尔斯·库伦？”提姆很疑惑，“他们提过这个名字吗？”

“下一页，”丹尼说着翻了翻备忘录，“这上面说他是个护士，在重症监护病房工作，曾经护理过其中一个受害者，那个牧师。”

“那他是嫌疑犯什么的？”

“倒也没这么说，事实上，这上面写的结果恰恰相反。”丹尼将整个备忘录翻到最后一页，“这上头写着：‘我们一致认为无论从记录上的显示来看，还是库伦先生本身的行为举止，都没有找到可疑的地方，无须将此事上报给当局处理。’”

“这‘我们’指的是谁？”

“玛丽·劳德和这个律师——”丹尼解释道，“弗雷明。很显然他们一起对这个库伦进行了问询。”

“7 月 14 日，”提姆思考着，“10 天以后，他们才写了这次会议的备忘录纪要。”

“没准他们花了 10 天的时间来完成这个备忘录。”丹尼不以为然，“这帮家伙都是按小时收费的，这种糟心情况时有发生，不奇怪。”

“然后，过了两个月，他们才将这个给我们寄送过来。”提姆继续翻动着这些纸张，“那，其他的呢？就没有关于其他护士问询的备忘录了吗？”

丹尼也不知道。但是当天下午他安排了一个会议，那位同他开会的人应该能告诉他们这个问题的答案。

理论上来说，玛丽·劳德应该是他们这次调查的关键。劳德原来也是护士出身，经过不懈的努力一路升官，才到了如今这个地位，坐上了整个医院守门员的位置。她应该有能力将这些医院提供的专业数据化繁为简，用警探先生们可以理解的方式重新解释一番。唯一可能存在的问题就在于她是否肯配合他们调查，丹尼需要的可不仅仅是她平时那副打官腔的模样和客套话，他需要玛丽·劳德打心眼里真的喜欢他，真的乐意跟他们合作。

丹尼在医院大门前停好车，迎着风整了整自己的领带，跟电梯口临时待岗的警察打了个招呼，沿着地毯走过两旁悬挂的很难看的艺术装饰画长廊，来到了走廊尽头。一个秘书正嚼着口香糖，她的电脑屏幕上的桌面是满屏的西施犬彩色涂鸦画。丹尼低头看了看她的胸牌“特鲁迪”。他走过去介绍了一下自己，用一种认真但不吓人、看起来并不是很有把握的方式表明了来意。

事后丹尼回想起当时的情景，玛丽·劳德看起来是个身材健壮的中老年妇女，白人，打扮得不是很华贵——非常符合她风险经理的头衔。她当时穿的是职业套裙，中性色调，长短与剪裁都很合适，显得她很聪明干练。她不是那种可以随意闲聊的对象，所以丹尼决定开门见山，直接从萨默赛特医疗中心律师处发来的会议备忘录开始。他从自己胸前的口袋掏出了那个传真，直接跳到他认为重要的段落。

“在这下面，嗯，因为盖尔牧师的去世，你和你们医院的律师弗雷明一起对一个叫查尔斯·库伦的护士进行了一次调查问询，对吗？”

“是，”玛丽答道，“我们调查了在病房里工作的所有护士。”

“好，好吧。”丹尼继续道，“那你最终究竟……”

“没有一个被审讯的人表现出异常或是参与过非法犯罪行为。”玛丽直接接下了话茬。

“我知道，”丹尼接着问，“那么，这个护士，库伦——你在问询他的时候发现了什么不寻常的地方吗？他有什么特殊的吗？有什么疑点或——”

“没有，没有。”玛丽打断他，“我们询问了所有在病房里工作的护士。”

“那还有什么其他的相关备忘录或是采访的材料吗——你觉得我们可能会用得到的资料？”

“这个我就不知道了，”玛丽说，“这种问题恐怕得直接咨询我们的驻院律师保罗·尼托里了。”

“好吧，好吧。”丹尼说道，“我们肯定也会找他谈的，这点我敢保证。那么关于这个护士，哦，库伦——”

“嗯。”

“你跟他说过话？”

“嗯，就像我刚才所说的——我们负责的内部调查，所以像采访其他所有人一样，我们确实也问询了库伦先生。”

“关于他的问询主要是因为他曾经护理过的一位病人牵扯到了这几个事故当中了——那个牧师？”

“牧师盖尔，嗯，是的。”

“那么这个护士，查尔斯·库伦，他是负责牧师的专属护士吗？”

“这，嗯，是也不是，”玛丽犹豫了一下，“他们轮班负责的。”

“额，对不起，这……”

“哦，轮班看管病人。”玛丽解释道，“护士们每天晚上来轮岗的时候都会被分配到不同的病房去。在萨默赛特医疗中心接受护理的时间内，盖尔牧师被很多重症监护病房的护士护理过。”

“那也就是说库伦护士确实是盖尔的护士，对吗？”

“不，”玛丽说道，“在盖尔牧师出事的前一晚，查尔斯·库伦不是当晚应该负责他的护士。”

“哦，那好吧。”丹尼继续问道，“那……谁是？”

“我现在手头没有这个相关的信息，”劳德答道，“我只能事后查了再给你发过去。”

“嗯，好的，那麻烦啦。关于那个护士，盖尔的护士，你有关于调查他的备忘录吗？还是……”

“恐怕我没有那样的东西，”玛丽·劳德说，“我得去帮你查一查，如果找到了一并寄给你。”

“嗯，好的。非常感谢。”这次的谈话对于他来说其实算是毫无进展可言，但他知道不能将自己的沮丧表现出来，“还有一个问题，关于蛛网系统，或是叫什么别的……”丹尼重新翻找着备忘录，那个词上面也用问号圈了出来。

“蛛网系统，嗯，怎么了？”玛丽重复了一遍。

“那上面显示的是所有的药物申领情况，对吗？”

“蛛网电脑药物系统帮助查询跟踪每一种药物的库存和领取情况，通过这个系统可以直接记录所有病人的用药情况，方便结账，同时也会提醒药房何时需要补充库存。”

“这么说，你检查过所有记录了对吗？”

“是的。”玛丽答道。

“也就是说，没有什么不同寻常的地方，是吗？”

“嗯，没什么异常。”

“如果可以的话，我想要一份这些记录的扫描件，可以吗？我需要查看一下，从……哦……从病人发生异常的第一起事件开始，到最近一次，这段时间的所有记录。”

“哦。那我恐怕帮不到你了，这是不可能的。”玛丽肯定地答道，“很不走运，蛛网查询系统只会存储近30天内的记录。”

“那么……”

“是啊，的确。”

“好吧，”丹尼说道，“所以，这个护士并不是一个特别的调查对象，你们对他没有其他看法吗？”

“不不不，”玛丽慌忙解释着，“我们询问了整个病区所有病房的护士。不过，确实有那么一个人，你们可能应该再调查一下。”

※　※　※

丹尼同提姆在法院对面一家泰国餐厅吃午餐的时候，简要地将这次会面的内容跟他说了一遍。提姆在开口之前盯着那些拿着菜单进进出出的服务生出了好一阵神。“那么，劳德，她是在耍我们吗？还是什么情况？”

“她确实给了我们一个名字，一个叫爱德华·阿勒特的人。”

“是那个男护士吗？”

“另一个家伙，他偶尔会在受害者们的那层病房里上班，所以他有接触病人的许可权，劳德认为我们应该好好调查一下这个家伙。”

“他干吗的？”提姆问道。

“他就是那种专门过来为病人采血，准备化验的家伙……”丹尼低头翻着笔记回答道。

“哦，抽血师。”能说出这么专业的名词，提姆也被自己吓了一跳。

“嗯。你知道的，哈？”

“嘿，我原来可是在医院里当过驻院警察的。”提姆解释着，“上高中那会儿。”

“劳德说他们都很喜欢这个给人抽血的家伙。”

“他是嫌疑人吗？”提姆有点儿疑惑，“我记得他们说没有什么可疑的人啊。”

“玛丽·劳德告诉我‘阿勒特是你们想要调查的那种人’，她就是这么跟我说的。”

“她说为什么了吗？”

“可能这家伙跟医院有过什么过节，曾经发过牢骚吧。本地人，对养老金的制度好像有点儿不满，可能是公会的那点事儿。”

“那说他是嫌犯了吗？”

“只是说他挺可疑的，而且他同医院有过冲突。”丹尼继续从笔记上找有用的东西，“她的原话是：‘阿勒特很有可能要对这些不幸的事件负责任，很可能跟他有关系。’”

“嘿，挺好，没事儿。”提姆边说边记了下来，“很显然他们找不着什么可疑的人，所以就随便给我们推了一个过来。好的，我接着。还有别的吗？”

“目前没有了，就这些。”丹尼合上了本子，“我问过她关于他们寄送过来的那份备忘录，还有那个他们问询过的护士。”

“哦。那几张散页纸？”

“那次调查，一共有四页。”丹尼又开始翻之前的记录，一页一页地捻着纸边，“就那个他们说的男护士，查尔斯·库伦。”

“她说什么了？”

“她直接用阿勒特给我顶回来了。”

“那，关于库伦呢？”

“什么都没有，我觉得他可能不是这次调查的重点对象吧。”丹尼跟提姆说了蛛网系统的事儿，还说了关于只能储存最近30天记录的问题。“那往前回想这整件事儿，原因就很明显了，9月7日还是8日来着，是吧？这就是为什么我们在资料里只看到了克鲁斯先生的药物记录。”

唯一的问题在于，克鲁斯先生的尸检报告显示一切正常，根据曼博的分析显示，他属于自然死亡。[①]

“好吧，这事儿太烦了。”提姆抱怨着，“那其他那些护士呢？我们从他们身上得到什么有用的信息没有？”

“那个律师可能会有，反正劳德那儿什么也没有。”

“其他人的问询记录她那里一个都没有？他们不是说给所有人做了问询吗？起码我以为是这样的。”

“她连个屁都没有。”

提姆深吸了一口气，然后又用叹气的形式给吐了出来：“那么，你现在的意思是，我们现在手头什么有用的都没有？”

“哦，不，我们有个阿勒特。”

三十二

这是丹尼的案子，但作为警长，提姆有责任领导其他人同他共同调查此案。更何况在处理这些标准程序上的步骤时，他比较

①萨默赛特有六起病人中毒事件没有上报给警方——之后，过了几个月的时间，一个在事件中幸存下来的受害者才打电话将此事上报给了警方。

挑剔，也喜欢亲力亲为。他首先在国家的汽车注册系统里过了一遍爱德华·阿勒特的名字，检查他登记的车辆和注册的驾驶执照。他找到了这家伙名下的车，但是没有发现什么重大的违章行为，所以，在从国家犯罪信息中心数据库中找他的前科之前，提姆将他登记的家庭地址和个人信息誊抄在了自己的笔记本上。不出他所料，爱德华·阿勒特的记录很清白，里面毫无线索可寻，看来此路不通。提姆又查了一下类似发音的其他拼写，或是可能有的昵称，但还是一无所获。从目前掌握的情况来看，这家伙就是一个拥有一辆车、从来没进过监狱的普通公民。接下来，提姆用自己的身份登录了新泽西州专门用来查询犯罪的司法数据库，这里面记载了所有新泽西州司法系统处理过的案件。提姆从这里面经常可以得到爆料的信息——就算他们从来没做过什么越界的事儿，那些坏人或多或少也在司法机构的正常秩序里搅过浑水，或多或少用各种方式留下点儿痕迹。有时候他们是证人，有时候是受害者，还有时候是被宣判无罪当庭释放的潜在嫌疑犯。但是，阿勒特啊阿勒特，返回的信息再一次显示了阿勒特的清白，这家伙干干净净，什么事儿都没有。这个抽血的家伙看来不是什么线索，死路一条。提姆愣神儿坐了一会儿。一个红球级别的案件正在他的桌子上火急火燎地催命，他却毫无线索，不知从何查起。今晚，他们要约定一次问询，找这个叫阿勒特的家伙谈谈，他们打算蹲在他家门口堵他，约见明天白天谈一次话。就这样吧，布劳恩咒骂了一句“爱谁谁了”，接着他将笔记本翻到了新的一页，在数据库的搜索框里输入了“查尔斯·库伦”的名字。

国内汽车注册系统里显示的结果是查尔斯·库伦名下有一辆淡蓝色福特护卫者旅行车和一个还在有效期内可使用的驾照。国家犯罪信息中心数据库的查询结果有两条关于他的信息：一次是在宾夕法尼亚州的帕尔默，记录显示是刑事犯罪；还有一次是在南卡罗来纳州酒后驾驶，根据两个记录的时间显示，都是发生在10年前的老案子了。库伦没有枪支持有记录，没有注册过宠物，甚至10年来一张超速罚单都没有。

在他合上自己的本子之前，似乎所有线索还是一盘散沙，有不少松散的线索，等待着他规整到一起，串联到一块儿。提姆从查询的终端机前站起身，走回了自己的桌前，拿起电话，按下411，查询拨通了宾夕法尼亚州帕尔默地区警局的电话。

提姆介绍自己是来自新泽西州萨默赛特郡的凶杀重案组警探，特来问询一些案子的记录，请接线员帮他转接档案局。电话另一头的女声笑着告诉他："不，我们可没有那个，这里只有我！"提姆思忖着，哦，真好，赶上巴尼·费佛[①]了。他继续解释着自己的来意，希望可以调查一起1993年的案子，那家伙在帕尔默惹了点儿麻烦，他需要调查一下这个人的背景以及当时的记录，不知她是否可以好心帮忙找一找。

"稍等一下。"那个女士放下电话。提姆可以听到敲击桌面的声音，继而从那边又传来很大的噪音，好像是有人打开了一个巨

①20世纪60年代一部经典美国黑白电视剧中的主角，是个动作缓慢稀里糊涂的南卡罗来纳州小警局的警长。

大的金属柜，拉开了其中一个抽屉，然后又关上了。几分钟以后，她重新拿起了电话，说道:“嗯，在这儿呢，一个黄色外封的档案袋。”

她在那些档案中确实找到了一个叫查尔斯·库伦的人，出生日期是1960年2月22日。1993年3月的时候，在帕尔默因为骚扰和非法入侵被逮捕，后来撤诉了，罪名没成立。布劳恩刚打算开口说谢谢，就被她的话打断了："哦！还有，这还有个贴在上面的便签，你想要这个吗？”

这种贴上去的便签笔记表明也就是几个月前肯定有州际的其他警察也调取过这份档案。那下面还有一些标注，“哦，这是什么字儿？”她自言自语地念叨了出来。

这个对于她来说备感陌生的词被布劳恩认了出来。

地高辛。

紧接着，丹尼给宾夕法尼亚州的警局打了一个电话过去，在州警察罗伯特·伊根通过多方渠道帮他们查询这个名字的时候，他示意性地对提姆点了点头。6年前，在伊斯顿医院的一次病人的可疑死亡事件中，血检报告里面检测到了异常含量的地高辛。很显然在案件发生的那段时间，这个叫查尔斯·库伦的护士刚好在伊斯顿医院就职。几年之后，有人展开了一起案件的调查，宾夕法尼亚州的警察重新调出了他的档案。就是它了。这份调查已经被弃置许久，因为州警察没有在库伦身上查出任何疑点或找到任何破绽。丹尼得知这一切的时候，激动得快撞墙了。在克制住自己之后，他一边向州警察罗伯特道谢，一边用力地踢着桌子，尽量让自己在挂电话之前保持足够的平静。地高辛！哈，这是什么概率？布劳恩听说这一切的时候也确实无话可说了。要不这就是整个凶杀重案组经历的最夸张的巧合，要不就是有人在跟他们耍心眼。但是，究竟是谁，到底为什么这么做，他现在确实一无所知。

三十三

丹尼·鲍德温手里的名单上列着6个查尔斯·库伦曾经供职过的地方，很显然，这个数字一直都在增长。名单上大多都是位于新泽西和北宾夕法尼亚州的医疗中心，就职时间出现了偶然的重叠——丹尼试图按时间顺序将这些排列起来，但很显然手头掌握的信息还不够。丹尼坐在提姆的办公室里，和他一起翻找着手头掌握的所有信息，试图从里面捋出点儿顺序来。就丹尼现在所了解的情况来看，库伦的职业生涯始于1987年，地点是位于新泽西州利文斯顿的圣巴拿巴医学中心。

“圣巴拿巴？”提姆问道，“你丫逗我吧。”这家伙的第一份护理工作刚好与提姆·布劳恩的第一份安保工作在同一个地方。布劳恩笑了笑：“你接着打电话，我去处理这个。”说着，他拿起大衣走了出去。

从萨默维尔开车穿越群山，沿着郊区的主干道一直开过一片连在一起的住宅区——每家宅邸的大门都开在道路的两侧，门廊上堆满了死气沉沉的玩物，山顶那些房子都是用钱堆出来的，到处都是给那些山寨庄园的防盗报警器做广告的大牌子——就是圣巴拿巴医学中心了，它介于高地和平坦的郊区之间，差不多处在半山腰。刚刚驶过老旧的游泳俱乐部，就能看见它了。提姆原来在医院上班的时候，喜欢在这里停车，这里的样子跟他记忆中的不太一样。他将车慢慢驶入停车场的时候，感觉到一阵阵忧郁伴随着麻木所带来的刺痛向自己袭来。自上一次来这里已经过去几十年了。

上世纪70年代的时候，还在上高中的提姆在圣巴拿巴做兼职，只在晚上和假日的时候上班，开着他那辆昵称叫四轮熊的1963年雪佛兰敞篷跑车从母亲家出发去医院。毕业的时候，他用自己攒下来的全部存款买了一辆崭新的1978年福特野马——午夜蓝，很棒的一辆车，但也确实花了他太多钱，这个礼物让他挥霍得不管不顾，连未来都不考虑了。提姆在卫斯理学院的秋季学期入学，在那里他还开启了自己踢足球的生涯，甚至在跟宾州州立大学比赛之后，还荣获了当周最佳防守球员的称号，不仅如此，传奇教练乔·帕特诺还亲自给他发来了祝贺。不过，最终卫斯理学院还是没成为他坚持下去的梦想。提姆在学院就读一年之后就拥有了一枚真正的警徽，在所有这一切忙碌的生活之外，他还一直坚持在医院做兼职。

在圣巴拿巴，提姆只是个入门级的新手，穿着租来的制服，还没有配枪。不过，尽管如此，驻院警察蓝色的制服和铁质的徽章依旧是权力的象征，就像护士们的工作服和医生的白大褂一样代表着自己的身份。那时，提姆就很吃惊地发现，原来穿制服的人可以得到的特权是那么超乎想象。

他开着自己的福特皇冠维多利亚警车穿过污渍斑斑的警卫亭——他曾经也在那里收过停车费。眼前这座建筑物陌生得让人吃惊，那个提姆曾经无比熟悉的圣巴拿巴应该已经被深埋在建筑的最下面了。过去的6年时光里，圣巴拿巴花费了5亿美元进行重装，风险评测达到了AAA级建筑，跟赌命和上税一样安全得毫无顾虑可言。

可以看出来这里新添了很多病区、附属建筑和办公区，除此以外还多修了一个肥胖治疗中心和一个24小时营业的麦当劳。脑海中残存的记忆突然让提姆备感苍老，他停下脚步看了看新修的露台，装修风格有点迪斯尼乐园的味道，是那些护士休闲抽烟的好去处。如果你不知道其他什么好地方，那在这里停下手头的工作喝杯咖啡还是很令人愉悦的。提姆的儿子在这里出生，而提姆也差点儿将这里当作自己职业生涯的终点，终日看着那些护士穿着一次性的绿色工服忙着手头的工作。每个人的生命都将在这里画上句号，或早或晚，迟早的事儿。

那个他记忆深处的高大烟囱还立在原地，不过好像已经很久没有冒过烟了。他现在已经完全没法确定当初修建停机坪的具体位置在哪儿了。当初海岸警卫队的潜水员们都是直接坐飞机来圣巴拿巴的，这里有世界上最大的高压氧舱，还是整个州唯一一个拥有烧伤病房的医院。每一次想到这儿，提姆心中都充满了骄傲，那时还是个孩子的他会向那些军事飞行员恭敬地敬礼。

三十四

提姆来这里是为了查看当时查尔斯·库伦工作的时候留下的人事档案，希望可以从中找到一些关于这家伙的蛛丝马迹。这次的调查跟钓鱼似的，他盲目地收集来自各处的信息，不过，一般的调查工作确实也只能这么开展下去。他觉得医院应该没有胆量跟一位凶杀重案组的警探较劲儿，更何况他们的前任雇员现在变成了一起案件的重要嫌犯。如果联系人事部，那还没等他来得及开口问什么问题，就会直接被转交到驻院律师那里。如果医院想要试图隐瞒什么不让提姆知道，那很显然，这些信息恰恰就是提姆所需要的。

提姆想要找人帮个忙，起码想尝试着走个后门。他找来一名退休之后在圣巴拿巴保安部工作的前任警察，希望能帮忙调一下档案，无论什么信息，只要是关于查尔斯·库伦的就可以。提姆简要地将自己现在调查的案子跟他说了一遍。通常情况下，警察跟警察之间还是比走官方程序来得更靠谱一些。提姆并不确定现在这种情境下规则是否还适用，毕竟这个前任警察现在效力的公司可给他发着6位数的高薪。提姆希望可以拿到所有关于库伦在圣巴拿巴的相关资料。

前台的一个马尼拉纸质信封上写着他的名字，提姆直到冲好了一杯咖啡，坐在桌前的时候，才翻开这个长达22页的资料。那里面有库伦的护理执照的复印件和接种疫苗的记录。剩下的都是一些零零散散的病例，名字已经被涂黑，有一些纸张上有人用签字笔写下了一些不太正规的随笔。他才眯着眼睛读了几行字，就直接拿着整摞文件去了丹尼的办公室。

提姆将这些文件扔到了丹尼面前："你看过这些东西吗？"

丹尼大概翻了翻，翻到整个文档的最后一页，然后又从头读了一下，说道："哇！看起来像是谁写的'观后感'。"

"嗯，是的。"提姆说道，"起码有一部分是。这到底是谁归的档？"

整个档案看起来相当凌乱，而且残缺不全，几乎就是碎片堆起来的，有很多东西他们压根儿就没有相关记录。实在是很奇怪，这东西得有10年以上了。看来，查尔斯·库伦在圣巴拿巴的工作记录在存档之前被人好好整理了一番。有意义的东西全都没有了，缺失了不少细节，尤其是对于一个可能存在犯罪行为的案子来说，几乎没什么有价值的线索可用。

就算他们能读懂上面凌乱的笔记，琢磨出医疗用语的简写，但上面有意义的东西也没有多少。文件压根儿没有提及关于库伦在圣巴拿巴就任最后一年时，那起陷害事件的任何内部调查记录。在这个潦草的影印报告里，有一半以上都是关于查理没有按规定填写领药单子的，其中还包括一些处方药。还有他误用输液袋，反复关闭一位重症病人的呼吸机和擅自给病人开胰岛素的记录。尽管他们看不见具体的记录明细，尽管圣巴拿巴医疗中心肯定没有意识到到底是什么状况，但可以肯定的是，查尔斯·库伦作为杀手的职业生涯就是从那个时候开始的。库伦的这些错误从表面上看来还没有严重到需要被上报给州护理委员会或健康服务中心的有关部门那里去，他们只是简单地将他从本院的医疗系统中清理出去了而已。几年之后，医院进行了从内到外的翻新工作，所有当时调查的书面记录，作为证物被污染的输液袋和装满几个抽屉的有价值的笔记——都被清理一空。甚至连当时的金属储药柜都被移走了。唯一能表明曾经开展过相关调查的，就是油毡地毯上储物柜留下的那块锈迹斑斑的污渍。

丹尼·鲍德温第二天早上就驱车出城回到了利文斯顿，找到了医疗保健服务中心的人事部办公室主管艾格丽塔·海切尔，圣巴拿巴所有的员工资料都可以从她这里找到。海切尔跟查尔斯·库伦并不认识，但她确实对库伦工作中发生过的那些失误有所耳闻，还听说其中几个错误情节很严重。从记录中可以查到，1991年3月14日，医院的主管曾经给她手写过一张便条："深切关注：查尔斯的双重用药错误。"她认为库伦对此类错误"毫不在意，根本不把这些关系到病人安危的错误放在心上"。

丹尼让海切尔就"双重用药错误"给出一个再具体些的解释——是说在给病人送药的时候，连着两次送错同一种药吗？海切尔说她也不知道，而且文件记录中也没有进一步更加详细的解释了。只要是文件中比较重要的部分，细节通通都找不到了。丹尼只得到了一个骨架，但上面空空荡荡，没有硬货。海切尔不知道文件剩余的部分去哪儿了，不过她猜测应该是被销毁了。丹尼觉得海切尔夫人可能说的是实话，毕竟这些文件已经是10年前的了，但是，既然已经留下了一部分零散的记录，干吗不干脆都留下呢？

根据州政府的记录，库伦在圣巴拿巴的工作结束之后去了新泽西州菲利普斯堡镇的沃伦医院。提姆打电话给沃伦医院人力资源的秘书处，留下一条信息。当天下午，一位沃伦医院的高级管理人员回了电话，声称医院找不到关于库伦先生的任何记录。提姆愤怒地甩下一句“让他们等法院传票的通知”，便砰的一声挂了电话。一个小时之后，沃伦的院方律师打来电话，告诉他们有关查尔斯·库伦先生的所有记录都已经被销毁了。与此同时，在另一间办公室内，丹尼正在跟亨特医院打电话，但是很显然从他们的人力资源那里依旧一无所获，也是死路一条。几分钟后，亨特医院还特意发来传真确认此事。

“亨特医院说他们的所有文件都储存在一个专门的归档公司里，”丹尼接着说，“但是他们问了那个归档公司，说是关于查尔斯·库伦的文件都找不到了。”

“玩真的啊！”提姆在桌前转着笔靠在椅子上琢磨这事儿，“这么说他们给毁了？”

“找不到了，他们就这么说的。库伦的文件就是丢了。”

“丢了，我太明白了，这是玩什么把戏呢？用这种屁话糊弄我们。”

在新泽西的名单上，只剩下一家医院了：默里森纪念医院。提姆拿起了电话，这次直接要的是前任雇员资料，说是要做一次背景调查，压根儿没有提凶杀案调查的事情，而默里森也没有说库伦的文件丢失或损毁了。他跟医院约好了时间，直接开车去北部亲自领取这些文件，打算事后直接跟丹尼顺道去萨默赛特医疗中心，找他们的法律顾问继续探讨此事。

萨默赛特医疗中心的内部调查现在全部移交给保罗·尼托里负责，他们曾经在听证会上见过这个律师。9月19日，萨默赛特医疗中心的管理层委托尼托里的公司处理此事，而这时已经是在胰岛素事件之后，第五个病人弗兰西斯·阿格达出事儿以后了。萨默赛特在请他们提供法律帮助之后又过了一个星期的时间，才将此事上报给健康部门。除了对尼托里的公司有所耳闻以外，提姆对他本人一无所知，这家伙原来一直是埃塞克斯郡的助理检察官。纽瓦克的同行们之前给他提过醒，尼托里这个家伙很聪明，但是也很刻板，而且特别熟知在调查凶杀案件的时候需要哪些证据来使罪名成立。布劳恩和鲍德温非常希望这个前任助理检察官可以成为他们手中的王牌，尤其是基于他们现在已经挖掘出来的这些关于查尔斯·库伦的信息。

尼托里在他秘书的桌前迎接两位警探的到来。他50多岁，身板很宽厚，长着一头有钱人一样花白但整齐的银发，身着深色西服，系着有复活节彩蛋图案的领带。丹尼跟着尼托里走向他办公室时，一直从上面精致的衣服打量到下面精致燕尾雕花的皮鞋。走进尼托里那个配备着常见皮制家具的办公室后，他将他们介绍给自己的私家侦探。那个笨重的家伙叫洛克·法希朵，在尼托里绕到办公桌后坐下来时，他站到尼托里身边，双臂交叉紧紧环抱在胸前。

尼托里的笔记、采访记录以及重症监护病房所有工作人员的联系方式会为他们的调查带来质的飞跃，节省不少时间，他们再也不需要重新走访所有老地方挖掘信息了。萨默赛特郡医学中心的内部调查时间跨度长达5个月，提姆觉得时间长得已经足够让他们用心去研究所有的调查细节了。除去医院的所有繁文缛节，提姆想着应该能抱回几箱子原始数据的备份文件。

但是，后来提姆·布劳恩回忆此事的时候，提到尼托里似乎下定决心要坚持听证会得出的观点。他说自己和公司的私人侦探洛克已经非常认真地调查了所有发生的事件，确实没有找到什么可疑的嫌犯。尼托里还告诉他们，最终的报告他们还没有完成，因为院方没有得出任何明确的结论。在他们刚刚意识到这件事情可能牵扯到刑事犯罪的时候，就不敢耽误，立刻联系了检察官办公室，所以还没来得及给出结论。

“那你对那些护士的问询情况怎么样？”提姆问道，“得到有用的信息没有？”

“我们现在什么报告都没有完成呢！”尼托里回答道。

“你有当时采访的录音，或是……”

尼托里快速地摇着头：“这些都是非正式的调查，我们没录音。”

“好，无所谓，那有没有什么东西，任何东西都可以。”提姆还是没有放弃，“普通的纸片，随手写的纸条，只要是关于那些调查的，或是——”

“我们没人记笔记。”尼托里打断了他的话。

提姆眨了眨眼："没有笔记。"他重复着这句话，跟丹尼互相交换了个眼色。

"其实我们什么都没写下来。"尼托里说。

"那人名和联系方式呢？"丹尼问道，"那些员工的。你肯定有，所以我们就没必要再做无用功了。"

尼托里看了洛克一眼："抱歉，我们已经把所有的信息都提供给你们了，你收到我给你寄的那个文件包裹了吧？"

"是。"提姆冷笑了一下。那 4 页纸，当然，他们收到了。

"关于那些备忘录，"丹尼问道，"提到了一个护士，一个叫查尔斯・库伦的护士，你跟他说过话吗？"

"他是我们采访的病房里的护士之一。"尼托里答道。

"他有什么特别的吗？或是——"

"我现在想不到什么不正常的，"尼托里说，"但我记得他好像是个挺奇怪的人。"

"一个怪胎。哦，哦。"提姆重复了一遍。"一个怪胎。"

"是。"

"但你在跟这个护士说话的时候什么都没记下来？"

"不好意思，没有。"

提姆试图在表面上保持冷静，但脑海里有一个声音一直在不停地吼叫着同一个问题：什么样的律师会在做问询的时候不做任何记录？提姆想着要不要真的问这个问题。转念一想，还不如不问，直接揍一顿算了。再后来，他的脑海中出现了停车场。

尼托里开始掌握主权，调换角色，开始问问题，询问他们是否找到了什么有用的线索，除了常规背景调查以外是否有什么其他有用的东西，但是提姆和丹尼没工夫陪他玩这个游戏。5分钟后，他们主动结束了这次会谈。提姆一直强忍着没有发作，直到他们开车上了高速才爆发出来，他一边使劲儿敲打着方向盘，一边吼道："好的，现在来看看，他们到底都准备了多少谎话来对付我们。"

"我告诉你这都是什么，都是扯淡！"丹尼也生气了。每一种形式的调查，最后都会落在纸面上，留有记录的。警察们太了解这些了，律师们——尤其是之前还做过检察官助理的家伙——更是知道这一点。有打印的文件、记录、备忘录、日期簿。你一定会列单子，也一定会在问询的过程中做记录——至少，你起码应该将姓名和电话号码写在一张纸上，这样你才知道到底在跟谁说话。一次长达5个月的调查，6起可疑的死亡案件，一整个病区的护士，这家伙居然连在一张纸上的涂鸦都没有？

"这就是律师，"提姆说着大力踩下了油门，在快速车道上甩掉了很多车，"除了做案头工作，他们还擅长干什么事儿？难不成蠢到连个账单都写不出来？"

"也许正是因为他们不想让自己显得太蠢，"丹尼说道，"不想让警察们看见他们到底把事情搞得有多糟。"

提姆可以想象得出来——洛克，那个私人侦探，从头到尾看着这些病例，也许跟他们一样逐渐发现了点儿眉目。这很好，但对现实毫无帮助。

他们除了给他一份备忘录和一个名字以外，什么都没有了：

查尔斯·库伦，一个“怪胎”，还不是个嫌犯，一个过去的生活亮过红灯的人。丹尼坐在副驾驶座，盯着窗外的高速公路，想着如果他们要真是没有其他任何东西了，干吗还给他们这些东西。

三十五

天亮了之后，丹尼接替提姆继续开，驱车向西往宾夕法尼亚州开去，他们打算去宾夕法尼亚州的警局。杰拉尔德·沃尔什下士、州警伊根和布什克花了几个小时的时间给丹尼做了案件简述。听完查尔斯·库伦在圣卢克医学中心的事件介绍之后，丹尼又重新开车回到了东部 78 号大道上。刚好赶着跟提姆见面，他们一边说这次的收获，一边吃这顿迟来的午餐。这次他们选了个室内的餐厅，挑了紧靠后面的座位，以便丹尼可以畅所欲言。宾夕法尼亚警局开展的调查从开始算起已经快一年的时间了，而且从头至尾一直都是个弥天大谎。他们手头有尸体，有实物的证据，有几十个愿意合作的证人和一个巨大的疑团——所有警察在调查凶杀案件时所需要的东西都有了，齐全了，就是没有个令人满意的结局。

根据宾夕法尼亚州警局提供的文件，当时给警察们打电话的并不是圣卢克医院的管理层，而是一个在圣卢克工作的叫帕特·麦德林的护士。她在自己工作的病房见证了几起不同寻常的死亡案件，也曾经目睹查尔斯·库伦私自在药房里拿出过危险药品。麦德林很确信，库伦跟这些非正常的死亡案件脱不了干系，她曾经对圣卢克的管理层施压，希望他们能对此做出些举措，但圣卢克医院的领导们告诉麦德林，库伦护士没有伤害过任何一个病人，他们关于此类案件的调查已经告一段落，无须继续追查。

帕特·麦德林对这个答案很不满意。在2002年8月29日，麦德林站了出来，把这件事讲给了一个在宾夕法尼亚伊斯顿警局当警察的熟人。整件事情就从这里如雪球一般越滚越大：这个警察把这个故事讲给了他的队长，队长将这个又转述给了警局的检察官，而这位检察官先生将此事上报到了雷海郡地方检察院一个叫詹姆斯·马汀的律师那里。一传十，十传百。终于有一天，宾夕法尼亚的州警将圣卢克的一些在职员工请到了他们的办公室里喝茶，而这期间发生在夜班时段的死亡故事也一直没有停歇。

护士琳恩·塔斯特在问询过程中反映了很多问题。她说自从库伦护士帮他们准备输液袋起，“病房中的病人”就突然而奇怪地逐渐死去了。护士罗宾·索尔斯伯里曾经看到查尔斯·库伦在她的病人突然发病、不幸去世之前不久从病房里偷偷地溜了出来。后来，每当索尔斯伯里想起库伦盯着病房的心电图检测器的表情时都会不寒而栗。到了后来，她甚至不敢看着库伦的眼睛跟他说话。索尔斯伯里是一个化学博士，她坚信病人被注射了普鲁卡因酰胺——正是他们发现库伦后来从架子上取走扔到垃圾桶里的一种药。

她坚信自从库伦来到医院之后，重症监护病房的死亡率上升了很多。护士塔斯特做了一次运算，得出了这样的结论：库伦护士当班时间占26%，但不知怎么的，在所有去世的病人中，有58%都赶上他的轮班时段。另一个护士回忆道，库伦在重症监护病房工作的时候，每月平均有20~22次急救发生。但当查理离开他们医院的时候，连续6个月的时间，一次急救都没有发生过。受州政府委派，验尸官扎卡里·雷斯科和斯高特·格雷姆开始调查成堆的病例文件，查找真相。私下里，雷斯科说不清这个库伦到底要对多少起死亡案件负责，从他现在所知道的情况来看，很可能有50起，当然，他很有可能也是无辜的，1起都没有。他确实抱着怀疑的态度，但光有怀疑是远远不够的，在这种情况下，不立刻找出真相，会非常危险。只有科学才能验证这一切，给出确凿的真相。为此，检察官还从其他地方聘请了一个医学病理专家：伊西铎·米哈吉斯医生——同样参与了几年前沃伦医院关于海伦·迪恩可疑死亡事件的调查。他曾经花了几个月的时间研究圣卢克选出来的17个病人的病例，但依旧没有找到任何可以作为证据的书面材料。在调查期间，查尔斯·库伦已经转院，拿着一份写得很中立的推荐信，到萨默赛特郡医疗中心开始了新的工作。

圣卢克医院留下的关于库伦的人事档案再正常不过了。就是一个特别简单而无趣的故事，一个护士在反复出现工作失误被斥责后引咎辞职，仅此而已。“查尔斯辞职”是员工职位变动记录表上所用的措辞，“不会考虑再次录用——因其用药错误的问题情节严重”。整个记录中没有出现任何“维库溴铵”或“地高辛”等字样，甚至连其他一些库伦私藏或滥用的药物名称都没有出现。很明显，圣卢克医院的领导们手头没有留存可以给他们的护士定罪的铁证，也没有任何迹象可以表明库伦跟这些出现问题的病人有任何直接的联系以及用药过量的证据。与此同时，丹尼·鲍德温和提姆·

伯劳恩也不得不注意到一个情况，无论是故意设计好的，还是无心为之，反正圣卢克医院在处理关于库伦护士的问题时，总是尽可能避免让自己承担任何法律后果，也尽可能不保留书面文件，让他人无迹可寻。

提姆·布劳恩和丹尼·鲍德温处理过上百个案子，也见过各种手段、各种不同动机的谋杀案，但没有一个跟现在这种情况相似。检察官马汀先生提供的调查报告让人瞠目，但给警探们最大震惊的是报告最后一页上的内容。在布劳恩和鲍德温开始调查的5个月前，雷海郡的检察官就已经结束了此案的调查。一场持续了8个月的辛苦调查，从检察官的立场看来，一无所获，就是浪费时间和纸张。

马汀检察官为什么要撤销对库伦案子的调查呢？最有可能的原因就是他很肯定自己压根儿赢不了这个案子。他都不能证明自己手头是不是有受害者，更别提将此事怪罪到库伦身上了。布劳恩想象着接下来自己要面对的8个月：利用手头如此有限的一点儿资源，走当初马汀的老路，没有目击者，也没有证据——而且，不知为什么，貌似这次的终点跟上次还有所偏差。

提姆和丹尼除了重新调查医疗报告以外别无选择。丹尼将所有手头的资料都平铺在会议室的桌子上。这6个潜在的受害者每一个人都有单独的文档，但大多数都是信手涂鸦的零散资料，或是一些可以在他们的系统里直接打印出来的无关痛痒的东西，比如处方和身体情况记录等。那些原本让人难懂的医药专业术语在长时间的接触下逐渐变得熟悉起来，部分原因是他们经常翻阅医生桌上的文件做参考资料，当然，还要感谢丹尼做妇产科医生的妻子金伯利·鲍德温的细心讲解。但即使将这些条款都变成了外行都看得懂的文档，那些病历表和实验室记录也毫无用途。医院已经把能提供的东西都给出来了：地高辛不知为何会进入病人的体内，但实验室的结果显示确实检测到了地高辛的含量。但这些并没有写到他们的病例中，手头这些零散的资料中一点儿犯罪的痕迹都没有。问题也恰恰就在这里。

地高辛有可能不能作为犯罪的证据，但他们很肯定，库伦所用的杀人凶器肯定就是地高辛。他们的脑海中甚至可以想象出当时的场景，地高辛被抽取到注射器中，打进输液袋。将这个凶器想象成一把枪的样子，还原整个现场，可能这起医疗案件就没那么抽象，反而具体很多了。

就像其他武器一样，也肯定能找到地高辛的源头。最明显的来源就是那个可以让护士们登录领取药物的机器——重症监护病房地板上立着的那个蛛网药物站。所有取药的记录应该都在这台机器上，但是很可惜，这条路已经走不通了。玛丽·劳德已经告诉他们盖尔牧师的死亡发生时间早已超过 30 天，所有的记录都被新的数据覆盖了。

“但肯定有谁看见过这些记录。”丹尼不死心。

“你什么意思？”

“那个蛛网上的药物记录，盖尔去世的时候，他们知道是地高辛过量导致的，对吗？所以肯定去蛛网查他的药物申领记录了。

肯定也就是这个原因，他们才打电话叫律师找库伦谈话的。”

“这还是我们从这几页纸上得到的信息，那些弗雷明传真给玛丽·劳德的东西。”

“是，”丹尼点了点头，“那次问询……”

丹尼将纸折了一下，指着一句话对提姆说：“库伦先生在从蛛网系统上申领药物的时候，所有信息都会记录在机器上，甚至包括那些曾经被取消的记录。”

“这是玩哪出？干吗这么问？”

“不知道，不过，可以肯定的是，他们一定查过蛛网的记录了。”对库伦的问询发生在 7 月 14 日，还处于劳德口中所说的 30 天期限之内。

“这么说，起码律师和劳德都看过蛛网记录中他提取药物的记录了。”提姆说道，“他们难道在盖尔去世那一晚发现库伦的提药记录了？”

“反正我读完了是这感觉。”丹尼答道。这样一来，这一切就都说得通了。他们一定也是一直在找证据——也许库伦曾经下单订了大量的地高辛，或是他的行为方式有很多可疑之处。无论是哪种原因，他们都将注意力放到了库伦取消订单这件事上，那么，当初从蛛网系统里下载下来的记录到底在哪里呢？

“直到给我们打电话上报这事儿之前，他们自己的内部调查一直都没有停止，你确定他们肯定会有打印出来的存档文件？”

“哦，也对。”丹尼答道。他们以前也不是没问过，没查过，但都是没结果的。“也许他们只是在电脑上调了记录，查看了一下，压根儿没人想着打印出来存档。”

“是啊，也许吧。”提姆说道。这件事儿对他来说太扯淡了，根本就说不通。而且，这案子本身有太多说不通的地方。他们现在从各方得到的资料表明，库伦并不是嫌疑人，没有任何书面文件归档，而且，很明显，从蛛网系统里也没有查到有用的信息。他再一次将上面的文字读了出来，很大声地读了出来：“没有发现任何过于可疑的事情……没有值得给当局汇报的内容。”

“这意思就是说，压根儿没有什么报警的理由啊。”丹尼说道，“感觉他们5个月之前已经有了这样的想法，在四处询问获知答案之后，得出了这样的结论。”

提姆觉得这次的调查让他感到莫名的熟悉，一种很不适的熟悉。凶案组、医院和嫌疑犯之间似乎很难找到一个合理有效的方式联系在一起——这些红球级别的案件同杜里埃那个案子一样，经常不期而至，但过不了多久，就会慢慢地被放到他的橱柜顶部，作为无头公案，冷处理掉。这种莫名的感觉让他无法言喻。杜里埃的案子让他无法直视，不得不躲进退休这个庇护所之下，学会冷漠处理这一切，但现在，时间一分一秒过去了，他却做不到无动于衷。提姆确信，库伦回去上班之后的每个晚上，警钟都在不停地往前走着，现在依然在走。

那天下午，丹尼·鲍德温约见了玛丽·劳德。他告诉玛丽，他们的护士查尔斯·库伦有犯罪的前科，工作履历曾频繁变动过，有几家医院都曾经因为护理问题开除过他，而他也确实曾经引起了萨默赛特郡检察官办公室的密切关注。丹尼需要得到库伦工作病房的死亡率，他同时也需要库伦一整年工作的时间表。丹尼很明白，这样的要求会让医院立刻明白他们的具体目标是谁，但他们别无选择。除了从医院大门走进去直接问以外,没有别的渠道了。

劳德向丹尼保证，医院已经采取了措施，密切监控库伦当班时的所有举动。但是丹尼知道，光是盯着这家伙是无济于事的。如果他们要展开对库伦的调查，那需要找到一些之前调查中没人注意的突破点。在这一刻，他们对于这一切还完全摸不着头绪，甚至不知道怎么得到那些他们需要的资料。

查理早在几个月之前就意识到他们在偷偷展开调查了，甚至在 7 月 14 日弗雷明还没有对自己进行问询之前，他就意识到了，所以在搞到那些药物的时候，他弃用了很多以前的老方法。

他做护士已经有 16 年了。他见证了蛛网系统在医院的初次使用，也见证了它们的更新换代。现在地高辛的安全等级已经提升到吗啡这种麻醉剂的程度了，他们很久前就在胰岛素上采取了同等的预防措施。他的行为造成了这些改变，影响了整个公共医疗体系。对于他来说，这是种肯定，这让他异常快乐。

在他造成影响的这些东西里，医疗调查也是其中之一。查理曾经经历过很多次医疗调查，而且每一次调查在某种程度上都是可预测的。调查程序总是慢慢展开——好像是捉迷藏的慢动作。查理发现，那些律师总是愚蠢到说出自己的调查方向，紧接着，到了最后，他们真的按照当时所说的方向调查了。砰！游戏结束。

他意识到盖尔牧师的死会给他们敲响警钟，亮起红灯。很明显这家伙是个重要人物，一个牧师，他的死肯定会造成不一样的结果。在某个地方，肯定会引起一片不小的骚动，好像风吹麦浪的摆动一般让人无法忽视。他们终于注意到了他在蛛网药物系统上取消药物的订单。所以查理决定，不再取消订单了，事实上，压根儿不再出现任何关于地高辛的订单了。他打算再也不在萨默赛特医院下任何关于地高辛的单子了。就算是有病人对这种药有需求也不例外，他要用这种极端的方式来撇清自己。只手遮天，就算只用一只手也可以玩转这些人。他曾经也玩过这类游戏，所以可以很快适应这一切。事实上，在与律师聊天的前一晚，他就改用多巴酚丁胺了，而且看起来似乎效果很不错。

查理很早之前就发现了，当他改变了输液袋里的东西，病人的体内也会随之发生改变。查理一直在密切观察着各种可以造成相同结果的原因，没有什么原因可以阻止他这么做，所以，他继续下去了。

三十六

他们在 6 个郡经历了繁重的工作之后，发现了一个不同寻常的事情，查尔斯·库伦变得越来越神秘。随着他们对查理兴趣的逐步提高，面前的文件也如山一般越堆越高。在简会上，提姆将丹尼目前调查出来的结果汇报给萨默赛特郡检察官办公室的团队人员，这个案件的范围似乎已经大到足以淹没萨默赛特医疗中心，迅速扩充到其他周边医疗中心和州界的地步。尽管如此，他们手头依旧没有确凿的证据，一个案子的证据都没有。为了能至少让一个案子有所进展，他们汇集了所有司法管辖区的相关资料，仔细研究了每一条信息，希望能通过拼凑那些碎片得到一个合理的模式或是解释。提姆告诉检察官，解决此案的最快方式就是立即成立一个专业调查小组，全身心投入到所有案件中，一同侦查。

提姆向韦恩·福雷斯特检察官陈述了自己的想法。萨默赛特警局有很大的局限性，所有局里的警探都没有参与调查过范围如此之大的案件，他们也没有足够的人力和物力来解决这个问题，办公室里几乎没有人亲自经手过一个红球级别的案件，他们没有这方面的经验，相比他们平时朝九晚五的警察日常生活来说，这不但威胁着整个办公室，还耽误了案件。成立专案小组可以让提姆和这些警探联合其他州警共同办案，可以调配大量的人员，也可以让他们使用联邦调查局新启用的一种叫“速启”的软件系统，将所有数据库中的内容归到一处，并建立相关检索功能。提姆听迈克尔检察官那边传出消息，临近的默里斯郡警局安了这个软件，他们还有一个非常善用此搜索引擎的女孩，可以搞定这一切。一个更强大的团队，更好的软件系统可以将所有的细节和断点联系在一起，远比所有人坐在会议室里，无限期地翻阅那些破烂笔记行之有效得多。不过，如果成立了专门的调查组，也就意味着这个案件要进入公开调查阶段，其他郡的警察也将加入，其他的检察官也将有裁定权。这意味着，他们将放弃独自占有一件红球级别案件的权利。

福雷斯特看起来一点儿兴趣都没有，事实上，在提姆看来，似乎他还对这个建议有些生气。在会议不欢而散之后，提姆跟随福雷斯特进了他的办公室，但即使关上办公室的门，花15分钟再次重申专案组的重要性，提姆也没得到任何有效的进展。这是他们的案子，丹尼是案子的负责人，他们不会跟别人分享这次难得的机会，就这样。

当天下午，萨默赛特郡警察局的道格拉斯·布朗尼、尼克·马格斯、斯图尔特·巴克曼以及爱德华·珀塞尔挤进了一家24小时营业的小馆子，坐在了提姆和丹尼的后面。6个配备武器的警察盯着这个案子研究着到底应该怎么办。提姆像往常一样选的是靠后的位置，目前来看，这是他能组建的最接近专案组的一个团队了。

布朗尼和马格斯会继续从医院下手，调查案件的相关细节。这一次他们会拿着上头开的搜查令，在检察官助理提姆·范·海斯拉的帮助下，调动医院的所有人事档案和他们能找到的所有之前进行过的调查记录。巴克曼和珀塞尔会帮助跟踪其他较为零散的线索，从沃伦县调查库伦的家庭档案，追查两个州所有的护理记录，走司法程序给库伦的各位前任同事施压。与此同时，提姆和丹尼会继续将所有的注意力放到萨默赛特郡发生的6起案件上。

现在，他们所面临的最大问题是，无论萨默赛特医疗中心的病人身上发生了什么，很明显都是跟药品的使用相关，提姆和丹尼对这类东西一窍不通。病人们都被下毒了，玛丽·劳德却无法从蛛网系统里提取出任何有用的药物记录，而且似乎没有任何人可以提供一点儿有用的确凿证据出来，他们甚至都找不到什么可以调查的地方了。

现在，他们都没找到一个受害者，起码从理论上说，一个都没有。萨默赛特医疗中心的这些药物过量事件根本没有被定义成谋杀案，它们都被定义为事故——原因不明的药物医疗事件。只不过在一些实验室的报告中得到了不太寻常的检测结果，这种证据，任何一个能赢得酒后驾车案件的辩护律师都能够不费吹灰之力搞定。他们现在手头上唯一有用的线索就是这个叫查尔斯·库伦的护士，但在萨默赛特的这些案子上，没有什么可以成为起诉他的筹码。查尔斯·库伦在其他医院卷入的一些医疗事故是他们可以得到的最好的间接证据了，现在他们需要一个全新的思路，以及一些真正算得上有分量的资料。

在他们最初和萨默赛特医疗中心的管理层开简会的时候，科尔斯医生就曾经告诉他们，除了通知警方以外，他们还将此事上报给了相关的州医疗委员会。丹尼将电话打到了新泽西州健康服务部门，他和其他人都很喜欢称这个地方为卫生部或卫生署。他的电话辗转于调查员爱德华·哈伯特、凯西·狄马吉和新泽西州卫生署主管助理奥玛·克拉克之间，但无论如何努力，依旧没有得到任何说得过去的有效信息。卫生署的调查确实在萨默赛特发现了一些问题，丹尼认为这些国家机构跟他们分享所有的重要信息是很合乎逻辑的一件事儿，但卫生署的报告显示，在没有得到法院给出的调令之前，他们不会进一步分享更多信息了；同时，他们的调查还被医疗保险、医疗补助和社会服务中心叫停。就丹尼理解的状况看来，好像是牵扯到了什么执照之类的问题。

“一定有什么方法可以让我们直接向卫生署的领导反映现在的情况吧。”提姆说道，“你笔记里有什么有用的东西吗？”

丹尼的笔记本去的时候什么样，回来的时候还什么样，他翻开笔记本，盯着第一页上的内容说道：“嗯，科尔斯曾经说萨默赛特医疗中心将这些案子上报到卫生署了，然后，哦，废话，废话，废话——啊，这儿，他还说他给州护理委员会打过电话。”

“我们接到他们的电话回复了。”提姆说，“跟卫生署的情况一样。”

“哦，这里他还说，新泽西毒物防控中心也牵扯到其中，共同调查过此案。”

“是，他们那边好像也有人将这事儿上报到警局了，什么时候来着？”

“不知道。”丹尼答道，他受够了一直给各种各样的答录机留言，却从来得不到回信。“我们干吗不直接过去查查？”

新泽西毒物防控中心在未来的几个月内就要从纽瓦克的老办公区搬家了，但在这之前，防控中心的办公室依旧位于一个简陋的单独建筑物里，被无数走廊环抱在最中心，整个地方都散发着潮湿图书馆的老旧气味。大门的锁已经坏掉了，破旧的家具，随处可见的口香糖弄脏了地毯，污染了走廊。毒物防控中心似乎是整个建筑物中遗留下来的最后的房客。

提姆和丹尼也说不清楚，他们到底期待着能从这里发现什么。他们唯一知道的就是萨默赛特医疗中心和毒物防控中心的专家们曾经讨论过病房里发生的这些药物使用过量案件。提姆脑海中想象着一个实验室的场景，希望这次见到的这些穿白大褂的专家可以像一般凶杀案中的弹道专家们一样帮上大忙——或许，如果提姆可以拿到一个检查样品的话，他们甚至有能力跟踪药物来源。

他们看见了油毡地毯尽头，刚刚走上楼梯的马库斯医生。这地方没有实验室，也没有任何侦探们期待的弗兰肯斯坦式的各式实验，只有一个敞开门的办公室，里面堆满了书籍、报纸。办公桌跟一般医生所用的没什么两样，只不过上面有一些跟他的身份有一点点关联的小摆设——毒药样品收藏，还有一个响尾蛇标本，一些印第安风格的部落艺术品。这个乱糟糟的地方在提姆看来好像刚被拿着搜查令的警方好好折腾过一番。

斯蒂芬·马库斯，年近60，满头银发，是毒物防控中心的主管，因其丰富的经验和直接坦荡的为人处世方式在毒理学界很出名。在别人眼中，他不是个坏脾气的麻烦鬼就是个无所畏惧的直率之人，无论哪一种，肯定是你不会愿意跟他争论的那个类型。马库斯看见了这两个站在他门前徘徊、身形健硕、留着胡须、穿着制服的家伙，这几个特征立刻让他意识到是警探到访了。当提姆介绍自己来自萨默赛特郡的时候，马库斯开始在自己面前成堆的文件中费力地翻找起来，终于在一堆纸张下抽出了一个便携式录音机和一盘磁带。“你怎么来得这么晚！我5个月前就等着你来找我了！”

丹尼按一下倒退键，按一下播放键，坐在提姆的办公室里一遍又一遍地听着磁带上的内容，听着上面开始拨号打电话的声音。

暗访的电话记录最好了，甚至比窃听更好，在没有视觉辅助的情况下，可以盲目地感受打电话人的姿态与微妙的表情信息。丹尼发现，如果你想让人说实话，那最好的方式就是别给他们说谎的机会——直接破门而入，在他们猝不及防的时候出示搜查令，直接让他们吓呆在当场。用来记录的磁带和窃听器比这些更容易，往往也会揭露出更多背后的真相。

马库斯的磁带在那些无法解释的时间和内部调查上，给出了同萨默赛特医疗中心完全不同的另一种解释，那些管理层从来没有提到过他们曾经联系了毒物防控中心的事儿，也从来没说过早在 4 个月前，毒物防控中心的主管就曾经强迫他们将此事上报到警局。当然，他们也从来没提到过这一切都被记录在一盘磁带上的事情。

愿上帝原谅他们，丹尼想着，反正，就现在的状况来分析，他肯定是无法原谅医疗中心的这些家伙了。

三十七

丹尼盯着播放磁带时旋转的齿轮，听着玛丽·劳德向毒物防控中心的药物专家布鲁斯·拉克介绍着自己，之后他听到马库斯医生向劳德和科尔斯医生发飙，让他们上报当局，马库斯告诉他们所有证据都表明肯定有人在毒害他们的病人，告诉他们这已经是刑事案件，需要警察插手了。

“所以，这么看来，是马库斯，而不是萨默赛特，是他第一个将此事上报给健康部的。”丹尼说，“萨默赛特在电话上说得很清楚了，在他们没完成自己的调查之前，不会将此事上报给其他部门的，他们自始至终一直在阻碍我们的调查。”

“你知道吗，这些家伙才应该是我们死死抓住不放的调查对象。”提姆用钢笔敲着录音机，“就是这些浑蛋。”

当日下午的碰头会上，提姆给参与调查萨默赛特医疗中心案件的警探们下达了一个全新的命令。从现在起，无论什么时候与萨默赛特医疗中心的人接触，或是联系任何一个医院里的工作人员，信息的流通必须是单向的。“我们只能获取信息，不能给出任何信息，屁都不给。”提姆说道，“如果有必要的话，那就装傻。无论怎样，不要跟他们分享你手头掌握的任何信息，也不要告诉他们我们现在的调查进展，就这样。”对于萨默赛特现在到底掌握了什么，不知道什么，提姆毫不知情，他唯一所知道的就是，这帮家伙没一个可信的。在兜了这么多圈子之后，提姆觉得与其犯险告诉这些人自己具体的调查方向，不如告诉他们自己一无所获。

“让我最难以忍受的就是，这家伙还在工作，此时此刻都没有停手。”事后，提姆跟丹尼如是说。16 年，9 家不同的医院，可依旧能逍遥法外，用相同的方式继续犯案。

“如果要改变这一切，我们必须加强力度给医院施压。”

“嗯，”丹尼点了点头，“得将这些快迈进棺材入土的家伙拉回来。”

现在这个案子最需要的是个可以很好地帮助调查、给出医学方面解释的可研究对象，一个确定的凶案受害者。丹尼开车去了地方医检曼博医生在诺福克大街的办公室，他将萨默赛特医疗中心提交的6起案件的相关医疗文件的复印件转给了曼博。曼博将所有数据通通发给了国家毒理学实验室的杰克逊博士，打算咨询一些专业意见。他们都对盖尔的案例比较感兴趣。他体内令人吃惊的地高辛含量是最有可能成为确凿证据的一组数据。但仅靠医院给出的这些文件，萨默赛特郡的警官们可没法正式定罪。

确定至少存在一个受害者的唯一途径就是警局派人亲自去检查盖尔的体液，得出一些更具体的结论。幸运的是，盖尔属于凶案组警察眼中常说的那种“新鲜货”，他的尸体是最接近犯罪现场调查的证物了。但是为了接近这样的犯罪现场，他们需要一个后门，需要一个上级批准的权限。

丹尼紧接着去拜访了提姆·范·海斯，让他帮忙规范并敲定一下委托书的法律用语，然后又亲自将这份文件递送到了高级法院的法官办公室，希望罗杰·马宏法官可以顺利地在上面签个字。丹尼还请求法官大人，在签发委托书、下达相关命令之后，将此事暗自封存起来，他希望知道的人越少越好，尽可能保持低调。

三十八

在丹尼的整个职业生涯中，曾经为受害者家属递送过上百次的死亡通知书，当然，每一次递送都让他厌恶无比。丹尼第一次告诉一位受害者的母亲，他儿子因为一双球鞋被杀害时，他哭得比那位母亲还惨。没有人愿意听到自己心爱的人去世的消息，这感觉真的太糟糕了。“谋杀”这个词只会加重他们的难过，在所有任务中，这是他最不喜欢的一项，但随着次数的逐渐增加，他也渐渐习惯了，甚至还比较善于处理这样的场面。不过，今天他去露西尔·盖尔家所要做的这件事儿之前确实没干过。

丹尼必须小心翼翼地做这件事儿——他不想直接走进去，立刻将这个消息说出来，那样太突然了；他也不想以一个凶案组警探的专业角度，毫无感情地直接对他们提出要求。盖尔夫人原来是一名护士，所以相对其他人来说，她会更加体谅这样的状况。不过，尽管如此，他还是应该慢慢地将这个请求说出来，给她一个反应的时间，在将相关的文件拿出来直接说出要求之前还是应该介绍下背景，让她更容易接受些。丹尼一边在脑海中想象着可能要出现的场景，一边提醒自己，一定要一点点地将这件事儿说出来，但不要过于委婉，别慌，不能用过于冷漠的方式命令他们怎么做。哦，还有，无论如何，要保证这位夫人是坐着听到这些消息的。

丹尼笔记本上记录的那个地址是一个开发较晚的地区，刚刚经过整修的郊区里住的都是以前的老住户，没有租户。万圣节的装饰品还没有完全拿出来，整条街上只摆着一些长茎的南瓜，还未经雕刻，整个区域不算杂乱，比较有序。丹尼将自己的车停在一个没有指示牌的街道上，避开车道。他将车停在路边，下车以后在车边站了一会儿，理了理领带，环顾了一下四周所有视野内房子的窗户；然后从侧兜里掏出了自己的警徽拿在右手，盖住，左手的指间夹着名片。一切准备好之后，他才走向盖尔的房子。他出去办案拜访时，总会提前做好这些准备，尤其当他独自一人去的时候。作为一名非洲裔美国人，就算是他刚从一辆崭新的警车中走下来，就算他穿着一套价值500美元的新西服都无济于事。有一次拜访，他还没说话，开门的主人看了他一眼，就打电话报警将他上报了。

丹尼可以感受到来自各个猫眼背后的注视。来应门的是个白皮肤身材纤弱的女人，她留着一头很短的金发，丹尼一般都会把这样长相的人归类为“老家伙”。

他们一同走进整洁的客厅，陶瓷制品和巴洛克风格的家具随处可见。丹尼觉得一般的天主教家庭也就是这个样子了。

露西尔对整件事情的反应起初是非常震惊，嘴张得很大，好像下巴真的要掉下来了。随着这个消息在她脑海中逐步发散，越来越多的思维开始涌现的时候，她使劲儿闭上了嘴，好像一只吞了兔子的蛇在慢慢消化着这一切。刚开始的时候，她整个人情绪都非常低落，到后来逐渐转变成了愤怒。

她那时一天会有12个小时的时间守在他的床边，医院出于对牧师的尊重，特意放宽了她的探访时间。在萨默赛特医院，她哥哥是个很特殊的病人。他的疑心病让他不信任这所医院的大部分医护人员，在这些人中有一个护士尤其让他讨厌。虽然不知道他的名字，但牧师就是非常不信任他。

在盖尔牧师刚入院的时候，露西尔就做好了接受哥哥可能会死亡的心理准备，而且还签署了放弃抢救的同意书。如果药物不能帮助他，上帝也不能，露西尔希望能让他免受弥留之际的痛苦，保留住最后的尊严。但她的哥哥后来确实身体有所好转了。在萨默赛特住院的第二个星期，盖尔的病情便趋于稳定，露西尔甚至都无须天天守护在他的床边辛苦地守夜了，但好景不长，盖尔的病情突然急转直下。在经历了这一切之后，在露西尔终于擦干眼泪打算向前看的时候，她告诉自己，这一切都是上帝的旨意，上帝如果要这么做，她是没有资格去质疑并干涉的。这也正是她哥哥星期日做弥撒讲道的时候常说的——上帝如果呼唤了你，那你就回应他的召唤。可就在今天，这来之不易的平静又被打碎了，露西尔·盖尔化悲痛为愤怒，大发雷霆。

医院实验室得出的结果显示她哥哥的血液内有超出常规的地高辛含量。丹尼边拿出文件边解释这样的结果意味着什么，但露西尔打断了他——她当然知道地高辛是什么，作为一名护士，她几十年的工作中用过多少次地高辛，自己都记不清了。她一下就明白了丹尼的意思，“有人谋杀了他。”露西尔说道。

丹尼将手里所有的数据递给了她。露西尔立刻意识到，这样的地高辛含量已经不正常到必须做尸检了，但萨默赛特根本就没给盖尔牧师安排尸检。他们将他的逝去定义为“自然死亡”。露西尔越想这件事情就越气愤，她每天都守在床边，从上午9点到晚上9点，每个工作人员都认识她，无论是作为一名患者家属，还是作为一名医护同行，至少，出于一种专业上的礼仪，他们都应该在得知这一切的时候通知她才对。

丹尼思忖着，为了争取露西尔成为调查案件的盟友，让她继续愤怒下去也不失为一种好方法。

“您的兄长终其一生都在为上帝服务，帮助他人。”丹尼说道，“他依旧可以帮助他人的，即使是现在。”

露西尔盯着他看。

“我们需要他的帮助，”丹尼继续说着，“我们需要你的帮助。”

终于，露西尔叹了口气，默许了这件事。他们可以通过调查哥哥的案子来阻止更多的谋杀发生，也算是拯救别人。露西尔相信眼前这个男人。不过，这一次，丹尼错了。

三十九

2003年，10月21日。

艾德·齐泽克已经从爱迪生自动开关公司的电气工程师岗位上退休6年了，但依旧没有受到空闲时间的诱惑享受晚年生活。他在萨默赛特医疗中心给自己找了份闲差，那里的志愿工作让他白天的生活变得充实而有意义。他年过半百的妻子对他的这个决定也倍加欣喜，起码可以让他不成天憋在屋子里，出去透透气也好。

齐泽克是个性格开朗、有亲和力的人，他不是穿戴整齐站在礼品店的柜台后迎接顾客，就是在咨询台为别人提供信息。他在萨默赛特人缘很好，非常受欢迎。所以，当10月16日救护车开到齐泽克家的时候，送去哪家医院肯定是毫无疑问的了。

当晚轮到查理照顾的病人只有两个，他分别给他们注射了8毫克的佳乐定。齐泽克先生的注射时间是晚上8点半，整个晚上都没出现什么状况，一夜平静。查理一直盯着病房的遥测设备。过了午夜的时候，他像往常一样做自己的常规工作，为已经陷入昏迷的齐泽克先生擦洗身体，涂抹洗液。他跟艾米一起很快就完成了工作，这样的夜班还挺好玩儿的，如果不出什么事儿的话。

第二天医院给他分配了另一个病人，他在蛛网系统里为他订了一次药。白班休息的时候，查理回到了家，看见凯瑟琳正穿着睡袍，生气地洗着孩子们吃完早餐的脏盘子。

他们一同生活的日子里总是充满争吵，时至今日，已经成了家常便饭。凯瑟琳想让查理搬出去，查理没有拒绝这个要求，不过，他也一直没有动手打包行李。

艾米·洛克伦到护士站上班的时候，查理早就坐在那里了，不过，他几乎对她的到来没有什么反应。艾米以前也见过自己的好朋友这样过，情绪非常低落，脾气暴躁，嘴不饶人。但她知道他不是针对自己的，只不过心情不好而已。艾米去查看自己的病人，偶尔看看站在药品车旁边一动不动的查理，他的样子好像是一只守着骨头的狗。他一整夜的时间都在药房附近的药物查询系统电脑前度过，输入、扫描，俨然一个不愿意离开键盘的拉赫玛尼诺夫[①]。每次，他只有在靠近护士站从蛛网系统中取药瓶的时候才会离开那里，而且他只在护士站没人值班的时候过去。整个夜班，他都来来回回地走动，往返于这两个地方。那一晚，查理从系统里申领的药物是平时同病房其他护士的40倍之多。而且，他还特意没有一起下单，而是把每个药都单写了一个单子，全是分开的条目。

对于一个经验丰富、知识储备充足的护士来说，这些药物的订单完全没有意义。萨默赛特的领导们整个夏天一直安排专人去监管库伦的蛛网系统记录——但他们真的一直都看着吗？现在也在？查理就当他们在看好了。他觉得自己的蛛网系统订单记录就好像是一封公开信，虽然收件人是自己，但所有人都可以读到上面的内容。

好像是游戏的一部分一样，查理习惯在蛛网系统里订那些非常容易从隔壁药房直接取出的药物，他是唯一愿意花时间在系统中输入密码和病人的名字，在蛛网中订过氧化氢、阿司匹林或是外用软膏的护士。他这么做就是为了看那个大抽屉弹开。那天晚上，所有这些药他都订了一遍，每一种药、每个单位剂量都单独建一张申请单，分开申领。每一次下单，就会有一个抽屉弹开。他订了肝素，然后想了想——他们会不会也开始监控肝素了？律师已经针对他取消地高辛药物订单的事情跟他谈过一次了。想着，查理

---

① 俄罗斯20世纪世界重要的古典音乐作曲家、钢琴家、指挥家。

便按下了取消键。这是新把戏，众多新把戏中的一个。

在肝素之后，才过了 20 秒，他又订了更多的软膏。过了 20 秒，又订了一次软膏。紧接着他订了泰诺和扑热息痛，然后是氯化钾、呋塞米，又订了两次泰诺。几秒钟后，又订了两次泰诺。

他开车回家，停车，睡觉，辗转反侧，然后跟凯瑟琳又打了一架，继而回到自己的小福特车上，继续思考，满怀好奇，然后又回到医院，开始循环做着之前夜班的事情。他到医院以后立刻开始下单子，还是泰诺。虽然这已经是全新的一天，但在他看来没有任何区别和变化。虽然白板上写着很多病人的名字，但在他看来，上面却只有一个人名。他尽可能地为医院的领导们制造烟幕弹，越多越好。他下单订了硝化甘油，8 分钟后又订了更多的硝化甘油，然后是硝普钠，只有两个单位剂量——这两个单位剂量的硝普钠根本不够一次注射的量，每个护士都知道这一点。

美托洛尔、昂丹司琼、阿普唑仑、氯化钾、硫酸镁，然后又是美托洛尔、硝普钠，接着又是美托洛尔。好了，现在硝普钠凑够一个完整剂量了。太阳升起来，又落了下去，查理下班，又上班，回到病房，继续做相同的事情。第二天晚上也是一样，第三天晚上还是这样。

10 月 20 日，查理值夜班的时候，他的蛛网系统记录是这样的：呋塞米、呋塞米、胰岛素、泰诺、过氧化氢、异丙酚、异丙酚、肝素、肝素、软膏、氟哌啶醇、硫酸镁、软膏、肝素、胰岛素、肾上腺素、多巴胺、多巴胺。齐泽克先生的病历记录表显示，他的心脏在 10 月 21 日凌晨 2 点 30 分的时候停止了跳动，实验室检测结果显示，是地高辛过量致死。但在齐泽克先生的药物提取记录中，从来没有出现过地高辛，查理的蛛网系统提取记录里也没有。

四十

10 月 27 日，丹尼带着首席助理检察官罗伯特·兰德和助理检察官提姆·范·海斯一同驱车赶往纽瓦克。这次会见是丹尼组织的，在圣迈克尔医院。他需要一个来自医院的专家协助他阅读这些病例记录，以及那 6 组萨默赛特的实验结果数值，他觉得这事儿得找个外人来干，不能再问萨默赛特的人了。

从萨默赛特郡检察官办公室出发的这一行人在大厅与保罗·尼托里和他的私人侦探洛克会面。丹尼冷冷地打了个招呼，然后开始为他们互相作介绍。这次，在得到他想获取的信息之前，丹尼下定决心什么多余的信息也不说。

莱昂·史密斯医生是圣迈克尔的医药主管。他仔细研究了一遍警探们出示的萨默赛特医疗中心提供给他们的那 6 名患者的病例，发现上面的那些数据没有萨默赛特说的那么“难以解释”。史密斯医生拿出了一组数据，与当初 10 月 7 日尼托里和科尔斯第一次给侦探们的这些记录有着完全不同的结果。

史密斯博士主要将重点集中在了其中 4 个实验室数值比较异常的病例上面，而巧合的是，在医院报警的时候，正好离这 4 个患者的死亡时间过去了 30 天，所以想从蛛网系统里调取订药记录显然是不可能的了。不过史密斯医生确实无法从医学角度来解释这4个患者出现这种情况的原因，从他的专业角度来看，这4个患者都被注射了过量的药物，或有意，或无意，反正这些药物肯定是来自体外注射而非自身产生的。

保罗·尼托里转过头，想看看丹尼的反应，但是丹尼早就在所有人没反应过来之前就冲出门去，在雨中奔跑起来。他跟盖尔牧师有个约会，他可不想让牧师等待。

提姆开车驶过法院，车上的广播正放着经典摇滚，挡风玻璃的雨刷器快速地扫着不断打在上面的冰冷秋雨。马路另一边的那排房前，成堆的落叶被耙到一起，放在回收袋里，等着被送进搅碎机里。有一些袋子是橙色的，上面还印着南瓜图案的鬼脸，在保持卫生的同时还可以放在院子里起到装饰作用。有些人家前面的庭院装饰着假的墓地，机器做的蜘蛛网裹得到处都是，墓地上方还会定时发出人声，伴着吓人的语调。20分钟后，他终于开进了城里，以每小时20公里的速度在拥挤的车流中缓缓前行。从伍德布里奇开车到东北部海港伯斯安布伊竟花了将近1个小时的时间，他一直跟在一辆运送树干的卡车后面，那个枯树干上还别着一只橡胶做的断腿，在他的眼前晃来晃去。直到驶过海港，他才从佛罗里达大道的出口转道，开往圣三一墓地。

丹尼举着一把超大的雨伞在那里等着，看到一个身穿黄色橡胶服的工人手举铲子向他走过来，这家伙来得正是时候。提姆前一天已经跟古斯塔夫·诺瓦克殡仪馆打过招呼，打听了一下三一墓地平日的可用人手，并告知他们中午时分在那里等候。他昨天就已经警告过这些人：“这次你们是把人挖出来，不是埋下去，千万小心。”说完他顿了顿，等着工人们给他个反应，但后来发现，其实两项工作还是差不多的，对于掘墓人来说几乎没什么区别。

反铲挖土机上的这个家伙是个能手，手握液压操纵杆掌控这么大的机器，竟然没有碰到除了填土之外的任何东西。挖了几下，运了几次土，很快就搞定了。紧接着另一个工人爬进挖好的大洞里，手扶着架在上面的墓碑慢慢将自己放下去，继而探出头把铲子拿了下去。提姆和丹尼盯着这个家伙往外甩了几铲子土，便听到了铁锹撞击混凝土的声音。那种坚硬空洞的声音在里面回荡，好像海盗电影里挖到宝藏时发出的那种脆响。又过了1个小时，在挖掘机的工作下，整个混凝土的拱顶完全暴露出来，十分整洁地出现在矩形洞的最下方。里面所有的尺寸都经过了仔细的测算，拱顶的每个角都刚好有个缺口可以将铁链放下去，把整个混凝土板吊起来。以前的墓都没有这个设计，只有新的坟墓才有。混凝土的加顶让整个坟墓更加结实，不会像木质棺材那样禁受不住层层泥土的重压坍塌下来。这也正是很多老旧的坟墓都凹凸不平，很难修建草坪的原因。他们在地面组装了一个很大的三脚架，大概10英尺高，中心点在棺材正上方，上面装着一个滑轮，连接下方混凝土板的铁链从中间穿过去，尾部有方便拉的把手。这个装置完全可以轻松拉起700镑左右的重物。从地面上看下去，整个机械构造就好像埃及帝王图坦卡蒙墓穴里的化粪池系统。棺材的木头看着还很新，在棺材被放到雪佛兰厢车的后面时，还能看到打磨的铜钉闪着光亮。他们驱车穿过收费站，沿着高速公路，开往验尸官办公室。

丹尼在曼博的办公室里再一次看见了这副棺材，一个叫布莱恩·霍伊的年轻警长也陪同在一旁。事故发生之前，盖尔是霍伊的牧师，霍伊到场只为了在上帝和地方药检官面前作证，证明这就是曾经给予他教导的牧师盖尔。开棺之前，丹尼递给布莱恩一个相机以及一些多余的胶卷，他希望在验尸官打开棺材的时候，有人记录下来整个过程以及所有棺材里的东西。

1. 一本黑色的圣经
2. 一副灰色的眼镜
3. 一个绑着彩带放着花的白色枕头
4. 一双黑色的鞋
5. 一件茶色的宗教长袍
6. 一条黑色的裤子
7. 一件白色的宗教长袍
8. 一双黑色的袜子
9. 一条茶色的宗教围巾
10. 一条黑色的腰带
11. 一件黑色衬衫
12. 三张彩色照片
13. 一个白色的牧师领子
14. 一张 DNA 身份卡片
15. 一组指纹

曼博是个专业而挑剔的人。他戴着手套，如实地对着录音机说着自己看到的一切：发掘出来的尸体防腐处理结果还不错，可以看出这是个 6.9 英尺高、体重在 155 磅左右的白人男性，稍显单薄，但可以看出死前营养摄入比较充足，从目前观察的情况断定，符合 68 岁的年龄描述。

这具尸体的头皮全部露了出来，几乎没有什么头发，前额没有明显痕迹，眼球和眼睑颜色苍白，虹膜呈浅灰色，瞳孔瞪圆，中等大小。脸部完好无损，没有可见明显伤疤。一些浅绿色的霉菌附在了盖尔低低的鼻梁和脸颊的大部分区域上。尸体耳朵干净，没有物质流出。

曼博解开他身上穿的宗教长袍，发现了一个气管切开手术留下的疤痕，未缝合的地方已经用凝胶填满，粘住。胸前大约有三个粗糙的切口，现在被厚厚的白色粒状凝胶包裹在里面——这是防腐造成的结果。白色塑料套管针在他的腹部留下了不少星星点点的痕迹。他的胸口出现了更多的霉菌，从绿色过渡到灰色，再到黑色，手臂上没有出现霉菌，手指上有很多。厚厚的孢子群从指缝和关节凹槽处长出，先是黑色，然后是绿色，一直从手部延伸到膝盖，形成了一大片，好像毛茸茸的衣服。胫骨附近的霉菌变成了黄色，脚上也有非常厚实的一层霉菌，好像穿了一双拖鞋。脚趾上的标签表明尸体是来自萨默赛特医疗中心的。曼博将这些记录下来之后，准备开始往更里面看去。

沿着 Y 状胸腹联合切口，曼博从气管一路检查到了肺部——暗红色，肌肉紧实，填满了颗粒状的防腐胶。牧师的心脏称重结果显示大概 660 克，可以看到磨损和修复手术的痕迹。紧接着他开始为毒理学家收集可用来检验的样品。他从右颈部挖了一些防腐凝胶，又从骶骨取了一部分包裹褥疮的纱布，紧接着从身体上取了一些霉菌。他将每一种从尸体上取下的样品都小心翼翼地放到贴着不同标签的试管内。紧接着又从尸体的每个手指甲上剪下一些样本，然后移除了整个左脚大拇指的指甲盖。再之后，他从牧师的腹部和脾脏内提取了一些液体，拔下几根体毛，并分别从肺部、肝脏、肾脏、小肠、两个睾丸、肋骨、横膈膜、脾、脑、脊椎和心脏截取了一小部分，分别装好。最后，他将牧师胃里面所有的残余物一同打包装进一个密封袋子里，用注射器从盖尔的眼球里提取了一些液体。紧接着，在尘归尘土归土之前，他还用一个小试管装了一部分坟墓里带出的泥土。曼博忙碌的一晚终于结束了。但在萨默赛特，夜晚才刚刚开始而已。

四十一

万圣节前夜，查理在几乎所有人都开车回家享受假期的时候，朝着相反的方向往单位开去。他在这条全由工薪阶层组成的大街上沿着路边郊区的风景往城里驶去。周围过往的车辆级别都跟他这个小福特差不多，老旧，发动机发出阵阵轰鸣，每个人的心情都烦躁不安。当所有车辆逐渐向主流中心会合的时候，他娴熟地在车辆间穿梭着。荣誉学生、地球母亲、海军，这一切看起来融合得那么自然，却又各自分开，他这一生是孤独的，从来没有得到过理解。他们总是从他保险杠上的贴纸来妄下定论，直到他自己找到一种方式，在荒芜之地得到他想要的那一切。现在行驶的这条路毫无生机可言，洗车房、死气沉沉的中餐外卖馆、了无生气的汽车配件商店、无人问津的晒肤中心，很多招牌被人拆得只剩下零星的几个字母靠着那些螺母晃晃荡荡地挂在上面。一些戴着印有各式香烟牌子的棒球帽灰头土脸的男人在空旷的地面上呆滞地前行，从一个便利店走向另一个便利店。这些都是没有职业或没有制服的家伙，都是跟查理迥然不同的一类人。空旷的停车场上，生长着成片的杂草，好像已经很久没人管理了，粗纤维的低矮植物像一个个久未修剪的脏指甲一般戳在那里。

开上高速公路之后，节奏变得快了起来，突兀而彻底，1-78主干道的出口就在前方，4个车道上的车流如瀑布一般汇集在一起挤向这个出口。之后40分钟的车程都是质朴的田园风光，还有一些平时很难见到的农场，几座平缓的小山，呼啸而过的森林，让来自乡下的查理都有些不适应了。在交叉道上左右拐着开回新泽西州后，他放慢了车速，开始在郊区的街道上闲逛。相比自己在伯利恒的邻居们来说，这儿的一切可显得高贵典雅多了。每个公寓都有单独的车库，仿百叶窗的窗贴整齐地装点着那些超大的玻璃窗，每个大门的门把手上都有雕刻得精致的美国雄鹰。很多昂贵的季节性装饰物在外墙上整齐地摆放着，这些仿真的玉米秆连排列方式都跟真的庄稼别无二致。周边的一切环境都是高质量的，这样的镇子才称得上“漂亮”，似乎更能衬托出查理的个人魅力，更加符合他的身份。查理穿过萨默维尔镇的边界，来到了这个象征他专业地位的标志性地区。两旁都是高级住宅和高级轿车，没有生锈的尼桑和斯巴鲁整齐地排在两侧。突然，一辆警车出现在他面前，“哇哇”地响起了警笛。

这位警察先生脾气已经够好的了，但查理还是很恼火，警官说他需要扣押查理现在的这辆车。查理坚信自己是被陷害的——尽管每次有警察让他靠边停车的时候，他都是这么想的。不过，这一次，他还真的想对了，他就是被陷害的。

查理边争辩边抱怨着。出现扣押情况，可能是因为违章停车罚款未缴纳的问题。在他住在菲利普斯堡的时候，或许还有没付清的停车罚款，但就算是这样，他也没有收到什么要他缴费的停车票，起码据他所知没有——事实上，他在菲利普斯堡的房子旁有专用车道，压根儿不会出现这种情况，他还能在哪儿被贴条呢？这太不公平了，查理越想越生气，马上就要发脾气了。但，令他意想不到的是，那个警察竟然真的在听他的抱怨，他尊敬地称他为“先生”，而且好像叫得还很真诚，他答应查理当天下午之前就将此事查清，给他回复。

在车辆被扣押期间，查理不得不坐警车去上班。这是一辆新型福特，油漆和车蜡让这辆车显得异常闪亮。他慢慢滑到那个温暖的真皮硬座上，发现这感觉非常棒，好像终于找到了自我归属的地方，周边一切都不重要了，他打算好好享受这个来之不易的机会。几个小时后，查理接到一个电话，告诉他一切都没有问题了。确实像查理所说的那样，这是个误会，仅此而已。为了补偿查理，警官先生会亲自将查理的车送到他工作的医院。嗯，这经历还挺有趣儿，刚好等到下次跟艾米一同值班的时候，作为谈资跟她好好聊一聊。对于表现他疯狂的生活和各种被误解的悲惨境遇来说，这个例子再完美不过了。

当晚的夜班平淡无奇，甚至可以说是非常无聊。查理一直让自己忙于看护那些病人，阅读他们的病例，给他们洗澡、梳理等琐碎工作中，脑海中反复加工着这个故事，让它变得更加生动有趣。同时，他还想象着艾米的反应，对他的看法，以及她笑起来的样子。就在他的夜班快要结束的时候，医院办公室打来电话，让他去面谈。

“停职”是他们原话中用的那个词。以查理的经验来看，他们好像确实从来不会对谁说“开除”。

四十二

艾米利用休息时间正在家清理院子中的落叶，也正是这个时候，她的好友唐娜打来电话，将那个关于查理的惊人消息告诉了她。她的第一反应就是想哭，难过得想哭，紧接着，情绪慢慢被愤怒所掩盖。在她 4 个小时通勤去萨默赛特上夜班的路上，情绪再一次崩溃，以至于她不得不到医院后，在停车场内对着后视镜重新补妆。

查理总是会被开除。她的查理！对她来说，现在的护士站显得那么了无生气，毫无趣味可言。在一个个漫长的夜晚，她听到了那么多的故事，了解了那么多关于他生活的世界，他为何总是被人欺负，总是被坏运气纠缠，还有因为抑郁症而一次又一次地被开除，被迫辗转于各个医院。她曾经试图保护他，在所有人痛斥他用错药的时候，替他出头。有一次，她甚至替他顶了罪，声称一直是自己在管理那些药物，这个错误是自己犯的。她曾经让他失望过。现在他再一次面临悲惨的境地，开始了四处漂泊的生活，被赶去了新的地方，换了新的工作。

就在他被开除的这一周，艾米得知查理的女朋友凯瑟琳怀孕了。他是如此敏感的一个人，艾米真是无法想象，面临这样的境地，查理到底经历了怎样的炼狱般的历练。想着想着，她的眼泪又禁不住掉了下来，还在病房值班的她陷入了难过的旋涡中。艾米找来另一个护士帮她代班，自己躲到护士站的角落，往查理家打电话。

“亲爱的，宝贝儿——嘿，怎么了？发生什么了？”

查理顿了一下：“我不知道，反正这整个问题就是，我自己也不知道怎么就被开除了。”查理解释着说，那天他一直坐在护士站认真地值班，直到快下班的时候，萨默赛特人力资源部参考他之前工作过的圣卢克医院，因为“工作履历不明”开除了他。“他们这是强词夺理，你懂的。”查理说道。在护理这行干了 16 年，他不可能准确地记着每次就职、离职的日子。

艾米搞不懂了，他已经在萨默赛特工作快 1 年了，医疗中心甚至在某种程度上把查理·库伦变成当地名人了——在最初决定聘用他之后，医院将他的照片以及一些简短的个人介绍放到了招聘的宣传单上，以邮件的形式发给了全城成千上万个潜在的应聘者。

刚开始被大家口口相传的时候，查理还有些许害羞，但艾米可以切实地感受到，他很享受这种明星般的待遇，他沉浸在大家所给予的反馈中，为自己感到骄傲。后来，他甚至因为这件事情专门给自己做了个发型。为什么时至今日人力资源的人才想着去检查他的工作履历？又是什么令他们突然想要看一下他之前的工作经历呢？

查理也不知道，他猜测可能跟盖尔牧师的死有关，医院开始关注起所有细节来了。

“是因为调查，可能还有一部分是因为——我离开圣卢克医院的原因。”关于自己为什么离开那里，查理确实没和萨默赛特医疗中心的人说实话。当然，也没跟艾米完整地讲过那个故事。“在圣卢克的时候也曾经有过一次调查，也许圣卢克医院有人看到了我宣传单上的照片。”

就算圣卢克有人看见了又怎么样——跟这件事儿有关系吗？

查理可以想象到原因。他告诉艾米，当初从圣卢克辞职是因为自己遭到了怀疑，那儿的管理层也曾经一度迫害过他。他们花了6个月的时间，才将那件事情澄清，而这晚到的清白让他错失不少工作。查理说在圣卢克辞职以后，他曾经申请过伊斯顿医院的职位，但是他们最终还是没有雇用他。查理怀疑伊斯顿之所以没有雇他，是因为收到了来自圣卢克医院的警告。事实上，保罗·劳克林律师确实联系过伊斯顿医院重症监护病房的工作人员。查理告诉艾米，他觉得自己现在在萨默赛特所经历的这一切根本就是重蹈覆辙。就在一年前，还是相同的事情，在圣心医院也曾经上演过。“那会儿，他们说我跟同事们之间相处得不太好，所以……”

艾米只得无奈地将此事一笑而过。“嘿，等等，”她说道，“那你做什么了？难道你就缄默不言，让他们这么冤枉你吗？”

查理在电话那头咧嘴笑了一下，但是没有打断她。

“还是说，你在护士站跟他们相处得确实不好，都不一起吃饭什么的？”艾米知道，有些护士对查理从来不在自己当班的时候吃东西这事儿非常嗤之以鼻，难以理解，“没事儿，亲爱的，你会找到其他工作的，现在每个人都需要帮助。”

“嗯，我知道。”查理答道。

四十三

十几年前，提姆刚上任不久，萨默赛特郡曾经历过一次小地震。这事情本身很小，几乎没什么值得让人记住的，只不过它引起警察注意的方式很特别，这事儿着实让萨默赛特警察局的人们开怀大笑了一次。县里的全体居民都纷纷打电话到警局，说是天灾来了，该怎么办。警察们也能理解他们的做法，毕竟这帮人在脑海中想象了一场危机，第一反应肯定也是找穿制服的人们以寻求慰藉。有的时候是警察出马，有的时候是消防员，当然医生或神父也偶尔成为他们的精神支柱。这些穿制服的人是这个世界不分崩离析的根本保证所在，是证明安全网依旧存在的一种方式。但后来，查理出现了，在这个安全网上戳满漏洞，长达16年。可能这个世界对此还不知晓，但萨默赛特警局的人已经知道了。警局中的这些成员，每一个都有自己的家庭，而或多或少，总有一个家庭成员在库伦曾经工作过的医院看过病。大多数警察和大多数老百姓一样，对医学机构和那些探究人体奥秘的专家充满了崇敬之情。现在处理库伦的案件让他们意识到，原来白大褂和其他制服背后的人跟普通人也是无异的，他们并没有高尚到哪里去，而这一点不禁让他们感到害怕。在凶杀重案组工作的警察们太了解人性了，也深深知晓他们可能会做出什么可怕的事情来。

提姆虽然不想承认无法阻止库伦，不过现实确实非常令人沮丧，调查记录显示他曾经历了 3 次问询，而且很有可能还有第四次，10 多次自杀未遂的尝试和至少一次被拘捕的经历让他的私人生活也显得格外糟糕。萨默赛特警察局的警探们对这个重点怀疑对象抱有百分之百的肯定，这家伙一定是他们一直寻找的连环杀手。尽管如此，他们依旧不能用这些毫无价值的旁证来说服陪审团，让这个家伙锒铛入狱。从目前所掌握的所有情况来看，所有这些关于库伦护士的证据和事实都跟萨默赛特医疗中心的犯罪没有任何直接联系。逮捕库伦的唯一方法就是在监控他的同时，争取引诱其上钩，抓现行。从之前的案件中找出直接的罪证是不太可能了，不过提姆保证，只要库伦稍微做出一点儿越界的举动，下一次会见肯定是在法庭上。

事情发展到现在这个地步，提姆和丹尼唯一能做的就是专注于此案，一边努力将整个案件规整出一个完整的雏形，一边祈祷库伦不会试图逃跑或进一步杀人。但每一天，杀手依旧在外面逍遥法外的事实还是不可否认地摆在他们面前，这个连环杀手像所有普通人一样，行走在外面的世界里，同大家一起进出邮局和商场，没有人知道他在何地何时会突然换上狰狞的一面。直到库伦被开除的前一个晚上，他们还在尽最大努力利用那个伪造的交通事件来控制可能出现的一切风险。

提姆和丹尼想的这个点子似乎可以合法地解决眼前的问题。丹尼和助理检察官提姆·范·海斯通过一个法官的帮助搞到了调查令。查理·库伦正在接受处理伪造交通罚单的时候，侦探们将他福特车上的门板卸了下来，在里头放了一个无线电跟踪装置。从那个时候起，会有一辆没有注册牌照的警车保持安全距离地跟在库伦的后面，掌握他的一切举动。负责跟踪的任务分配给了犯罪科和缉毒队的两名同事，他们轮班交替执勤。

不过若要真正阻止库伦进一步的举动，警局的人需要更多确凿的证据来证明他真的杀过人，或是有过杀人的尝试，而且还需要至少确定一位受害者。他们在萨默赛特已经找到两个非常有可能是受害者的病患——盖尔牧师和韩夫人。一个是谋杀，一个是蓄意谋杀。实验报告也非常明确地检测出两人体内都含有致命浓度的注射药物。他们有受害者，有凶器，有嫌疑犯，但是这些都毫无用途，因为没有一点儿证据可以让警察将这三点联系到一起。

提姆不能只凭借微量药物残留找出当初的那支注射器，更没有可能找到那个持有注射器的家伙，这跟弹道学的工作原理完全不一样。唯一可能找到一点儿关于药品记录的东西都在蛛网系统里呢，但很显然，正如玛丽·兰德说的，所有记录的数据储存只会持续30天。盖尔牧师去世的时间快赶上这个时限的4倍了，所有的相关记录都没有留存，库伦的案件也因此而毫无进展可言。

提姆想了几秒钟，继而拍案决定，就这样吧，爱怎样就怎样，再试试看。他转身在键盘上敲了“蛛网查询”几个字，输入到浏览器的搜索引擎栏里面。在多个相关条目中，他找到了一家位于美国中西部，叫“卡地纳健康”的公司，是这个系统的生产厂家。提姆拨打了网站上的免费咨询电话，转接到了一位销售代表。他介绍自己是新泽西州萨默赛特郡警局重案组的警长，而这样的开场白也着实引起了这个家伙的注意和重视。

“听我说，”他对这家伙说，“我希望你能想点儿办法为我们提供一些帮助。”提姆大概说明了一下自己的来意，希望可以让他们帮忙恢复一下萨默赛特医疗中心其中一个蛛网系统之前的数据。就像你不小心把咖啡洒到笔记本上，找人恢复系统数据那样。“是一些比较老的数据，”提姆解释着，“已经有半年多了。有没有什么办法可以让我们恢复那个时候的数据库？或许你们有什么系统恢复的处理方法？”

这个销售代表似乎压根儿没有明白他的问题，因为压根儿没有什么30天限期的说法存在，蛛网系统从出厂那一刻起，就会保存每一份输入进去的数据资料。

“你就调数据呗，”他回答道，“输入日期调取数据而已啊。难道你的机器有什么问题？坏了吗？”

库伦所有的书面证据长久以来竟一直储存在硬盘中！

这一次，玛丽·兰德的秘书可没有好果子吃了，什么敲门、微笑、友善的询问，统统都没有。丹尼太生气了，气得根本不想再费力地做这些表面的寒暄了。

玛丽坐在她的办公桌后面，吃惊地面对着这突如其来的质问，很明显她被吓倒了。丹尼直截了当地告诉兰德自己需要哪些数据，以及何时需要。

他还恐吓兰德，如果不想联邦调查局的人把这个办公室翻个底儿朝天，或是因妨碍司法公正的罪名被推上法庭，最好立刻拿起电话，就现在，给他调取资料，而且不能是那种只有区区四页还不连贯成文的破资料。

玛丽拿起了电话。

丹尼黑白分明、实事求是地将这次事件记录在了警察备案的档案材料中：

负责萨默赛特医疗中心该案件的警官与玛丽·兰德见面，商讨了关于进入查理·库伦蛛网系统数据库记录的事宜……在本次会面中，我们还探讨了其他一些可以让我方便调查的获取数据信息的选择。

注意：在之前进行的整个调查过程中，警探们一直被告知，蛛网系统的数据存储只有30天期限。

本次会面结束之后，兰德女士打了几个电话，询问了一些获取该系统相关数据的渠道。

最终，所需的相关资料，连同重症监护病房库伦护士所看护的全部病人的记录都一同上交到警官手中。

打印出来的蛛网系统报告就像是按日期分类的电子表格。每一次库伦去药房电脑上申领药物的记录都被创建了一个时间轴般的信息，上面明确显示出了所有病房和药品的具体种类，以及药物对接的相关病人信息。这样的信息简直跟中头彩一般。不过在仔细研究后，警探们发现，牧师盖尔因为药物过量去世的前一个晚上，库伦整夜值班，都没有提领任何地高辛，那一晚跟前一晚和后一晚一样，没有任何特别之处，正常得很。如果那里隐藏着确切的证据，丹尼也丝毫察觉不出来，根本看不见。

四十四

2003 年 11 月 4 日，警察们开始安排与萨默赛特医疗中心所有重症监护病房的护士们的调查问询，希望可以找到一些被公司律师们过滤掉的可靠信息源。萨默赛特医疗中心管理层的律师代表们提出要求，所有问询都必须在医院进行，而且需要保证风险经理玛丽·兰德在场。助理检察官同意了这个无理要求，致使提姆和丹尼都非常气愤，因为到目前为止，正如提姆上报给检察官、美联社和警察局局长的报告中所说，整个调查过程，都因为医院方面的不积极配合而毫无进展。私底下，局长和警长还有其他所有警察都同意提姆的观点——但他们并没有在关键时刻站出来，在各位老大的面前表达过这个意思——而这也正是造成如今局面的最根本原因。

现在，负责进行这种浪费时间、可能依旧毫无意义的问询任务落到了丹尼的头上。丹尼委托罗素·克鲁奇警官和爱德华·珀塞尔来参与所有问询。

每日问询的调查报告信息量丰富得好像是一本护理百科全书，几乎涵盖了所有的相关药品药理和基础护理知识。接受问询的护士并不是都跟查尔斯·库伦一起工作过，但他们大多用了相同的形容词来描述他——“安静”，一个“孤家寡人”，有点儿“举止古怪”，工作方面超出寻常的专业“完美”。大多数人都表达了对这个安静古怪的同事的点滴欣赏，并且特别感谢他愿意替班的热心肠。在之后重新审读那些问询报告时，提姆和丹尼不禁得出了这样一个结论：刨去谋杀的结论不说，查尔斯·库伦看起来还真是个挺不错的护士。

除此以外，这次的调查结果对凶杀案的调查几乎没有半点儿帮助。他们所有人的说明都简短，毫无可查之处，而且还难以置信地无聊。丹尼不能肯定，这些护士是不是什么都不知道，抑或是玛丽·兰德在场的压力让他们不得不闭嘴。不过，似乎每一次只要是警探们问个什么问题，那些护士都会在开口前不由自主地瞥兰德一眼。

时间没有丝毫停下脚步的意思，一眨眼就到了 11 月末。丹尼决定改变策略。他们不打算找证人了，但找到一个他们可以信任的人应该还是有可能的——如果做到这一点，丹尼必须首先说服某个人相信他才可以。从现在开始，他要独自一人私下里调查每个护士。这意味着在他已经爆满的调查时间表上,会挤进更多的工作。但作为这个案子的负责人，只有他才能决定在调查过程中到底可以透露多少重要信息给那些受访的护士。目前为止，所有的警长只能从护士那里获取信息，但必须保证缄口不言，而且还要受到医院领导在场的干扰。警察先生们不能表现出任何对萨默赛特医疗中心工作人员的怀疑态度，而这一点显然给更多的护士带来了迷惑。整个调查过程不能充分展开，这让警察备感挫败，也同样让护士们摸不着头脑，他们甚至不知道这些调查是关于什么案件的。就现在的情况来看，他们只知道自己好像被牵扯进了什么法律案件，惹麻烦上身了而已。

克鲁奇和珀塞尔在调查之前就已经接到命令，一定要保证整个调查过程按计划进行——提姆和丹尼不敢冒着一点儿可能会泄露消息给媒体、萨默赛特医疗中心管理层或是库伦本人的风险。不过，从现在的状况看来，丹尼知道，如果想在任何方面有一点儿突破性的进展，那就必须打破规矩做点儿什么。是时候迈出一大步,找个值得信任的家伙下手了。克鲁奇和珀塞尔很显然做不了主，但是丹尼却可以掌控尺度做出些举动。就这样，在冲进玛丽·兰德的办公室叫嚣着要蛛网系统记录信息仅仅 3 天后，丹尼便和玛丽一起，每天花上 5~10 个小时挤在萨默赛特医疗中心重症监护病房的小房间里研究那些信息，并对花在这里的每一分钟都恨之入骨。

因为工作需要，两个人建立起了看似虚假、相对友好的合作关系。在此过程中，丹尼还发现玛丽·兰德正在经历着根本性的转变。这个女人好像正在缓慢地经历着精神崩溃，来自双方的压力将她牢牢地拴在了医院和谋杀案调查之间，身为风险经理的她无论在生活、工作上还是经济上，都面临着不可预知的未来。

自从调查开始之后，玛丽的体重就在以相对平稳的数值一路下降，在丹尼看来，她确实好像不是有意为之。丹尼很了解女人，她们可能偶尔能减个一两磅，然后便会出去买新衣服，打扮得很漂亮，四处显摆。但玛丽·兰德的体重似乎已经减了 20 多磅了，而且很显然她在尽力掩饰这件事儿，略显宽大的套装下，她似乎一直在不停地缩水，变小，整个人紧张得像只受惊的野兔，草木皆兵。丹尼·鲍德温每天跟她在同一个房间调查这些案子，好像并没有对她的精神有什么良好的帮助。

四十五

艾米几周来一直跟自己的朋友们抱怨说，无论如何都不会配合警察接受那些无理由调查。

所有人之间莫名的怀疑与揣测在整个病区肆虐，每个人暗地里都非常担心警察的调查可能跟自己有关，可能会影响自己的未来。护士们常常聚到走廊里窃窃私语，自发性地结帮搭伙，找同伴或靠山。每一班新的轮岗都在讨论着前一个轮岗值班的事情。不过，看起来似乎大部分的谣言都跟查理有关。短短两周的时间，这些谣言也渐渐把艾米席卷了进去。

每个人都知道她曾经是“查理的好朋友”，大家也都记得艾米曾经为了登记领取胰岛素的新规定四处闹事儿的丑闻。很显然，这次的调查肯定是涉及人命了，而且不知为何，查理和胰岛素分别成为了事件中的关键词。有些护士已经开始躲避艾米，试图撇清自己，谨防被牵扯进去成为嫌疑人。而艾米的朋友们也开始为她担心。说实话，艾米自己也怕得不行了。

在别人眼中，她总是扮演着强悍的角色，似乎异常坚强，但在这样的外表下，其实她的内心已经脆弱得不行。她到底做了什么？心脏的承受能力让她不得不每天都吃抗焦虑的药物。是不是哪天她没注意，晚上药吃多了，干了什么蠢事儿犯错误了？有毒药品失踪了，还是胰岛素出问题了？什么线索都没有，什么都有可能。艾米还打电话特别去求证，以确保自己的护士执照确实没有过期。那还能有什么呢？艾米甚至开始担心，是不是该请个律师了。每一次警察跟她约时间会面的时候，她都会请病假。两周以后，她再也躲不了了。她的经理亲自将她送进了那个房间。

进去以后，她看见了玛丽·兰德和几个警察，还有个穿西装打领带的大块头黑人。他告诉她请坐，他还称她为“洛克伦女士”。她的座位面前，有一个水壶和几个纸杯。这样的场景让艾米觉得自己已经是个罪犯了。如果她再憋下去，自己的心脏可能就要在胸腔里头爆炸了，所以别无选择，她只有将所有心里的想法统统倒了出来。

丹尼已经参与了一周的采访，但在这次会谈刚刚开始的时候，他就立刻意识到，这个护士好像跟以往那些有很大的不同。她似乎跟其他人一样，都非常担心自己的工作，但与他们不同的是，她是头一个将这种想法说出来的人。她承认自己对工作的担忧，而且在说这话的时候也一直没有瞥向兰德。

艾米·洛克伦是1988年从护士学校毕业的，这样算来她好像比丹尼还要年长几岁。这位白人女士的头发混杂着几缕金色，蓝色的瞳仁，突出的颧骨，身材高挑，样貌姣好。不过从外表看来，她显然不是那种弱不禁风的美丽，而是很强势的那种。尽管她的身形凹凸有致，但绝对不是那种可以跟男人们玩得很好的类型。她性格特点中有些很单纯的特质，使得整个谈话出乎意料地流畅，对话也十分顺利。

她挑起的话头，告诉丹尼，自己已经听说了很多关于这次调查的传言，而且貌似都跟她的好朋友查尔斯·库伦有关。无论是这些流言蜚语还是这次的调查，都“让她愤怒至极，深受冒犯”。艾米似乎没有客气的意思，她一股脑儿地把所有心里的想法都说了出来。

丹尼靠向椅背，收回了身子，让她自顾自地说下去。就是那个时候，他立刻就知道了，她就是那个他要找的人。

关于怎么下班，怎么开车回的家，艾米已经完全不记得了。她只是恍惚间意识到自己坐在家门前的车道上，在看着自己呼出的气变成了挡风玻璃上的霜冻时，思考着今天经历的一切。起初她一直是很抵触的，整个会谈过程很激烈，她一直急于保护自己的查理，如实地告知了自己对这次调查的看法，她也完全不在意玛丽·兰德是否在场，是否介意听到这一切。但是警察的反应并不像她所预料的那样，他竟然真的在听她说，看起来相当平静，甚至有点儿开心。这完全说不通啊，他被自己吼了那么半天之后，艾米甚至觉得后来真的看见他微笑了。再之后，不像该有的调查那样，那个警察没有问她问题，反而给了她很多答案，告诉她最近病房里发生的一切，还告诉她关于查理的消息。有一些听起来确实很熟悉，但大多数还是让她感到非常惊讶。就在艾米想看看玛丽·兰德对这些事做何反应的时候，却发现，不知道什么时候，玛丽已经走了。艾米自始至终一直非常兴奋，全神贯注地投入到了这次的问询中，甚至都没有注意到她是什么时候离开的。

“听着，洛克伦女士，”那个警长说道，“我不知道为什么，但就是很信任你，知道吗？”他贴着桌子从对面推过来一张纸。艾米认出来了，那是一张从蛛网系统中打印出来的表格，是盖尔牧师去世那晚查理的药物申领表格。

当玛丽·兰德再次回到那个房间的时候，那张来自蛛网系统的纸已经不在桌上了，而问询开始时艾米心中的那股怒火和满心的戒备也不在了。现在坐在那个地方的是个表情惊讶、眼眶里充满泪水的女人。玛丽看着桌子对面受审的护士，又看了看身边的警察们，但是丹尼似乎已经说完了要说的话，没有再次开口的意思了。看起来，他似乎正在用尽力气控制面部的所有肌肉，努力不笑出来。

艾米以前看过查理的蛛网系统记录，所以立刻就认出来了。起码对于她来说，他的记录再好认不过了。她总是一次次努力保护着查理不被这个世界欺负，不遭受那些不公平的指责，但丹尼给她看到的这张纸很显然足以说服她，不要再继续这么做了。有史以来，这是头一次，似乎查理真的有可能在值夜班的时候干了一些奇怪或是不好的事情。她现在终于说服自己开始相信这一点。但她所不能接受、无法想象的是，她对这张纸上的内容持有跟其他人一样的观点与怀疑。

进家门之后，艾米将自己的大衣和钱包统统扔到了沙发上，从冰箱顶部拿了一大瓶波尔多葡萄酒，一杯接一杯地喝。艾米举着酒杯，坐在厨房的桌子旁边。她该怎么面对这一切？有没有什么心灵自助的书可以帮她解决这种事儿？她以前看过那些药物申领记录，她也知道盖尔牧师身上发生的事情，不是所有的护士伙同着干了这件坏事，而是一个护士做了这一切，是那个她曾经最要好的朋友干了这一切。

也许这样很自私，不过第一个闯入她脑海的想法确实一直挥之不去。她就是相信查理——一直都很相信他，就像对其他几个人的信任一样。得到她信任的人可不多，男人就更是少之又少了。她整个饱受凌辱的童年毫无秘密可言，那个对她实施性虐待的人曾经一直是她所生活的家庭的一员。所有人都信任那个男的，只有艾米知道发生了什么，她了解人性，也深知人类到底有能力做出多么可怕的事情来。在整个成长的过程中，这个躲在壁橱、障碍物或是地下室门后的小女孩，在一遍一遍不停地对宇宙祈祷，渴望自己可以拥有隐形的超能力，但现实不但没有满足她的愿望，反而让他一次又一次成功地找到了她。所以，到了最后，她终于意识到，所有人当中唯一可以信任的就是自己。曾经有一次，她真的拿着自己的存钱罐跑到了当地的精神医疗中心，问那个面带惊讶的秘书："这些钱可以让我买几个疗程的心理治疗？"

长达几年的心理治疗终于让她慢慢走出了童年的阴影，她还是决定生存下来，并茁壮成长，成为一个有良知的人。她不希望自己困在童年的阴影中，以致整个人生都被童年的破败所损坏、挤压、变形。她觉得自己强大到足以克服这一切，于是她开始扮演更加坚强的角色。在心理治疗师的帮助下，她决定融入这个全新的世界，而开始逐步建立对身边人的信任是融入的时候必须经历的一件事儿。加入重症监护病房的工作是她自己做出的决定，那里的患者需要照料一切，患者们的依赖让她必须用关怀来回馈他们对自己的信任，护理的重点也在于此，的确薪水还不错，但双方建立的信任则是更重要的一部分，它是可以让双方都治愈的重要桥梁。如果蛛网系统的显示记录是正确的，那她将毫无辩护的理由和筹码。因为她连保护病人这种最基本的事情都没有做到，她辜负了患者的信任，不仅那些患者很不安全，她自己也感到异常不安。

四十六

提姆和丹尼在 11 月 24 日天还没亮的时候，就已经开始准备工作了。皇冠福特车的前排座位上还能闻到他们的须后水和浴液的香气，打包带走的发泡奶油甜甜圈和一叠尚未翻动的晨报开启了他们的清晨。两人驱车一路向北驶出新泽西州，沿着没有修好的小路，经过一个个农场和蔬菜摊，伴随着盘山道上的每一次转弯，越走越深。他们计划这次的事情一定要在医院外搞定，在那个女孩改变主意之前，直接跟她本人对接。与此同时，艾米在很远的地方已经开始了长时间的通勤，从医院归来正往家驶去，跟他们有着几小时路程的距离。

丹尼将那个女孩的事情讲给提姆听：30 多岁，有孩子，当了 14 年护士，金发美女，性格强势。在病房里因为是查理的朋友，甚至是好朋友，而被大多数人熟知。这一次将调查的细节透露给艾米确实是一场筹码不小的赌注，她很有可能将这一切都透露给她的好朋友查理。丹尼到现在都不确定，当初自己是如何下定决心要选择这个女孩的。有一部分确实是凭直觉，他的第六感告诉自己，蛛网系统上所显示的那些药物取消记录是很不正常的；也是同样的第六感告诉他，在这种无计可施的情况下，相信这个女孩似乎是最正确的选择。玛丽·兰德离开房间的契机刚好让他验证这个想法。

“兰德干吗离开房间？”

“不知道，”丹尼答道，“也许她想上厕所吧。反正无论怎么说，她离开那个房间了，所以我就抓住机会将那个蛛网系统里打印出来的材料递给了她，然后她就好像被雷击了似的，砰的一下，当时就傻了。”

“她说为什么了吗？”

“嗯，是的。开始她就是那么——吓呆了。”丹尼解释道，“然后她开始说话了，‘哦，上帝啊！我操！’就这样，一遍一遍地重复着，慚慚语速就放慢了，就跟个当堂受审的证人似的。”

“噢，”提姆很吃惊，“看来她也认为库伦这家伙有问题。”

“我觉得她想努力理清思路，她有点迷失了。我的意思是这一下信息量有点太大，让她一时琢磨不过来，有点儿短路了。”

“那关于蛛网系统她还说别的什么了吗？她看见什么了吗？”

“大部分时间她说的还是‘我操’，不过她也确实说了点儿别的，比如：‘查理和我，我们一起处理了很多病人的遗体。’”

丹尼解释着他当时的想法，他以为这女孩随时都会大哭出来，但是因为不知道兰德什么时候就会突然回来，所以他不敢再进一步跟她探讨下去，也没敢给出更多的信息，而是直接换话题了。

艾米在查理被开除之后联系过他，给他打过电话。他说有人看过他的照片，可能是来自圣卢克医院的家伙，然后知道了他现在的工作地点，于是给萨默赛特医疗中心打电话举报了。

“你们说的是什么照片？”

“他们发邮件的时候附在上面的宣传照。”丹尼说着从自己的文件夹里翻弄出一沓报纸，“你看，这家伙的照片在医院招聘的宣传广告页上印着呢。”

提姆将目光从路上收回瞥了一眼，是招聘的传单，医院会将这些发给他们认为有可能来应聘的护士们，查理・库伦微笑起来的照片像学校里模范生的展示肖像。“你逗我吧。”提姆很吃惊地说道。

“你觉得这家伙看起来像连环杀手吗？”丹尼调侃着。

“嗨，谁长得像啊。”

警探们到达洛克伦家的时候才刚早上10点多一点。树林中有一个矮小的白色木屋，那个女孩双手交叉站在窗前正向外看。她盯着这两个男人从没有警车标记的福特车上下来，慢慢朝她走来，一个是当时问询她的黑人警官，现在还多了个白人警官，两个人都是大块头，穿着相同的制服，他们像盐罐子和胡椒罐子套装组合一样，手里举着一盒甜甜圈和一托盘外卖咖啡站到了她的门前。

艾米带他们走进了客厅，两个男人坐下之后，被围坐在中间的咖啡桌一下子显得小了不少。艾米将双脚蜷缩在身下，坐在了沙发上。提姆先开了口，将萨默赛特医疗中心的这个案子简述了一下，这一次有了更多的细节，少了很多官方语言。丹尼瞥了自己的搭档一眼，为了让这妞儿上钩，他好像已经下定决心提供很多不能放在台面上谈的信息了，难道本来的计划不是慢慢来吗？提姆现在做的根本就是和盘托出。提姆对他耸了耸肩，表示了自己的疑惑，但转念又说服了自己：管他的呢，反正他已经开始这么做了。为了办这个案子，必须得开始找个值得信任的人来提供帮助了。

※　　※　　※

丹尼在医院给艾米看的那张蛛网系统的提药记录只不过是九牛一毛。现在警官们看着这个女孩正拿着一大沓记录翻来翻去，脸上的表情也越发不安。不是哪一个具体的领取记录，是所有的记录加在一起让她如此吃惊。

“首先，如果你要是把我的蛛网记录打印出来，会发现大概也就……也就这个的十分之一那么多，”艾米解释道，“有可能连十分之一都不到。没有人会这么订药的。”

“那你从这上面看出什么信息来了？”

“没什么具体的信息，但是这些记录确实很奇怪。”查理订单上的每一种药物都是分着下单的，不是一次在单子上填写的，“这就好比下单买了一打鸡蛋，但你不是一张单子，而是12张单子，分着买的。”她解释着，而且很多输入记录之间间隔不过就几秒钟的时间——甚至库伦在为同一个患者下单子订药的时候也会这么做，把每一个药物分开订。艾米实在想不通，这一点儿逻辑都没有。

“那有关于地高辛的吗？”丹尼问道，“我们对这个药物比较感兴趣。”

艾米翻动着整个订单，从头至尾，从年前一些很早的订单中找到了地高辛的影子。“看见没？”她说着继续用手指在纸面上滑动，“还有这个，哦，还有那个。”

警探们凑过来看着。“嗯，是，这确实是地高辛。”丹尼问道，“这有什么不寻常的吗？”

“嗯，当然，查理这些地高辛的订单好像——嗯，不知道怎么说，差不多1个月内有10次左右。”

“这很多吗？”

“这可能比我在萨默赛特工作以后加在一起下的订单都多。”

“啊，哇哦。”

“而且，更何况这是在重症监护病房，地高辛在这个地方可不是什么常用药。”

“艾米，”丹尼说道，“我们希望你能给我们提供些信息，我们想问你些事儿。很显然我们现在就信任你，别人都不行，其他任何一个护士我们都不信任，所以所有这一切他们也都一无所知。换句话说，连医院都不知道我们在干些什么。”

“我们现在没有分享这些信息的打算，哦，我们对医院也没有坦诚过什么。”提姆补充道。

“我们不想让他们对这些信息过于敏感，以致不再给我们提供其他有用信息，影响我们的调查。你懂的，用法律手段，防卫性地阻止我们的调查。”

“他们压根儿没有告诉我们蛛网系统的记录是可调出的，他们也没有告诉我们关于——哦，就这么说吧，我们现在没法肯定，你到底是不是支持我们调查，你是不是站在我们这边的。”

“他们没有告诉你蛛网系统的事儿？”艾米很惊讶，“但是你——”

“我们早就知道了，只不过，我们在如何得到这些记录上费了不少时间和精力。”

“那塞纳呢？”

提姆看了丹尼一眼，说道：“我不太明白，什么——谁是塞纳？”

艾米简直不敢相信自己的耳朵，他们居然不知道塞纳数据库，无论是提姆还是丹尼甚至都没有听说过这个词。兰德从来没有提到过，医院里没有任何一个人向他们提到过这个数据库，艾米不得不诧异起来，那这么久了，他们到底用什么开展调查呢？

艾米向他们解释道，如果你要是想全面了解一个病人，塞纳数据库是最有用的工具，它是个电脑操作系统，可以帮助你保存所有的病人记录。就好像蛛网系统处理药物订单数据一样，从塞纳数据库调取数据，可以让你了解每一位病人在重症监护病房阶段性治疗的时间节点和重要信息，上面记录着每一次查理查询病人状态的记录。他们竟然不知道这个！

“你看，就是这样！”丹尼说着将这个记在了本子上，“现在你知道我们为什么信任你了吧。”

“但是，如果我们想要这么做，你必须得保证维持现在的状态，哦，别跟医院提到这些。”

“连个屁都不告诉他们，”提姆说，“就得这么干。”

“好，”艾米点了点头，“我什么都不会说的。”

“非常好，”丹尼说道，“我知道我们现在让你的处境很艰难！”

“我什么都不会说的，真的，”艾米打断了他，“我发誓。”

“听着，艾米，现在——”提姆解释道，“我这么说吧，我们不能冒险将现在所有的调查结果都拿出来给你看，除非非常重要的信息，否则我们还是不能与你共享。”

“对我们来说很明白——我相信对你也很明白——查尔斯·库伦在医院里肯定干了什么不法的勾当。”丹尼补充着。

“我们认为他谋杀了一个病人，也许不止一个，而且我们认为他已经持续谋杀病人很久了。”

“哦，上帝啊。”

“而且，你看，艾米，事情是这样的，如果我们无法快些阻止他，他可能会再次谋杀别的病人，在其他别的地方。”

“我的上帝。”艾米喃喃道，“是我搞砸了！我还告诉他我要帮他找新的工作——我还是他的推荐人……”

“没事儿的，”提姆安慰着，“正好，这意味着你现在有理由可以继续跟他保持联系，因为，听着，现在的情况是这样的……”

“我们需要你的帮助。”丹尼说道。

“你可以帮助我们阻止库伦。我们希望你可以跟我们一起合作，帮助我们和查理保持联系，看看他现在正在做些什么，当我们的眼线。”

“等等——什么？”艾米吃惊地将身子缩了回去，“你告诉我他是个杀人犯，然后还让我继续跟他做朋友？”

“我知道，我知道，我知道，”提姆犹豫着，“不过，确实是这样。”

“不是，不是朋友。”丹尼换了个说法，“你没必要跟他继续做朋友，只不过，就是——保持联系。”

“就像……卧底。”

“你不能跟你的任何一个同事说起这件事，艾米。”

“甚至不能告诉你的朋友。”

“谁也不能。”

“哦，我……”艾米这一次没有直接拒绝，但是她还是继续摇着头。

“我知道，还有很多需要处理和思考的。”

“是，不，”艾米说道，“我得——我需要点儿时间考虑一下——”

“嗯，你想想，考虑一下。”

“我会的，我——”丁零零！突然响起的电话铃声吓了她一大跳，艾米本能地将手放在胸口上平复了一下心情。

“请，”提姆看了她一眼，“如果你想接听这个电话，或者——”

“哦，是，等会儿，等会儿。”艾米说道，“有可能是我女儿从学校打来的。”她侧过身靠到电话旁看了一眼来电显示。“哦，上帝！”她接听了电话，一边拿起听筒，一边给侦探们使了个眼色，挥手示意他们靠近点儿。提姆和丹尼靠了过去。

“嗨，玛——玛丽。”艾米做作地打了个招呼，音调跟唱歌似的故作轻松。是玛丽·兰德！提姆看了丹尼一眼，他们难道暴露了？

艾米将话筒举在了三个人中间，远离自己，以便大家都可以听见那边的声音。玛丽·兰德打了声招呼，她打电话来好像是为昨晚警察的问询做个后续的询问。玛丽想要知道艾米觉得昨晚的调查进行得怎么样。

“还好，”艾米答道，“还好吧。”

“还好。”玛丽重复着。她的声音听起来急促而紧张。艾米瞪大了眼睛看向了警探们，慢慢地摇着头，用嘴形跟警探们说“这到底怎么回事儿”。

“嗯，我敢说你一定很高兴这一切都结束了吧。”玛丽说着，“如果那些警察还打算问你什么，或是你打算自己做个什么表态、声明之类的，你可以做，但最好保证有医院的律师陪在你身边。你知道的，出于自我保护的初衷。”

“哦，真的？”艾米说，“可我不认为这有什么必要啊，玛丽。你觉得有必要吗？我的意思是，我应该不是他们的调查对象或目标吧。”

“艾米，这可不是个好主意。”玛丽说着，“如果警察试图再次联系你，你一定要告诉他们直接联系我们医院的律师们，我们有一个……”

“谢谢你的来电，玛丽，不过，我真的觉得没必要，我觉得很好。这次调查肯定不是关于我的，他们说我不是嫌疑犯。”

“艾米，”玛丽还在坚持，“我强烈建议你，如果你要再一次跟警察们联系沟通，一定要保证有一位萨默赛特医疗中心的律师陪同。他们的调查已经……哦，上升到更高级别了。”

艾米匆匆结束了这次通话，放下话筒。到底是什么情况？这一切来得太突然了，好像有人突然闯入了她的生活，在毫无预兆的情况下换了个频道，一下变成侦探节目了。

“看，这就是我们要说的意思。”丹尼说。

“他们正在试图掩盖这些丑事，”提姆解释着，“而我们只是要抓到一个凶手。”

艾米伸手够了一支烟，又蜷缩回沙发上。这也太奇怪了吧？现在有太多需要思考的东西了，但至少兰德的电话把其中一件事儿说明白了：医院确实很为他们自己担心，艾米必须担心一下自己了。现在，客厅里坐着两个凶案组的警察，让她觉得自己是地球上最安全的女孩。

“好了。”艾米边说边掐灭了手头的烟，“把你们的录音机打开吧，男孩们儿，告诉我你们现在都需要知道些什么。”

四十七

艾米现在必须从全新的角度重新审视查理·库伦的那些怪癖和毛病。他为什么老是偷偷摸摸地照顾自己的病人？为什么经常那么早来上班？为什么他偶尔才会戴上眼镜？为什么他总是背着别人偷偷在其他电脑上登录塞纳系统查询资料？现在的艾米变得多疑起来，觉得查理的所有举动都充满了可疑和不良的初衷，为什么自己当初会那么天真，对这一切一点儿怀疑都没有？

面对这么多需要找寻答案的问题，可以畅所欲言实在是件好事儿。她不害怕，所以也没必要小心翼翼。艾米在小时候用零花钱买的那些心理治疗课程中学到，永远不要被事实所牵绊。当她回家将自己经历的性骚扰告诉她的家人时，所有人的反应都表现得好像艾米才是有错的那个。这件事情对她的影响极大，以致整个疗程花了几年的时间，才让她慢慢从相反的角度看问题。她讲了足足一个小时，点火，吸烟，继而将烟头掐灭在那个小小的玻璃烟灰缸里，她挥着做了彩绘指甲的双手将面前缭绕的烟雾赶到门廊的窗外。这是她很享受的一种心虚的快乐，负罪感很沉重，她在这个过程中意识到自己到底有多么愚蠢，在心脏状况如此糟糕的情况下还在无休止地抽烟、搞派对。有些时候，她甚至觉得自己的心脏停搏了一拍，直到自己的起搏器开始运作，才又恢复正常。不知何故，死亡并没有像对别人的影响那般让她惧怕。

不过，将自己的工作当筹码，冒险给别人当卧底，对查理撒谎，对她的雇主，对身边的每一个人隐瞒这一切，她可以吗？这里面的风险可是摆在眼前的。这些警探的猜测有可能是错误的，他们也可能有着别的阴谋，打算用这种方式骗她。他们可是完全的陌生人，查理才是她的朋友啊。她应该选择站在他们的战线上吗，无论代价如何？

艾米又重新靠回了沙发上，交叉双臂，也许进一步牵扯到这件事儿中来不是什么好主意。“嗯，到底……你们到底需要我做什么？”她问道，“比如，我现在应该做什么？”

“小事儿，都是小事儿，”提姆答道，“没什么危险的事情。”

“电话，大部分应该就是打电话。”丹尼安慰道，“为我们打几个电话而已。”

“也许，可能之后，会戴个窃听器什么的。”

“你的意思是我得见他？”艾米吃惊地问道，“面对面地见他？”

“也许，你现在暂时别想这些。”提姆忙解释道，“库伦有跟你说过什么关于安乐死的话题吗？或是这类的事情。”

“啊？没，没有。我不记得他说过。不，我——”

“哦，好的，好的，”提姆继续，“我们就是希望可以让你给我们提供一些帮助。”

艾米告诉他们她需要思考一下这件事儿。“晚上我给你们打电话。”她告诉他们，“在我确定自己要答应你们之前，我得同一个人谈一谈。”

警探们离开之后，老房子立刻变得安静异常，甚至有些吓人。艾米坐在自家的厨房里，仔细思考着这件事情。她一直坐在那里，听着冰箱嘀嗒作响的声音，直到校车的抵达才将她拉回现实中来。她听见门廊的地板传来了踏步的声音，金属声撞击过后，背着大书包的女儿慢慢地跑上了楼梯，然后又跑了下来。艾利克斯走进厨房来拿果汁，看到自己的妈妈坐在桌前，正努力掩饰着自己严肃的表情，试图摆出一副轻松的样子。

艾利克斯感觉好像有什么不对劲儿的事情发生了。她觉得可能是因为学校话剧的事情，今年轮到她妈妈来指导排练话剧了，是关于外星人来到一个无聊的小镇上，让那个地方变得好玩起来的故事——来自左贡星球的入侵。艾利克斯觉得这个话剧很好，因为那些不愿意背台词的孩子也可以当着那些镇上单调的居民表演了，他们唯一要做的事情就是做出惊讶的表情而已，大部分时间，只要记得把嘴张得大大的就没问题了。

但是，艾米告诉艾利克斯，这次的事情比左贡星球发生的所有事情都要奇怪。她的一个同事，另一个她熟识的护士，可能谋杀了一个病人，而且可能是蓄意谋杀，可能还做了不止一次。虽然她女儿才 11 岁而已，但她还是明白什么是连环杀手的。警察们来过家里，他们希望妈妈可以提供帮助，一起抓住这个坏护士。艾利克斯坐在她妈妈的对面，一直愣愣地盯着她的妈妈，没有把目光转向别处，也一直没动手拧果汁盒上的盖子。

艾米希望艾利克斯明白这个决定很有可能完全改变她们的生活。那些警探希望她能跟那个他们认为是杀手的人称兄道弟，成为朋友，而且这件事很可能有危险——艾米虽然并不这么认为，但她也没法肯定。艾米到了这个年龄，对这样可以改变终生的事情变得越发敏感，她女儿一天天长大，马上就要出落成一个大姑娘了。哇，艾米想着，简直是自杀行为啊！

“所以，这就变成了一个家庭议题，”她对艾利克斯说，“我们必须一起作这个决定，像一个大家庭那样。我们能做这件事儿吗？你知道的——我的意思是，你可以接受这事儿吗？”

“这事儿是即将会发生的吗，你说的这事儿？”

“我不知道，亲爱的，事实上，我并不知道。”

“不过，这也是有可能发生的，对吗？”

“是的。”

艾利克斯将吸管绕在自己的手上，像是个戒指：“最好的情况是什么？”

“哦，如果要是成功的话，那男人就会被送进监狱。”

“永远在里面待着，对吗？”

“我不知道即将会发生的事情，如果没有足够的证据把他送进监狱，或者他如果有机会逃出来，我不知道我们会不会面临危险。”

艾米看着她女儿慢慢接受着这些信息。一个连环杀手，她的妈妈要去做一个卧底，一个来自左贡星球的潜在来访者。艾米知道这一切对艾利克斯来说一定特别诡异，因为对她自己来说也是这样的。

“那，妈妈，这个家伙真的杀人了吗？”

“他也许确实那么做了，亲爱的，是的。”

“那……那你就必须去查个清楚了，对吗？”

四十八

丹尼在重新回到客厅那堆得越来越高的文件里调查之前，换上了汗衫和牛仔裤，他打算让自己舒服轻松一些。现在这里面又多了很多从兰德那里要来的材料，其中一堆文件是来自萨默赛特医疗中心的尸检报告，涵盖了所有查理·库伦工作期间的内容；另一摞是库伦所有的值班记录表，丹尼将两边的材料时间交叉，找交集，试图发现其中的规律。

他试图用库伦的生日、他前妻、前女友、孩子们的生日、他父母、他所有的兄弟姐妹的生日做检索关键词，与病人的死亡日期联系起来。紧接着丹尼还试了结婚纪念日、离婚纪念日、节日、重要聚会等时间，但一无所获。往里面加入的信息越多，他脑中的想法也就越多。后来，他开始用那些去世的病人姓名和库伦所有的家人姓名做比对，然后是名字开头的大写字母，继而又用那些大写字母试图拼写出新的单词来……丹尼放下手中的本子，使劲揉了揉眼睛，已经凌晨4点了，这样做到底有什么意义啊？把越来越多的可能性扔到一起搅和，绝对可以找到更多的规律。整个世界上的事件都可以因为多疑而变得错综复杂相互关联，但事实上可能一点儿意义都没有。

当丹尼终于决定爬上床休息一下的时候，已经接近黎明时分了，他闭着双眼继续想那些数字和字母，试图努力找到一个动机，就好像现在找到这个原因成了最重要的一件事情似的。

提姆也难以入睡。他不像丹尼是这个案子的主要负责人，他不需要在这些数据、药物、细节和文件上耗费太多精力，他不用承担相同的责任，但就算是这样，他的头脑也没有片刻清闲。他在用数学的方式计算这次谋杀案，计算着他们能抓到这个家伙的概率。他们已经在这个案子上浪费了几个月的时间，但是现在都没有在黑暗中摸索出一点儿希望。查尔斯·库伦已经在 9 个不同的医院做了 16 年，警探们跟这个在凶杀方面的老手相比，不过就是个刚开始查案子的雏儿。

提姆·布劳恩在网上查询了很多关于此类医疗谋杀的案件资料——两个年轻女护士为了满足性需求而成了杀人犯，一个年长的护士为了减少工作量而动手杀人，还有杰克·凯欧克因那种类型的，以善良为初衷而对病人们下手，当然其中也不乏变态杀人狂，鬼知道还有什么人干过这些事儿。联邦调查局在匡蒂科有这么一类专家，不处理别的案件，专门对付这些心理咨询专家、医疗工作人员，或是两者兼具的家伙。也许联邦调查局那里有一堆关于库伦这种人的文档，写着到底应该如何抓住这类人的独门诀窍。提姆认识一个联邦调查局的人，也许他能帮助他们联系到那些匡蒂科的专家。他也不知道这到底会不会有什么帮助，不过应该也不会带来什么负面效果吧，至少能让他踏实睡会儿觉。

但是，当他在晨会上把这个找联邦调查局的人帮忙的想法说出来的时候，检察官福雷斯特立刻给拒绝了——他们不能将任何其他人卷入此事。提姆能理解这种野心，一个检察官想要成功，就不能把手头的大案子拱手让人，但这并不代表他认同这种观点。离退休仅差一步之遥，提姆觉得自己好歹有点儿特权可以把这些命令当作建议，听听就算了。

查理已经有一个月的时间没有工作了，他的女朋友虽然怀孕了，但就算挺着大肚子，还是希望他能赶快从她家里搬出去，这些事情让他烦躁得都没有心情去接电话。直到有一天，答录机上响起了艾米的声音，那个跟他同病相怜的艾米。她知道他现在到底过得怎么样，也只有她才知道他现在多么不愿意接电话，她也知道，查理听到自己的留言以后一定会打回去。但这一次，查理实在是等不及一会儿回电了，而是直接冲了过去，拿起了电话："嗨。"

"嗨，亲爱的！"艾米回道。

"嗨。"查理又问候了一次。

"你怎么样？"

"哦，挺好，还好吧。你知道的……我申请了失业，但他们否认了。"

"为什么？为什么他们要否认你现在失业了？"

“他们说，因为我现在——嗯，反正我会上诉重新申请的，但是——”

“是，”艾米说着，“如果你是被停职的，你难道不能——我的意思是，如果不同意你的申请，这说不通啊。”

“嗯，毕竟我也没在那里干多久。”

“我会为你写一个推荐信的，你知道我会这么做的。但是你得知道，我打电话来就是因为——他们一直在问我一些奇怪的问题。”

“嗯。”查理回了一声。

“而且，他们一直不停地叫人去接受问询，好像是关于什么内部事务，有人向我问起了你。”

“嗯。”查理继续回了一声，等待着她说下去，等待着听事情的走向。

“我想先在这一切发生之前给你提个醒。”艾米等待着，但唯一从听筒那边传来的就只有呼吸声而已，均匀不间断的呼吸声，所以她不得不继续说下去，“而且他们还问了我好多关于病人的事儿，但是我……我不能……你知道的，我压根儿记不住，那些人我没一个有印象的。我记不得他们任何一个人的名字……或是你知道，我压根儿就……就不知道。我不知道他们是不是也一直问你这些奇怪的问题……”

“哦，”查理答道，“嗯，他们……”

“因为我事实上……说实话，有点……查尔斯，我只是有点儿紧张，倒没什么特别的，就这样。”艾米继续说着，“一直问我一些特愚蠢的废话，关于一些特定的药物，问我一些关于地高辛……”

"哦，"查理说，"我能想起来的有那么一个病人，一个牧师还是什么的。"

"对。"

"他们也问过我关于这个病人的问题，不过，我对这个病人一点儿了解都没有。我听说过，哦，乔安在那事儿发生过后一两天的时候好像聊过。"

"是哦。但是，嗯，你知道的，我——"

艾米打断了他："我的意思是，这事情我应该担心吗，还是……"

"我——我不知道，我觉得没什么可担心的吧。"查理告诉她，"我的意思是，我觉得他们也许也跟别人说了这些事儿。我想，我知道关于胰岛素的那件事儿，那个在调查，一直在调查，所以……我，我也不知道现在到底发生了什么事儿。"

"他们真的无时无刻不在说这件事儿，我知道他们因为那个问题问过你。我就是想让你对现在这些事儿有所知觉，因为……我知道他们一直在问别人一些问题，我也听说你的名字被人提到过。而且，我，哦，你知道的——我，我很生气，特别是当他们把我卷入这个事情问我问题的时候。"

"嗯。"查理答道。

"但是，你了解我的。我现在都快焦虑死了！我本来就特别容易担心，而且现在你还不能在我身边陪我。"

"嘿，嗯，我都不知道我是不是他们调查的重点对象。"查理说着，"我的意思是……就像我说的，我是被停职的。"

艾米笑了出来："是啊，哈，你早就离开这医院了，你个浑蛋！"

在隔壁检察官办公室用耳机监听这一切对话的提姆不得不承认，这女孩在打电话的时候表现得太自然了，演得可真像。

四十九

提姆有点儿担心兰德可能已经开始怀疑艾米松口，并试图慢慢阻止她继续这样下去。因此，丹尼和他想了一个策略，来保护自己这个来之不易的消息源。12 月，丹尼告诉克鲁奇和珀塞尔继续在萨默赛特的问询，努力得到一切他们能得到的信息，并且向每一个重症监护病房的工作人员提出关于艾米·洛克伦的尖锐而有归罪倾向的问题。

这些问题可以有效地将大家的焦点从查理·库伦的身上转移，并帮助隐藏他们的匿名绝密信息提供者，但不可避免地会让艾米本来就不太顺利的生活变得更加水深火热。在她的同事们看来，现在艾米俨然成了一宗谋杀案的重点怀疑对象。

艾米几乎是立刻就知晓了这件事情，但不是从警探们那里直接知道的，而是一个来自好友安妮的电话，这位医疗助理小姐浓重的牙买加口音在第一声“雷好”的招呼上就暴露了自己的身份。

“阿米，”安妮说道，“我打电话来就是想让你知道，他们现在正在四处问各种关于你的问题，一遍又一遍，他们……”

“谁在问，亲爱的？”

“那些警察，那些调查人员，他们一直在问，他们问遍了每一个人。”

“我知道他们在干什么。”

“每一个人啊，一遍一遍又一遍，‘艾米，艾米，艾米是个什么样的人？’”

“我知道，没事儿的，所有事情都会好起来的。”尽管她自己现在也不能完全肯定事情是否真的会往好的方向发展下去。

警探们将艾米作为“自愿成为秘密线人，可提供音频截取、电话拦截以及人身协助”注册在案，并且将检察官办公室腾出来给她。不过，在第一次录音电话结束之后，艾米显然觉得坐在自己客厅的沙发上讲电话更加舒适。除了睡觉和工作以外，大部分时间她都要坐在一堆废纸中间，翻着各种记录，做笔记。那些记录正在缓缓讲述着一个故事，比她能想象到的要可怕得多的故事。

提姆和丹尼告诉她主要将重点放到牧师盖尔身上就可以了，其他的案子他们会想办法。艾米看到了州医疗检察局给出的尸检报告，实验结果表明盖尔牧师的死亡原因是地高辛药物过量。蛛网系统显示，查理曾经在牧师发生急救、突然死亡的前一晚领取过地高辛。如果除了这个问题以外其他都正常的话，那有可能是个巧合。但她发现了更大的问题，似乎在这些材料中隐藏着一个更大更难以捕捉的模式。艾米可能要花上几个星期的时间全身心地投入到这些材料当中好好研究一下才可以。

尽管丹尼和提姆在蛛网系统的材料里面发现了一些规律，但大部分拉丁名称对于他们来说根本就是希腊语，只是一大串无法发音的没意义的文字罢了。这些侦探唯一能做的就是在上面寻找那些他们知道的药物名称，或是医院已经提供给他们的分析之后的数据结果。蛛网系统上所提供的其他信息对于他们来说无异于噪声一般的存在，但是艾米知道那些药物，她同样也了解重症监护病房的护士。从一个护士的护理角度来看，查理的这些药物订取就变得格外没有意义、出人意料了。

一页接一页，一个晚上又一个晚上，查理·库伦在系统里订的药物根本不可能是病人们会需要的。他不停地提取那些几乎没有人用的药物，数量荒谬得惊人，而且频率也非常吓人。根据这些文件显示，查理还做过很多比这还无理取闹的事情。查理在系统里输入药物的名称，在按下确定之后，又一次次快速取消。拿盖尔牧师去世那晚举例，查理订了地高辛，紧接着又取消了这次订单，但是盖尔还是被注射了地高辛，整个事件以死亡画上了句号。

一次取消本身不算什么奇怪的事儿，几乎每个护士都会偶尔犯个错误，但没有人的错误会是这个样子的。查理每个夜晚都在犯相同的错误，有的时候甚至以小时为单位取消订单，这一切看起来好像是系统性的作为——好像他在故意犯错。

与此同时，艾米自己也开始不断地犯错。她每天顶着月光在重症监护病房上夜班之后，白天还要干着双重工作，几乎筋疲力尽，终于在周日夜班即将结束那天，她发现自己也在蛛网系统上录入了错误的订单。在整个医院都在散播对她的怀疑时，即使是再无辜的错误也会导致她被开除。艾米正好在出药的抽屉弹开的那一刻，按下了取消键。

艾米盯着面前的屏幕，上面已经显示取消了。记录显示她没有取走药物，而是取消了订单。她又这样做了几次，以确保这一切真的发生了，紧接着她拨通了提姆的电话。第二天她早早赶到警局，将那些记录摊在桌子上，向他们解释这一切究竟是怎么回事。

艾米重新看了一遍那些记录，将查理下单又取消的记录指给提姆和丹尼看，一次又一次。理论上说，蛛网系统的抽屉在每一次取消订单之后依旧会弹开将药送出来，库伦可以在系统没有显示取药记录的情况下取走这些药物。艾米从记录上指出，自库伦来萨默赛特医疗中心工作直到6月27日，他一共下订单意图领取地高辛继而取消订单总共27次——仅2月份就这样做了8次。病房里没有一个护士的取药量能顶得上他的1/5。

如果用于定罪的话，这个理论很好，且令人印象深刻，但提姆和丹尼能证明库伦在取消这些订单的时候从药房里偷药了吗？他们不能证明他过去真的这么做了，不过他们可以在蛛网系统上安一个摄像头，试着抓他个现行——不过，根据蛛网系统的记录，这样做意义不大。在27日——盖尔去世四天之后——查理关于地高辛的所有订单活动都停止了，甚至包括他的取消订单，但是那些关于地高辛的让人出乎意料的实验却没有停止。

也许库伦还有别的方法搞到那些药，也许她的朋友并不是罪魁祸首。无论哪一种可能性都让他们难以接受。艾米如果没法成功破解这些神秘事件，那么就是在陷害自己最好的朋友，将他所犯的那些错误转变成谋杀案的罪证。

“那，这到底意味着什么呢？”丹尼问道，“他停止这么做了，还是他换了个方式去做？”

艾米重新整理好那些文件，将它们又放回自己的书包里，准备开启她漫长的回家路程。“我也不知道。”她说着。事实上她对所发生的一切没有一件是肯定的。“如果我想通了什么，我会告诉你的。”

五十

艾米洗了个澡，钻进自己最旧但也最舒适的睡衣里。她躺在壁炉的火旁，试图看会儿书来放松自己。当她意识到这一切都无济于事的时候，不得不放下酒杯拿起了电话，查理在电话刚响第二声的时候就接了起来。

“嗨，查里！”艾米打了个招呼。她真是不敢相信——自己真的打心眼里很开心听到他的声音，“一切怎么样？还好吗？”

“还行。”查理说道。

“还好？”

“还好。不，你知道，我现在确实越来越担心了。所有事在某种程度上都……我觉得每件事都因为这次的事件而走下坡路。”他的女朋友凯瑟琳，告诉他不要担心这一切，事出自然有因，上帝会保证每一件事是公平的。不过查理知道，有时候，他必须自己保证这一切。

“她一直挺支持你的对吗？我的意思是，她真的跟你说过‘别担心了’这种话？她以前可一直挺糟糕的。”

“我想她可能意识到了，你懂的，我现在的处境可能确实不太好。”查理说，“但是，那之后又过了几天，我们确实也大吵了一架，与那个同她一起工作的家伙有关，他给她写了一封可以称之为情书的信。”

“那家伙是不是带她吃了午餐，还是干别的什么啦？”艾米询问道。查理曾经将自己女朋友的“朋友”的故事告诉过她。

“他们吃了晚饭。而且，哦，她在晚餐结束以后甚至还上了楼，去了他值班的地方。而且他……他写了很多奇怪的信，那上面抱怨了一些他在楼上值夜班，没有她的陪伴很难熬什么的。之后他还写‘你知道你已经拥有了我的灵魂，你必须……’”

“什么？”艾米吃惊地问道。

“就是‘点亮我的内心’。全是这些怪话。”查理解释道。

“哦，我的上帝啊，你听了这些不想吐吗？”

“她总喜欢将这些东西跟她的一些私人文件放在一起。”查理在为她准备午餐的时候曾经瞥见过一张纸条。他拿来与凯瑟琳对质，十分气愤，但凯瑟琳却转而指责他偷窥自己的私人生活。

她告诉他那不过是个玩笑，但紧接着，查理又在她的钱包里发现了另一封情书。他们的战争已经到达了爆发的临界点。“我们经历过这一切，但是一切从那时候起明明变好了啊，反正据我所知一切都好起来了。”查理说，“我甚至跑到他家去找他当面对质过。”

“你去过他家？”查理去过，他曾经跟踪过自己怀孕女友的男友。

“是。”查理说，从他的音调听起来，似乎查理很是享受这个故事，“嗯，你看，这件事情最奇怪的地方就是……哦，他……”

“等等，你认识他？”

“不，不。”查理说着，“不过，这事儿是另一个奇怪的巧合，他住在她以前住过的地方，同一条街上的同一所房子。”

“好吧查理，这太扯淡了。”

“嗯，”查理继续说着，“她自己也说，这是个奇怪的巧合。”

“不，这不可能是巧合。”艾米说道，“你知道，这不可能是巧合。”

“是啊，这就是为什么我开始思考整件事情，但是她一直坚持这么说。我也不知道该怎么办，只不过，这一切都太奇怪了。不过，反正我最近的生活里也充满了奇奇怪怪的事情，我已经开始习惯这一切了。”

“唔，哦。”艾米不知怎么回答了。

“因为，”他提醒她道，“你知道的，我曾经经历过一些小小的抑郁时光，而且，哦……”

“小小的？”

“哦……”查理慢吞吞地说着，尽量拉长着语调，显得腼腆而得意扬扬。

“说吧，查理。”艾米逗着他。

“我曾经……曾经想过自杀，但后来还是挺了过来，所以目前……”

“嘿，亲爱的！你真的假的？”

“我现在……真的特别害怕。我也不知道这一切到底会怎么结束，尤其是他们现在仍然认为我跟医院那几个病人的死有所关联。因为……我……你知道的，我已经有两个孩子了，即将有一个马上就要生出来……”

“这更意味着你需要重新将一切抛之脑后，站起来啊。”艾米劝说着，“出去开始重新约会怎么样？要不吃点儿抗抑郁的药？”

查理叹了口气，这样的对话让他一点儿兴趣都提不起来。“我确实这么想过，但我不知道为什么……为什么这一切都同时发生了。我确实希望将来这一切都迎刃而解，只是我现在非常惧怕自己即将面对的未来，我还没来得及跟我前妻说我现在的状况呢。”查理欠她的钱，已经很久没有付自己孩子的抚养费了。现在他灰暗生活中唯一的光亮就是每个周末儿童服务中心打电话来，给他一个缓冲的机会，拖一拖抚养费。查理万万没有想到的是，来自儿童服务中心的这些让他暂时缓给抚养费的电话都是警探们精心策划的，他们不想让查理太努力地去寻找新的工作，在另一个医院重新开始这一切。

“他们说‘好吧，可以看得出来你已经在努力了，所以我们就不因为你没有按时付抚养费而开出警告了’。这对他们来说，已经很大发慈悲了，起码目前看来是这样的。可我最近确实有点儿崩溃，一点儿自信心都没有了。”查理继续解释着，“如果我对自己有更多一点儿的信心，也许，我会在这段感情中更加享受，更快乐一些，但是面对现在发生的这一切，我……”

查理又重新回到了凯瑟琳的问题上：“她到底看上那家伙哪点了？我是说，我曾经见过那家伙，他没有任何一点儿让我觉得厉害的地方，一点儿特别的也没有，很平庸的一个人。”

“哦，他当然没有我的查理这么聪明。”艾米总是知道该在关键时刻说些什么。

“是啊！”查理说道。

那一晚，艾米做了一个梦：查理重新回到了工作岗位上，她亲眼看着他装好了注射器，在他将里面的药物打入了输液袋中的时候，艾米感到一阵肾上腺素涌入的快感。是她在推动那个注射器，她才是那个杀手，而且很显然，她异常享受这一切带来的快感。但是，后来艾米又变成了病人，躺在医院的病床上。查理也在那里，他站在走廊的尽头，在那个她总是可以看到他身影的位置，便携式塞纳系统电脑推车就在他的前面，好像一个神圣的讲坛。查理正在说话，不过艾米听不懂他到底在说些什么，而且她也没法回话。在一阵恐慌中，她突然意识到自己竟连动都动不了了。

直到她醒来的时候，身体还是瘫软无力的。她检查了一下自己的心脏，感觉它像只想要从自己手掌下挣脱的小鸟。她知道这样的梦是过度焦虑引起的，现在的她感觉很不安全、很无力。她自己也知道这一点，只不过，除了这些意外，还有别的。直到她吃完早饭独自在家思考整件事的时候，她才重新恢复了点儿力气，开始破解谜团。

一直在她脑中挥之不去的是查理一直站在那里的景象——他总是站在那个L形走廊的尽头，那里是个死角，离电梯门最近的地方，也是离护士站最远的地方。她以前从来没觉得这有什么奇怪的，但现在，她真的很想知道他为什么要这么做。

艾米靠在沙发上，闭起了眼睛。她之前用过几百次这样的方法，是她童年时候用来自我催眠的一种方式，可以把那些痛苦淡忘，抛之脑后。她一直闭着眼睛，慢慢地呼吸，直到自己忘却了一切，沉浸在其中。放松不代表忘却一切。

她让自己重新回到那个地方，回到和查理一起上班的日子。她好像又看见了那个躲在重症监护病房角落的查理，可爱，害羞，带着点儿怯懦，躲在计算机的后面。每天做完报告之后，他都会推着放塞纳系统的电脑推车到走廊尽头。她总是觉得他像一个穿着羊毛衫的可怜小邮差，推着自己的小拖车走开。艾米一直以为查理是想要一个安静的工作环境，她绝对没有想到的是，每次他想要挨着走廊大厅的门，是因为那是所有药物被送来的地方。

站在那些门旁，查理是头一个而且大部分时间也是唯一能看见药房送药人的。查理总是能碰上给药房送药的人，也总是热情地上前帮忙。他总是帮助药房的家伙节省送药的时间。那时候，在他人眼中，查理不过是个热心肠的人，给送药的人省事儿，帮忙补充药房存货，四处忙来忙去。但现在，在艾米的眼中，好像不止这些。

艾米意识到，我的上帝啊，查理压根儿不需要碰蛛网系统就可以干他想干的事儿。

五十一

艾米在自己的眼皮支撑不住之前，一直都在仔细研究那些档案。她把那些文件带到了床上，伴着那些文件昏睡了过去，早上起床以后的第一件事儿是继续看那些文件，而不是直接坐长时间的通勤车往南去上班。漫长而劳累的一周又要开始了，她自己也要开始用蛛网系统了。

艾米试着不去想自己现在是萨默赛特郡检察局安插在医院的一名告密者，一个叛徒。但每天，这样的想法都会更加强烈地折磨她。她坏了规矩，每天都要冒着被自己努力工作的机构解雇的危险，而且完全独自一人在应对这一切压力，没有人能知道这一切。她依旧是个护士，只有那些警探才能理解她现在的处境。提姆和丹尼几乎每天都要工作到很晚，艾米每天下班后会加入他们，在递给他们咖啡的同时，把一堆新的文件交到他们手中。这些警探工作的样子让艾米觉得没有那么孤独了，也多了些许勇气。

艾米是第一个也是唯一一个跟警探们提起塞纳病人记录系统的人，萨默赛特郡检察局的调查人员非常想得到这些记录，完整的、没有被人删减过的记录。道格拉斯·布朗尼警探开始为申请法院调令做准备，与此同时，艾米想着其他的方法。

她觉得有点像约翰尼·卡什歌词里说的那样，一个汽车工人每天都拿着他的午餐盒去上班，往盒子里装一个崭新的汽车零件，20年后，他拥有了一辆完整的凯迪拉克。当然了，艾米不可能用20年的时间把查理所有的塞纳系统记录找到而不引人注意，不过，还好她用了比午餐盒大得多的容器。

很显然，艾米的同事并没有意识到她的塞纳系统打印记录比以前长了不少，夜晚值班的好处之一就是可以给你提供这样的隐私自由。艾米上夜班的时候快速地在屏幕上浏览那些记录，然后回到车里，放慢速度继续翻着已经打印出来的那些记录。她告诉自己这样的做法并不可疑——一个护士，穿着护士服，将车停在路边，坐在里头看病历，但打心底里，她当然明白，这样做是可疑的。她试图用自己的力量查找查理的罪证，思考着他杀人的方式，当然了，前提是他确实是那个杀手。不过，从现在的整个过程看，她的所作所为跟当时的查理一模一样。

周五和周六之间的轮班过渡相对来说容易很多，早上 11 点左右出发，凌晨 1 点半到 2 点左右就可以到家了，然后周日上晚班之前一整天都可以跟自己的孩子在一起。不过每次到周日的时候，她都会筋疲力尽，而这个周末显然比之前更加疲惫。艾米坐在护士站看那些报告，觉得自己像是个穿制服的骗子。今晚，她对自己产生了怀疑，她开始不信任自己了。她在一个犯罪现场进行护理工作，但既没有好好地做好自己的本职工作，也没有认真地对整个事件展开调查。与警察的合作让她总是忧心忡忡。因为意识到了这些脆弱的生命到底多么容易受到伤害，现在的她每次展开护理工作的时候都会比以前更加小心谨慎。现在周围的每个人都让她感到惧怕，这种生活状态持续到星期日的时候，巨大的压力已经将她折磨得头痛欲裂了。

艾米走到蛛网系统前，下了一张泰诺的订单，但又以最快的速度制止了自己的行为。现在所有关于药物的订单都异常敏感，即使是最平常的东西，都可能会惹麻烦上身。

护士们称这个为自我分配，没有人会真的把这当作什么秘密，当然也没有明目张胆地写在工作手册上。当护士自己需要阿司匹林或扑热息痛的时候，他们经常会从蛛网系统里拿药，就好像服务员在工作之余吃没有送上桌的薯条一样。艾米会担心自己日常的花销和银行资产，但从来没有为这种事情担心过，那现在这种突然出现的愧疚感是从何而来呢？她开始生自己的气了——不就是一点儿泰诺吗，看在上帝的分儿上，这不过是为了让她在整晚忙得不可开交的同时不至于头疼得爆炸而已。艾米最终还是觉得，咬牙坚持工作吧。

艾米按下自己蛛网系统上乙酰氨基酚（泰诺）订单取消键。当然了，抽屉还是弹了出来。就在她弯腰去关上抽屉的那一刻，脑海中本能地出现了查理的样子，另一股负罪感迎面袭来，遏制住了她的呼吸。她停止了自己手中的动作，愣在了原地，地高辛就在相同的抽屉里，实际上，就在它的旁边。

原来一切竟是这么简单，当她重新回顾查理的蛛网系统记录时，一切都变得有意义了。所有的信息其实一直都在电脑里，他并没有一直下地高辛的订单，因为他压根儿不需要那么做。他只要订泰诺就可以了，因为地高辛被放到了相同的抽屉里。

当晚的夜班结束后，艾米重新回忆了一切的源头，思考着蛛网系统的药物储藏室。警探们曾经试图为库伦对弗劳伦·盖尔牧师的谋杀定罪，但是他们没法通过调查将焦点放在他或是地高辛上面。因为最主要的问题就在于所有的订单都跟实际情况不符，他们没法证明在取消订单之后，他是否拿走了那些药。但是，泰诺的那些订单可实实在在地显示在记录上了，不可能有人想到证明他明明订了一种药，而拿走了另一种。不会有护士看到他关于泰诺的订单时感到奇怪，或是从中发现什么规律的。艾米不禁开始猜想，自己难道是第一个在萨默赛特医院发现这一切的人？

但是泰诺的订单并不是她注意到的唯一奇怪的事情，重新研究蛛网系统之后，艾米发现了其他一些持续下单的药物。硝普钠、去甲肾上腺素、硝化甘油和巴夫龙。单子一张接一张，有的时候一整晚的时间有半打订药记录。艾米知道这些在心脏重症监护病房的工作中相对来说常见一些，但查理是在重症监护病房工作的护士，他的这些订单基本上是在快速地清空所有常用药的储备。紧接着，一次接一次，查理就会给药房下订单，让他们来补充系统里的药房货物储备。每每这种情况出现，大家都会认为他是在热心帮忙，但现在艾米可不敢肯定了，这些重新补货的订单一点儿都不寻常，而这些都显示在了他的蛛网系统记录中。萨默赛特医疗中心的律师弗雷明曾经因为此事和频繁取消的订单询问过查理，但是否有人针对他频繁取出的这些治疗心脏病的药物有过任何怀疑呢？

在上床之前，艾米拿起了电话拨通了提姆的号码。他和丹尼一直在沿着单一的线索追踪，而在艾米看来，现在蛛网系统显示出来的问题复杂得远远超出他们的想象。不过，虽然知道自己要面临的远不止这些，艾米还是拿不准应该从什么角度来全面分析这些记录。

艾米重新回到了卫生间，蓄满了一脸池的清水，用双手捧着冰凉的冷水拍打在自己的脸上，试图让自己冷静下来，但很显然她的心脏并没有就此平缓一些。她一直在不停地寻找答案，到底这个自己曾经最亲密的朋友是个什么样的人。其实，答案就摆在面前，就写在查理蛛网系统数据的记录上，隐藏在各种药物组合订单的模式之中。

从生理学的角度上来说，这些药物的组合可以做到取长补短，就好像单一的音符以不同的组合方式模拟出了完美的和声，或是不和谐的各种饮品在完美比例之下调出的鸡尾酒。现在所有这一切本来看着毫无意义的订单都慢慢组合出了令人惊诧的全新含义，艾米需要睡眠，但她实在是害怕即将迎来的梦境带给她的恐惧。

五十二

第二天，艾米将自己所有的新发现都递给了坐在桌子对面的提姆和丹尼。她这样解释道：查理一直在做一个成功的调酒师。处方药的完美混搭，是通过他从系统里取出的那些药和从其他地方拿到的药完成的[①]。这些完美的鸡尾酒中，每一种药物都有自己

①在查尔斯•库伦所做的一切被曝光之后，蛛网系统的漏洞被生产商修复了。

特定的生化指标影响，将所有药物混合在一起的时候，就完成了和谐而完美的一曲生化交响乐。通过组合，几乎每一种药物的用量只保持一点点，就可以将那些濒临死亡边缘的病人推入深渊。组合中药物的作用完全相反，造成互相推拉的结果，将使药效得到最大的发挥。

整个过程中最关键的还是病人的反应，鸡尾酒被送到客人手中的时间和酒劲儿上涌的时间，病人们真正给出反应的时间差才是最命悬一线的部分。病人生理上出现的崩溃或是抢救的需求，会让人觉得是康复前的表现。鸡尾酒最终造成的谜团只有实验室的报告才可以破解。

她极尽想象力从这些数据中寻找出有意义的规律，但她实在是没法想象享受操控这一切的幕后黑手是个怎样的恶魔。她唯一能肯定的就是他肯定不再是那个拥有绅士般灵魂的挚友查理了。这种情感上的破裂和那些凶杀案带给她的震撼是同等程度的伤害。

艾米觉得自己是个感性的人——一个崇尚精神世界的旅行者，一个很好的听众——可以适时地调整频率倾听每一个人的声音，与其达到共鸣。有着那样的成长经历，艾米总觉得如果身边出现了一个恶魔，自己一定会非常敏感地感知到这一切。然而，查理一直站在她的身旁，她却从来没有从这个男人身上感觉到一点儿邪恶。艾米思忖着，或许她误会他了，也许她本来灵敏的恶魔感知天线失灵了；再或者，她可能是个半盲的人，只能看到身边人好的那一面。

查理的塞纳系统包含了他工作期间所有病人的病例图表以及

他在萨默赛特医疗中心工作以来的所有工作记录。每一页记录都让艾米觉得自己一定是想错了。从这上面看，查理事实上并不是那个大家公认的世界上最好的护士，也不是艾米心目中那个图表做得最完美的人，他的记录甚至连及格都算不上，上面甚至几乎都看不见一条完整的表格边线。

事实上，这可能是艾米见过的所有图表里最差的一个了。随意脱口而出的词，这一块儿那一块儿，到处都是匆忙的胡乱比画和错误的拼写。这些工作甚至都花不了他一分钟的时间就可以完成了。如果真相是这样的，那他每天花大量的时间在电脑前做的事情很显然不是输入数据仔细制作表格了。如果是这样的话，那只能意味着查理当时在做的是输出的工作。

艾米不得不等到自己下一次轮班的时候再打印剩余的记录了。这一次，她都等不及回家再处理了，夜班一结束她就立刻带着这些东西跑到检察官二楼的办公室与警官们分享。

塞纳系统会跟踪一个护士通过电脑做过的所有事情，并且将护士浏览过的所有记录都按时间顺序做了记号。查理一整晚的时间都在浏览。这就是他在忙的事情——浏览。

这个单词让她感觉有人用指甲划过了她的胳膊，一阵激灵。

那晚，在她的梦中，查理站在蛛网系统前，把那些输液袋都慢慢排开。真是个好帮手，他一个人就做完了这一切。

所有患者信息都被罗列在白板上，斯特兰克、西姆科、斯特里克兰德，每一个人都有自己的数字。病房号好像彩票一样，护士们每天都在不同数字的病房里工作。有些护士喜欢某些幸运数字，于是就喜欢在买彩票的时候专门选这些；而有些数字则是对称的，前后对称那种，比如212；有些则可能是某人的生日，如果你生在2月的话。

现在查理又出现在了塞纳系统前。屏幕上显示着一个病人，但不是他负责的，然后是另一个病人，再接着是另一个。

护士们都在自己负责的病房里，照顾着自己床位上的病人，查理也在自己负责的房间里。他合上了门前的百叶窗，关上了门，还拉上了病人床边的隐私帘。干吗这么神秘呢？查理真的在那个房间里吗？在哪个房间呢？他有三个不同的病人分别在三个不同的房间，这就好像是三卡蒙特·卡罗那个经典的魔术一样。查理在哪儿呢？哦，他不在病房里了，他在护士站，拿药。为什么拿这么多药？他又重新独自一人出现在蛛网系统旁，但是他根本没用那个机子。为什么这么频繁呢？另一个护士想要领药，查理好心帮她取。为什么这么热心呢？

艾米可以看到放在蛛网系统顶部的那些输液袋，整齐地码放了一排。每个上面都有一个贴纸写着对应的数字和字母，字体小到需要戴眼镜才看得清。他戴眼镜吗？他不戴，查理总是不戴眼镜。他很英俊，但是他看不见那些字。

你必须慢下来，仔细研究这些输液袋上的数字，看清楚每一个输液袋究竟属于哪一个病人。他看清了吗？他手举着自己调好的鸡尾酒，往上面贴了一个标签。他真的知道患者的名字吗？他确定那个数字吗？他知道应该把这个药送到哪个病房吗？

现在他又重新站到塞纳系统的推车后面了，屏幕上出现了一个新的患者，然后又是另一个。为什么这么多，查理？你到底在找什么啊，亲爱的？

查理，你到底在找什么？

查理也不知道。这就是为什么他一直在一刻不停地寻找。

这是在买彩票。

艾米醒了。

跟蛛网系统的报告交叉比对，库伦的塞纳记录成了萨默赛特郡警局目前所掌握的犯罪实证里面对他最不利的一个了。为了让警探们能更好地明白那些数据和记录到底说明了什么问题，艾米需要提前给他们上一课。

塞纳系统在医学界正式使用也不过几年的时间，它可以为护士们提供一个高效紧凑的工作模式，输入所有患者的相关信息，在工作的过程中方便每一个护士查询所负责患者的身体状况、过敏情况以及抢救的相关信息和所有该患者检测的实验室数值。但护士们只能为他们当晚所负责的病患填写系统资料。

在艾米知道的所有护士中，没有人会利用塞纳系统查询其他护士负责的病人。不过，在艾米看来，似乎这正是查理一直在做的事情。

艾米开始调查查理6月份的记录，他调查了弗劳伦·盖尔的病例表，医院记录显示盖尔因心脏骤停，于6月28日上午9点32分被送往重症监护病房抢救，死亡时间大约在半小时之后。

盖尔去世那晚，不是库伦负责护理，但塞纳记录显示库伦在凌晨6点28分的时候调取过盖尔的医疗病历表格，6点29分的时候他又看了一次。他在检查，间隔只有1分钟，在实验室地高辛数值刚达到峰值之后半个小时的时间内就开始检查他的记录了。而在那之后的3小时，盖尔体内的地高辛浓度过高，使他的心跳停止了。

“而这只是盖尔的记录。”艾米说道。塞纳系统上显示了无数条查理·库伦登录的条目，成千上万，甚至一个晚上就有几百次。

“他在研究这些东西。”提姆分析着，“他为什么要研究这些东西？”

艾米觉得自己可能知道其中的原因。护士们的静脉输液袋都为病人们准备好了，排列在那里。如果查理手拿一款处方鸡尾酒，往其中一个或几个输液袋中注射，怎么办？他不需要亲自把那些药物直接送到病人的房间去，他甚至都不需要在场。其他的护士，甚至是艾米，都会为他工作。查理只要简单地退到角落，用塞纳系统浏览实验室得出的报告数值，了解病人的情况。塞纳会告诉他自己配好的鸡尾酒献给了哪位客人，他不需要亲自出席死亡现场，就可以感受到那些药物所带来的冲击。他可以随时浏览系统，跟踪现状，或是回顾过程。可能是当晚，也可能是第二天，无所谓。那些事情总是出现在屏幕上，供他一次又一次重复欣赏自己的成果。这就是他做的事情吗？艾米感到一股打心眼里冒起的厌恶。她的朋友查理一直跟踪着所有病房的动态，就好像体育新闻上随时更新的记分牌一样。

五十三

2003年，11月29日。

盖尔的毒理学报告是星期六上午10点38分出来的。大部分文件上显示出来的是大家没有发现也没有想到的结果：他体内有96种药物含量，从乙酰氨基酸到唑吡坦，而且地高辛的含量很多：每升玻璃体液中有23.4微克，每公斤脾脏中有32微克，每公斤心脏中有40.8微克，肾是最多的，每公斤有104微克。现在曼博可以得出报告结论了。死亡原因：地高辛中毒。死亡手法：谋杀。现在他们不但有了一宗谋杀案的受害者，还找到了凶器。不过，他们仍然没有找到一个肯定的方式来为杀人犯定罪。

萨默赛特郡警局的调查小组现在每天要开两次碰头会。蛛网系统报告和塞纳系统打印出来的数据是两个分量最重的证据，可以将库伦杀死盖尔的案子钉死。蛛网系统的新消息仅仅证实了查尔斯·库伦可以通过那些手法拿到自己杀人需要的药品，但检察官福雷斯特还是迫切需要一个能证明谋杀事实的铁证。

查尔斯·库伦完全可以毫无负担地承认那些泰诺的订单都是真的，都生效了。艾米读到的蛛网系统信息表明库伦在跟整个病房的病人玩代码游戏，这个假设的真相背后是个复杂的程序，复杂到几乎没法证明。他们同样不能证明的还有库伦系统上无数个取消的订单到底是有意而为之还是愚蠢的失误，以及他窥探整个病房病人塞纳系统记录的变态行为不过是一种无害的个人乐趣。现在这种情况，想要抓住他确实有点儿太晚了。另一个能保证逮到库伦的方法就是：他自己对罪行供认不讳，至少承认其中一个罪行，告诉他信任的一个人。如果不想盖尔牧师事件成为无头公案，那提姆可能还需要艾米帮他一个忙。

警探们为艾米找了缉毒组的一个旧办公室，那个电话在呼出的时候来电显示是保密的私人号码。她在 11 点前给查理打电话，刚好赶上他在家。她用自己最阳光的声音问了一声好："嗨，亲爱的。"

随着他们的话题慢慢转向了这个案子，艾米说道："我觉得现在让我最困扰的一件事儿，查理，是我觉得你曾经是我在那里的唯一理由，你不在一切就都不一样了。而且，你知道吗，这太糟糕了，没有你太糟糕了。"

查理现在已经非常确定自己算是被医院开除了，原因是他在医院招聘广告上的宣传照片，有人看到了那个照片，然后将他举报，院方才去检查他简历中的具体工作日期。查理喜欢这个版本的原因，这同样提醒他，自己对世界的影响还是存在的，他的照片竟造成了一定的影响。他喜欢这个解释的另一个原因是自己成了事件的受害者，一个很有名的人。他们将他的照片寄了出去，别人能看到他微笑英俊的样子，而且他的照片还出现在两本杂志的广告上。

"你是个明星，查理！"艾米说。她告诉他自己想他想疯了，她询问他能不能重新回到她的身边——重新回到州界的这一端，回到萨默维尔。"我想——我想见你，可以吗？"

“好的。”查理同意了。

“我的意思是，我也不知道……”艾米说，她的声音充满了挑逗和魅力，“我……我真的不知道，凯瑟琳会怎么看这件事儿，但是……”

“她跟我说，她对我去见别人、跟别人约会毫不在意，所以我不应该对她与别人约会的事情再加阻拦。”查理说道。

“好。”艾米快速回了一句，将话题主动权重新拉了回来。她觉得在边缘挑逗着说话很安全，用自己的魅力吸引他，但又肯定他不会轻易越界，超出友情的范围。他以前从来没有过这种想法，“哦，也许我们甚至……也许你和我的好友唐娜，我们可以一起去。”她又退了退，这样就不是约会了，只不过是病房护士之间的一次聚会。

“好的。”查理说。他现在的声音听起来明显没有刚才那么感兴趣了。“那么，好的……好的，我们可以再安排点儿别的什么事情来做。”

“你有我的电话吗？”

“哦，有。我们会在什么地方？”

“我知道你不会给我打电话的。”艾米又逗弄他。艾米想要让他保持兴致的同时又不会有什么性冲动的胡思乱想。“我知道你是个笨蛋，你才不会给我打电话呢，你不会跟我保持联系，而且你也知道这感觉糟透了，就是糟透了。”

查理果然上钩了，顺着她可怜兮兮地将话题顺了下去。“我只是……现在，我觉得自己一无是处，我现在就是这么觉得。”

“哦，你是很好吗？你不是。”

“对我来说，工作是生活中相当重要的一部分，是自我肯定的一部分，只有工作才能让我找到自己的定位，知道我是谁。”

“我知道，查理。”

查理又开始解释自己为什么一直被开除，嘟囔了几分钟关于日期不准确的问题，为什么自己会把日期给记错了，他们就是因为这个而误会他的……

“要不要来点左洛复？”艾米建议着，“或是来点儿百忧解？”（两种治疗抑郁的药）

查理顿了一下：“哦，我也不确定。”

“他们出了一个新药，左洛复，你知道吗？一次一片。嗯，说真的，尽管，我的意思是……”

“好吧。”查理其实一直对这类帮助不怎么感兴趣。

“这是个……哦，对于你来说确实是非常糟糕的事情。”

“我就是特别沮丧，我现在对这一切一点儿都不关心了。”

“查理，我怎么才能帮到你呢？”

他已经将自己的简历四处散发出去了，还浏览了几个找工作的招聘网站。艾米听说这行在网站找工作还挺容易的，不过现在正值假期来临之际，再加上孩子的抚养问题，现在对他来说确实很难保证有一个积极的心态。“我觉得在我真正崩溃之前还可以扛一个月左右。”

“这就是为什么你现在需要我的帮助，你个傻子！”

“是啊。”

“你知道你必须跟我保持联系的，对吧？”艾米说道，“而且我能保证我一定会跟你保持联系的。而且，实际上，我一直……一直表现得有点儿粗鲁，因为我一直用我朋友的电话，我电话坏了，而且我可能现在得先挂断了，因为现在是在打长途。”

“嗯，我想也是。”查理说道。

“那么我给你发电子邮件，你一定要给我打电话啊，保证？”

“我会的。”

“不行，你得保证！”

“我保证。”

提姆一直听到两边电话都挂了之后才按下了录音的停止键。艾米一直在电话里保持着非常完美的音调，慢慢地让他上钩，为之后的联系布局，还为警局提供了很多其他渠道都不可能获得的消息。但问题在于这些信息本身，查理·库伦现在还在非常积极地找工作。

说实在的，提姆确实不知道他下一步应该做些什么了。他一直确实非常想拉联邦调查局的人入伙，但福雷斯特禁止他与匡蒂科的人联系。萨默赛特郡警局调查小组的人一直努力独自办这个案子。与此同时，在他们每一天继续耗费时间调查这些的时候，查尔斯·库伦还在世界上大摇大摆地活动着，可以自由地重新享受杀戮带来的快感，也就不过几天的时间，他就会重新到一个重症监护病房工作了。监视小组的工作人员提供了相关信息，库伦已经在外面开始面试了，谁知道他下一步还会有什么举动。这个慢得要死、越来越复杂的案件浪费了太长的时间。最后只剩下一种最直接的方式了。

五十四

查尔斯·库伦站在房门前，正往垃圾桶里扔垃圾。

“这方法会可行吧，或许不会。”提姆嘀咕着。

“说不准。”丹尼说道，“你打算怎么做？”

“咱就把礼节什么的给放到一边去吧。”提姆说道，“如果他要是反抗的话，我们直接把他干掉算了。”他摇下了车窗，吹起了口哨。

查理抬头看见一辆正在发动的车在12月的冷空气中排放着尾气。是那种很官方的车，又大又新，有新泽西州的牌照。司机已经把车窗摇了下来，将胳膊放到上面，好像随时等待着拦下某人。“嘿，查理，”那个男人喊了一声，“过来。”

查理停住了，被突如其来的招呼搞得不知所措，不知道该怎么处理手中的垃圾了。他手里拖着两个垃圾桶，本打算一次性都拖到外面的垃圾箱那里，但现在很明显不行，所以他不得不先把垃圾拖回去。

警察们从车里走了下来。

“你知道我们是谁吗？”布劳恩问道，冲他微笑一下，表现得很友好。

查理停顿了一下，冲地面眨了眨眼。这两个人块头十足，浑身肌肉，那个白人穿了件皮夹克，那个黑人穿了身西服。查理觉得他好像见过其中的一个。“你是警察。”

“嗯，没错，查理，我们是警察。事实上，我们是警探，查理。你知道我们为什么到这儿来吗？”

“我觉得应该同萨默赛特医疗中心的事儿有关吧。”查理回道。

“你为什么这么认为？”

“哦，从你们新泽西州的牌照推测出来的。”

“嗯，你猜得很准，你说对了。”

“我被捕了吗？”

“你现在是我们的重点调查对象，查理。我们现在正在调查萨默赛特的一些死亡事件，而我们需要问你一些相关的问题。”

“是，他们在医院已经找我问询过两次了。”

“非常好，好的。现在我们也想就那些事跟你谈一谈。”

提姆打开后座的车门，拍着车门的边框，好像在叫一只狗，希望查理可以听从他的指示：“来吧，我们载你一程。我们可以去办公室来谈这件事。”

“哦，我没有——我没拿我的大衣。”查理说道。

查理又重新低下了头，但是他的眼睛一直在向上瞟，偷偷地环顾着街边的情况，盯着那两个男人和车的后面。

“你不会需要你的大衣的，车里很暖和。”提姆又重新拍了拍车后座，“我们走吧。”

这辆车跟查理之前坐过的警车都不一样：更宽敞，更舒适，而且前座和后座之间也没有隔板。警探们在开车过程中一直随意地聊天，整个气氛也很放松。他们谈论着工作、体育，甚至还聊到了天气。提姆知道查理长大的西奥兰治地区有个很有名的比萨店，也记得查理高中学校校队的吉祥物是什么。他们带着查理穿越了州界，并且用非正式的方式将萨默赛特郡警局的审讯室介绍给了查理。当查理足够轻松的时候，提姆开始下手了。

在纽瓦克工作的时候，提姆曾经把一个人铐在自己桌子的把手上。他在埋头输入罪犯的个人档案时，发现那个家伙竟然在椅子上睡着了。他杀了人，在逃 20 年，关键时刻居然在打鼾。提姆花了一会儿时间才意识到，其实对于某些人来说，压力最大的是逃跑时带来的负罪感，一天接一天地度日，被抓住反而是一种解脱，再也没有什么值得担心的了。

五十五

凌晨 2 点的时候，布劳恩的皇冠福特停在了库伦的家门前，他们这次一无所获。库伦从后座滑了出去，静悄悄地走向了自家的房门。

布劳恩将车窗摇了下来。“嘿，查理，”他说道，“看着我。”

查理对着大灯眯起了眼睛。

“下一次你再见到我的时候，你一定是戴着手铐的。”

紧接着提姆·布劳恩把胳膊伸出窗外，皮夹克的袖子外，一个拳头在挥舞。他知道这样做很荒谬，但他实在是控制不住。他是如此受挫、沮丧，伸在窗外的拳头似乎是他能给出的最有效的威胁了。

提姆期待得到一个狂傲一点儿的回复，“操你妈”或什么类似的。一个人对着自己挥拳头，还说了那样的话，反正要是提姆的话，他一定会这么做。查理竟然只是点了点头，径直转身慢慢地继续往家走，好像这对他一点儿影响都没有。他不需要说“操你妈”，他是个自由的人，他们没有任何理由逮捕他。对提姆来说，这件事儿本身就已经像“操你妈”一样严重了。

在布劳恩、鲍德温和安迪·西斯曼队长在萨默赛特郡警局里研究查尔斯·库伦的案子时，另一组人员正在靠近他在伯利恒的家。作为北安普顿郡地区检察官安东尼办公室的联络方，警探路易斯·德米奥和安德鲁·利匹特，爱德华·珀塞尔，道格拉斯·布朗尼和助理检察官提姆·范·海斯，副警长诺曼·库伦，以及警司斯图尔特·巴克曼在警长德尔玛·威尔士的召集下加入了调查小组。他们向查理的女朋友凯瑟琳出示了搜查令，花了三个小时的时间搜查库伦的房子和车子，主要是想找到一些查尔斯·库伦从医院偷回来的可作为主要物证的东西。

最后就搜出来一包塑料袋装的药片、一瓶治疗过敏的药和一瓶布洛芬。他们将每一瓶里的东西都倒了出来，依次计数，拍照，然后重新将它们装在北安普顿警察局证物专用储存包里。最后检查出来的结果表明这些药物的药效还不如感冒药的作用强。

布劳恩和鲍德温在从库伦家开车回来的路上陷入了尴尬的沉默。丹尼·鲍德温作为本案的负责人比谁都了解，案件进展如此缓慢造成的压力全都落到了他的头上。丹尼劝说助理检察官提姆·范·海斯安排一组人员，申请搜查令去调查库伦的家，花几个小时的时间帮他规范各种申请的法律语言。这本身就是个很冒险的举动，而且在范·海斯把法律文件上交给法院之前，他还特意问过："鲍德温，这次站在风口浪尖的可是你，你真的确定你要这么做吗？"丹尼当时确实给了肯定的答案，现在他不那么确定了，但他知道现在还是暂时别聊这件事了，起码别在车上聊，他能感知到他搭档身上散发出来的沮丧。

他们连着审问了库伦六个小时，把所有得知的信息都一股脑儿甩给了他，但查理似乎对回顾自己的个人历史感到非常满意，而对警探们关于他在圣巴拿巴医院、圣卢克医院和沃伦医院的指控如此了如指掌也丝毫不感到惊讶。查理没有否认那些指控，他只是说自己从来没有被起诉过，而且那些医院也在之后为他正名了。在这之后，他实在是觉得自己没有什么理由再继续说下去了，所以警探们试图将自己知道的那些关于他如何获得地高辛的秘密技巧一股脑儿地倒给他，希望可以让他措手不及。

他们告诉他已经掌握了所有的蛛网系统记录，他们看见了他 6 月 15 日和 27 日关于地高辛的订单记录和取消记录。查理对这件事作何感想？他能完美地解释这一切吗？他说他没法解释，也没有解释的必要。

"也许我按错键了。"查理这么告诉他们，随后，他又补充了一句，“也许我当时没戴眼镜。”

这显然说不通，如果他不小心犯了错，按错了键，为什么他不紧接着输入一个正确的？查理还是说自己不知道。他们又问了他一次，他只是耸了耸肩，继续盯着地板，他知道自己没有被捕。面对一个随时有理由可以大步走开的人，他们能做到的极限也就是这些逼问了。

最终他们还是将审问逼到了死角。警探们一直在问问题，但库伦只是一遍又一遍地重复相同的答案，他不能说这事儿。就是这个词儿——不能。这不算是一种拒绝，但肯定也不能算是认罪。警探们除了更用力地逼问以外，别无他法。

这样的审问持续了六个小时，查理已经满眼泪水，检察官不得不命令他们立刻停止审讯。所以，现在他们处于这样的境地，比调查开始之前还要糟糕。在返程的路上，这是丹尼第一次大声地说话。这事儿砸了。没有足够证据的时候把这个家伙逮捕了，实在不是明智之举。现在这家伙开始警惕了，他们打草惊蛇了，让他知道自己被监视，知道自己可能会再次面对审讯。

“你知道我们下一个要接到的电话是谁打的吗？”丹尼终于说了一句完整的话，“一定是查尔斯·库伦的律师打来的。”

提姆觉得库伦早上就会打电话找律师，这事儿也就灭了，游戏结束。他们掷骰子笃定自己可以从审讯中得到什么，但现在很显然，能从库伦那里得到任何信息的可能性为零。

查理一直等到凯瑟琳上班之后才拿起电话打给艾米。他有太多的事情要跟她说，这周过得异常兴奋，太疯狂了，他等不及要立刻告诉她发生的一切。所以当他打电话给艾米却直接转到答录机的时候，也没有失去兴致，而是说了下去。

“周四——一场非常、非常、非常、非常大的骚动。”查理上气不接下气地说着，“我被抓去问话了，凯瑟琳也被带去问话了，哇，被问询了几个小时——哦，将近五个小时吧。非常非常大的考验。而且，我猜萨默赛特对这件事儿的看法可能比想象中的还要重视。我当时以为得耗到周五呢，没想到他们周四就放我回家了。”查理继续说着，“但目前为止，还没什么新鲜的……不管怎样，哈，我说得太多了！”

查理挂上电话后突然意识到，他因为太兴奋而忘了告诉艾米另一个重大的消息。她说的是对的，那些找工作的新兴网站确实都很好用。查理又要重新当护士了。

五十六

提姆离开了办公室，沿着这个冬天第一场暴风雪留下的泥泞车辙将车开出了停车场。现在收音机里说的全是这件事儿，他可以想象，100个学校的孩子们都在咒骂着这场周五晚上突如其来的大雪。这样的天气给提姆提供了一个很好的借口，可以提前下班离开警局。在之后的日程上，他跟联邦调查局的人开了一个电话会议，谈论那件检察官福雷斯特明令禁止的事情。提姆觉得或许应该买杯咖啡，然后回到车上，将车停在路边，开着暖风跟联邦调查局的人开这次电话会议。

提姆知道丹尼会非常愿意参与到这次会谈中，但他觉得最好还是别把丹尼卷进来。丹尼比他小 10 岁，还在努力地在职业生涯上取得进一步的成就，得罪检察官可不能在他成功的道路上有什么助推作用。

提姆非常肯定检察官的决定是错误的，所以与其和他争论下去，不如直接忽略那些规矩和命令，继续按照自己的想法进行下去，背着福雷斯特联系联邦调查局的人。从现在的情况看来，似乎冒这些风险也挺值得的，这么做很有可能让这个案子有所突破，而且也并不一定会让他丢了工作，也许不会吧。

这一切带来的感觉其实很诱人，跟那些人讨论这件事儿，把整个案子中烦人的地方捋顺，解决那些错误——就好像把库伦审哭，在车道上威胁他的感觉一样诱人。但是与匡蒂科的人合作也有点儿麻烦，他不能期待着在不给出所有重要事实的情况下就指望匡蒂科的人给他正确的帮助。一想到这些，提姆对即将要进行的对话就没有那么期待了。

布劳恩第一次跟联邦调查局的人连上线是通过新泽西州分局的一个家伙。他先是帮他联系上了一个州警，那个家伙认识匡蒂科的人，在布劳恩看来，这些家伙对待这种事件稀松平常得很，他们可不会把连环谋杀案看成是红球级别的案件，这些案件就是他们最基本的日常工作。匡蒂科的那些专业人士以前可是见过连环护士杀手的，不过，他们应该从来没有在那些人身上看到过提姆在查尔斯·库伦身上看到的这一切。

在打电话的时候，联邦调查局的特工们向提姆解释，99%的医疗连环谋杀凶手都是女人。而且，他还解释道，对于这些女人来说，无非就两种情况，要么他们觉得我要做一个英雄，要么就是大发慈悲——哦，我真的受不了看他们继续受苦了。这类的男性杀手太少了，反正在他们办过的案子里没有经历过。这些杀手的动机往往不是出于性就是基于权力可控制欲的驱使。就匡蒂科的专业人士现在可以确定的来看，库伦不属于任何一种情况，他看起来也就是个“有点儿女气的那种男演员”。这次的案件也让他们意识到了一个从未研究过的新的连环杀手正在逍遥法外的现状。匡蒂科的分析人员给提姆发送了一套专门给连环杀手设计的系列问卷，可以进一步帮助他们确定库伦的人格类型，推测出这家伙的下一步举动是什么，以便给提姆提供更好的建议，及应该用怎样的方式来处理这一切。

不过提姆已经开始处理他了——他差不多把库伦给绑架了。现在提姆只能尴尬地坐在自己的汽车里，听别人告诉他自己到底应该做些什么。

“通常情况下，”匡蒂科的人说，“我们会在审讯那些人之前，给出这些建议，用这些策略，所以……”

“是。”提姆无奈地答道。

“我的意思是，时间实在是有些紧凑，我们现在手头掌握的信息特别有限，而你已经采取行动了。”

“是。”提姆又重复了一遍，他没想到这次的对话会让人这么不爽。“等整个案件有一点儿突破的时候，则是我们起诉他的时候……我们一定会毫不犹豫地第一时间把这家伙拿下。”提姆说他们有了新的进展，出现了一个绝密线人，总算有点儿积极的方面是令人开心的。

“哦，她是谁？”

“她是他的同事。”

“哦，好吧，另一个护士？”

“另一个护士。”提姆解释道，“他们曾经是好朋友，也许算是他在工作过程中唯一有过的一段友谊了。”

“你的意思也就是说他是个‘独行侠’。”匡蒂科的人问道。

“哦，实际上，他昨天晚上还得到了自己怀孕女友的支持，她到现在已经怀孕六个月了。”

“怀着他的孩子？”

“看起来确实是的。”

“噢，那我得问一句了，提姆，你现在手头有什么确凿的证据来让检察官定罪吗？”

提姆没有回话。

“哦，你有吗？”

“有间接证据，我们能凑到一起，得出结论的那种。”他等着匡蒂科的特工能明白他的意思，跟他站在同一条船上，但是他没这么做，提姆只得硬着头皮说了下去，“嗯，确凿的证据吗？目击者证词什么的，我们现在确实还没有。”

他又停下来等了等，还是没有得到想要的结果。

“我们现在唯一能得到的间接证据就是记录，电脑查询记录，哦……”提姆舌头打结了，思考着，“而……而且，还有之前他的个人历史，以及他在其他地方工作时类似的工作模式，以及能表现出他那种特质的一些事件记录。”

“好吧，因为这些案件大多数都比较类似，他们往往在工作的时候表现得相当浑蛋。”

“是啊，”提姆说着，“是的，他们确实是。”

“这几乎像是那些因盗窃被开除的银行出纳一样——因为银行不想让别人知道他们自己的出纳在偷钱，所以最后的结果就是这些家伙在国家的每一个银行都干过。而这帮人也从一家医院换到另一家医院。”

“对，”提姆说着，“嗯。”

“你知道吗，大部分事情他们都不会承认的。因为这类犯罪的特性就是这样，而且往往都缺少确凿的证据。我的意思是，别因为你对这个家伙没有确凿的证据而感到不爽，这就是这类案件的特点……”

“等等……哦，你是说，他们大多数都没有认罪？”

“这种人很少见，尤其是对凶案组的人来说。”特工解释道，“而且这些人中大多数最后都不会认罪，他们知道自己在做什么，也知道没有确凿的证据，所以……我不想说这些来让你泄气。不过，我只是不想让你继续为此事而烦恼了，你知道，你已经尽力做好你能做的一切了，这案子确实很棘手。”

“哦，这听起来真是舒服多了！”提姆说着，他试图挤出点儿笑声来，“哈哈哈。”

“是啊，起码在如此不良的现状下，这算是种安慰了。”

“听着。”这个特工跟第二个特工说道，这让提姆感到有些吃惊。这些联邦警察局的人总是能让你感觉比他们慢上两拍，提姆没想到这次的电话居然是集体电话会议，“让提姆跟我们说说昨晚发生的事情会不会有些草率了？”

“不，这是我们的第二个问题。”匡蒂科第二个特工肯定地答道，“我们问你现在手头都掌握了哪些证据，这是第一个问题，第二个问题就是，我想知道昨晚的谈话到底进行得怎么样。”

现在提姆被两个人问话了。他开始希望自己没有打这个电话，现在的状态就好像是听一堆聪明的外星人讨论他们的晚餐计划。

他深吸了一口气，重新回到了阐述证据的阶段，讲述关于库伦取消地高辛订单的事情，以及他们到底如何用此事与他对质的情况。他告诉他们，库伦是如何做到每一次都用错误这个借口来搪塞他们的，要不就是“我没戴眼镜”或“我不记得当时发生什么了”。

匡蒂科的第一个特工突然打断了他：“是，所以，大致情况就是你们跟他对质了手头所有了解到的事情和情况，然后他给出了一堆蹩脚的理由？”

“是的。你知道，拿这些事跟他当面对质，但是……”

“提姆？”

“哦，怎么？”

“整个过程中你一直在扮演好警察的角色？”

提姆确实想过动手，但最终没有。“哦，是的。”他回答道。

“那你是否觉得自己也许能得到更好的结果呢，因为你的表现？或许你没有真的把这个家伙逼到死角……”

“不。”提姆说道。他没想过像丹尼那样挑衅这个人。丹尼有点儿要动手的意思，但是后来他们的队长出现了，用一些他自己上心理学课程学的东西改变了整个审问的气氛。队长摸着查理的腿安慰起来，这在提姆看来相当尴尬。

“到最后你们直接开门放他走了？”

“我们是那么做的，用那种‘如果你想到了什么记得打电话告知我们’的官方做法。”

“所以你们没有说什么‘嘿，我们知道你这个王八蛋是有罪的，早晚有一天我们会逮到你’之类的话？”

“呵呵，”提姆觉得这些匡蒂科的家伙怎么好像会读心术一样，“哦，是，我们确实让他意识到这一点了，我们提到了这些。”

电话那一头陷入了沉默，安静了很长时间。

“好吧，”匡蒂科的第一个特工终于开口说话了，“检察官——昨天在问询时没有得到任何的进展，他还打算继续调查这案子吗？”

“不。”

“认罪是整个事情的转折点，最关键的一环。”

“是，在最初的阶段确实是这样的。”

他们这一次的沉默时间久到让布劳恩一度以为自己掉线了。

这不太好。提姆将这种沉默看作是失败的信号。他们提审过查理了，这或许是他们唯一的让他开口说话的机会，但是被搞砸了。

现在他还逍遥法外，而他们手里连个确凿的证据都没有，只有推论。艾米和查理的电话被录在磁带上了，但上面的内容离认罪还远得很。而艾米最近一次的电话直接录到了答录机上，查理甚至没给艾米打回去。连联邦调查局的人也没有办法了。他们彻底没戏了。

“我们现在得好好想想这件事了。”其中一个特工说道。

“嗯，我现在也需要这么做。”

艾米将车停在车道上，回到家直接把鞋子踢掉扔在毯子上。她打开厨房的灯，从冰箱的酒架上拿了瓶酒。雪天驱车回家比平时花费了差不多两倍的时间。她受够了工作，受够了那个病房，受够了关于查尔斯·库伦的一切，至少今晚是这样的。

她脱下医院的工服，把头发里消毒水的臭味洗掉，用毛巾高高地裹起来。在拿着酒杯回到客厅的沙发上时，她才发现自己的答录机闪着红色信号灯，但她现在不是特别期待那里面到底是什么留言。

按计划，本来艾米应该继续保持跟查理的私人联系，然后在时机成熟的时候将他骗到萨默赛特警局的。当然所有的希望都在于他能说点什么，任何事情，只要是可以为他定罪的。只要有一点儿有用的东西，他们就可以逮捕他了。艾米与他的私人联系一直保持得很不错，不停聊问询的事情，还跟他调情，结果呢，换来了什么？他有车，他行踪规律，有什么可以阻止他不来她家找她呢？这事情以前也发生在别的女人身上，比如那个沃伦医院被他跟踪过的女人。查理曾经在一天上夜班的时候告诉过艾米这个故事，那时候她还当它是个有趣的事，现在想起来，就没有那么有意思了。她的孩子还在楼上熟睡，而查理很有可能就站在窗外漆黑的夜色中，如果不关灯，是没有办法看到外面的，但让她关灯也是不可能的。

艾米插上了前门的安全锁，关上了后门，拉上了所有的窗帘。但不知怎么，她依旧一点儿安全感都没有，她必须知道他到底在哪儿。艾米侧身靠向答录机，按下了闪烁的按钮，打算直面自己的恐惧。

是查理的留言，值得庆幸的是他没说来找她的事儿，但他似乎打算告诉她一些惊人的消息。他找到了自己的所需——蒙哥马利医院正在寻求有经验的重症监护病房护士为他们工作，很显然，他及时听到了这个消息并填写了申请表。在推荐人上，查理列出了来自雷海山谷医院、圣卢克医院以及萨默赛特医疗中心。他将萨默赛特医疗中心的电话填了上去，还有经理的名字，但是在写被解雇理由的时候，他写了“简历雇用日期有误”。查理在提交申请的同时还附上了国家级别的护理证书和工作许可证，而上面的记录都显示良好。16 年的病房经验和几乎每种药物与机械的熟练使用让他显得异常完美。他还在求职要求里填写到：需要一份全职工作，并且优先选择值夜班，可以接受周末和假日的轮班，时薪 25 美元，而且他还能立刻上岗。

12 月 8 日，蒙哥马利医院用铅笔将查尔斯·库伦的名字标了出来，填写在了周四夜班晚上 7 点开始的培训课程中。

人力资源的人特意强调了7点整。这不是个问题，查理告诉他，自己是个很负责的好护士，他从来都是最早上班的那一个。

五十七

尽管时间已经接近午夜，提姆还是接了电话，警察都有这习惯，就好像医生和水管工一样。好消息大家通常都能等到早上再说，事实也确实如此。当然这也跟工作性质有关，很少有人给医生或水管工打电话告诉他们什么好消息。

提姆在接到艾米的电话之后试图睡上几个小时，但他最终还是放弃了说服自己的想法，穿上了警服配上了手枪。现在他最应该去的地方就是办公室，在那里就他一个人，他或许可以冷静地思考一下整件事。

提姆坐在黑暗中，计算着他能确定的事情。查尔斯·库伦是坏人，而且他们确实已经抓到他了。提姆必须让自己相信这件事儿，迟早他们都会真正抓住他的。不过因为有杜里埃这个案子的前车之鉴，对他来说还是太晚了。

提姆看着太阳从办公室的窗外升起，看着第一个孩子爬上了法院后面的小山坡开始玩他的新雪橇，然后他关上门，打算拨一通私人电话。

提姆拨打了宾夕法尼亚州诺里斯镇的411电话，之后连接到了蒙哥马利医院总机电话，前台帮他转接到了管理层，他和副院长芭芭拉·汉农说上了话。

提姆打电话的时候说自己是一个匿名的普通市民，但是接通之后，他还是表明了自己的身份。他知道自己说明身份会造成什么样的影响。提姆警告汉农，如果她想让自己医院的病人们好好活着，就一定得将他们最新雇用的那个护士从夜班值班表上剔除出去。这说法确实引起了这个女人的重视，她保证会立刻这么做。

提姆没法告诉她库伦是谁，甚至没法跟她说明他的背景。他不可能告诉这位副院长她雇用了一个连环杀手，起码不能用这些措辞，因为现在这么说确实不合法。事实上，他现在打这个电话的行为本身可能是违法的。提姆琢磨着，好吧，无所谓，大不了之后给库伦起诉的机会。

※　　※　　※

全员都出席了晨会，每个人都被满负荷的工作和初冬的天气搞得疲惫不堪，而关于萨默赛特医疗中心死亡事件即将上报的事情更加让他们烦躁不安。从某种程度上来说，这事儿已经泄露给媒体了。卫生署、萨默赛特医疗中心、检察官办公室都接到了记者打来的电话，提姆觉得这些电话还会以同样的方式持续下去，有时候他们需要有人专门来处理这类事件。

根据现在收集到的情况来看，很显然媒体的雷达还没有覆盖到知晓查尔斯·库伦名字的地步，但那只不过是时间问题。一旦媒体得到了名字，那聚光灯就不会停止了。每一个人都会立刻找一个律师来保护自己，而其他人也会在法庭上大做文章。他们努力调查了两个半月都没有接近定罪的案件在还没得出结果之前就该宣告结束了。联邦调查局的人对这个案子的看法是对的，这案子太烦人了。如果一个案子只有间接证据，那最有效的方式只剩下和犯罪嫌疑人直接对话了。你希望他自己说出来，希望他帮助你进一步了解案情的发展，希望他会被自己的谎言作茧自缚；然后，在陪审团的审判之下，他自己把这些谎言一一说出来，在众人面前将它们戳破，摧毁原本一切合理的推测。这是你在只有间接证据的情况下使用的方法，通过谎言来骗出更多的谎言。但是，如果嫌犯的律师出现了，那这一切就完了，没有一个活着的律师会让自己的顾客面临如此窘境，更别说被骗着认罪了。

库伦不会再跟警探们说话了，但是他也许会跟自己的朋友说些什么。提姆往艾米家打电话，让她再帮一个忙。这一步棋他们几个月来都没敢尝试，但现在似乎已经没有别的选择了。艾米必须让库伦开口说话，而且必须尽快。她必须面对面跟他交谈。

五十八

麦克本身体积很小，跟电影上演的差不多。高科技让这一切显得容易很多。在整个专业的过程中，艾米还打破严肃开了个玩笑。为了更好地接收声音，麦克必须放得很高，所以他们不得不把它放到了艾米的胸前。这也是第一次，警探们看到了她胸前安放起搏器的那道伤疤。

这一幕让本来轻松的气氛立刻变了调子。他们决定放慢整个计划，目前看来确实需要这么做，他们可不希望她因为压力或是其他意外突发心脏病。艾米向他们保证，一切都好，而且，除了她确实还在有力跳动的心脏之外，她看起来确实格外平静。但是紧接着，出现了另一个技术性的问题，有人问了一句："嘿，那起搏器会不会影响到麦克的工作？"

首次试录音之后，艾米找借口去了厕所，锁上了门。室内一片寂静，她将自己的手包放在水池边，看着镜中的自己。一切如常。真的一切都正常吗？不会有什么细节暴露自己的秘密吧，暴露那个特工的小高科技？

艾米用自己最严厉的眼神自我审视了一番，那种她每次让自己的女儿守规矩时才会露出来的表情。她将头发梳到了后面，紧接着又觉得太傻了，又将头发放了下来。再然后她关上灯，重新回到凶案组的办公室，准备再试一次音。

艾米与查理约定一起吃中午饭，而且试图将会面时间控制到最短。查理正好也厌倦了一直在电话上沟通，他很早就想约艾米出来见面了，他说他总是担心自己的电话被窃听。事实上，他不知道的是，艾米的电话才是那个被窃听的。

随后，艾米打电话告知了提姆相关的约会细节，他们约在一家叫卡拉巴的意大利餐厅。提姆感到非常吃惊——这个女孩真的选择了自己想吃的食物。她不但把自己的朋友约出来，打算让他露出连环杀手的本性，还期待着可以吃到一些手工制作的美味香肠。提姆觉得这个叫艾米的姑娘是他合作过的所有线人里最有意思的一个了，她甚至可以算是最优秀的一个。如果这个姑娘有一天想要退出护理这行，很有可能会成为一个很厉害的警察。

当天下午早些时候，提姆在一个小房间里将所有的计划提前部署了下去。他们的计划是让艾米把库伦引到州界线的这一侧，这样就可以在抓到他把柄的那一刻把他拿下，以避免引渡带来的麻烦程序。在他们监控整个过程的时候，他们会给艾米戴上窃听器，希望能让库伦说出点儿有用的事情来。但是当提姆和丹尼去考察地点的时候，发现卡拉巴是一个很封闭的区域。这是个意外，但是个好的意外。在一个封闭的餐厅会面，可以让库伦放松警惕——就算库伦多疑，这个地方看起来也会像是没有提前设计过的。

提姆和丹尼坚守在那辆没有标志的皇冠福特车里，停靠在一个很理想的地方。他们看着艾米从车里走下来，查理也从他的蓝色护卫者里走了出来。两个人打了个招呼，抱怨着餐馆闭塞难找。当提姆打开窃听器的调谐盒时，艾米又回到了自己的车上，查理也钻进了自己的车里。警探们慢慢地跟在他们的后面。

艾米很害怕。她转动钥匙，给车打着了火，发出了信号，但是她听不到任何回应。除了血液敲击耳鼓发出的闷响以外，她什么也听不到。她试着自言自语地大声说了几句话——对她自己，也算是对上帝，对这些警探——告诉他们她现在正准备去往一个新的地点，一个叫卡拉巴餐厅的地方，让这次会面变得更正式一些。

紧接着又过了两秒，她决定，去他的，爱怎样怎样吧，她将汽车里的广播调到最大，让坚实的声波调频冲击这一切。

艾米在拐进卡拉巴餐厅停车场的时候看见查理的小车还在她的后视镜里慢慢地跟着，紧接着，她把车停在两条紧凑的黄线中间时，一波全新的恐慌向她冲来。艾米将车熄火，深呼吸了一下，在沉寂中冷静了几秒的时间。

紧接着她盯着反光镜中的自己，做出了一个要冷静的表情，冲着外面喊道：“嘿，亲爱的！”

五十九

这次的无线设备是从缉毒组借来的，这东西很少能在萨默赛特郡的警局用到，提姆知道这破烂玩意儿不怎么样，不过应该可以凑合着用。他们听见了关车门的声音，相互的问候声。紧接着是两个人步入餐馆，前后脚关门的声音，餐厅的噪声，周围客人嘈杂的嬉笑和谈话声，杯盘刀叉的响动声。他们听到艾米跟服务员提出找一个安静卡座的要求。好姑娘！提姆和丹尼慢慢地滑到后座的皮椅上，使劲儿听着耳机里的声音。

“亲爱的，你最近怎么样？”

查理躲避着 12 月刺眼的阳光：“哦，还好。”

“是吗？”

“是的，”他又说了一遍，“还——好。”

艾米点了点头，看着他鼻子下面和嘴唇旁边的几个小口子：“嘿，你刮胡子了。”

查理翻了翻眼睛：“是，刮得太用力了。”他摸着自己的下巴，蹭掉那些已经干掉的血迹，“我本来之前刮了一次胡子，之后戴着眼镜从镜子里看的时候，噢，上帝，有好多地方没刮干净。”

他们走过两扇门，来到好时光装饰区，这个区域的主题是限时啤酒，老客户的马克杯都被挂在吧台的后面。艾米又看了查理一眼，他剪了个新发型——好吧，现在看起来，他确实像是为了约会打扮了一番。

“哦，看看你！”艾米说道，“你穿了件修身衬衫。”

“我知道，哈。”尽管现在已经是12月的天气，他的穿着还是标准热带气候的样子——一件宽松的衬衫，同样冰淇淋颜色的裤子和运动鞋，“我穿了一身白。”要不是他衬衫一侧印有丛林叶子的装饰花纹，他现在看起来就像是穿着工服一样。

艾米一边讲自己工作之余玩冰球的事儿，一边向查理递去惹火的笑容，好像盯着女服务员走到柜台后面都变得有趣起来。查理和艾米找了一个吧台对面的卡座坐了下来。

“他们现在在广播上都在聊我的事情了。”查理直接进入了话题。

“等等，什么时候？”

“哦，在我开车过来的时候，我听见的。”他这几天一直在严密跟踪信息的走向，纽瓦克《明星纪事》的记者瑞克·海普在节目上说，一位不愿透露姓名的线人确认，萨默赛特郡警局检察官办公室最近正在调查萨默赛特医疗中心的一连串潜在的谋杀事件，似乎一名不知名的当地男护士成了调查的重点对象和主要嫌疑人。“我当时正在听经典音乐广播台，是个本地的频道，像99那种，一个本地的老歌频道。”

“哦，广播上还说……”

“说了我的名字——”查理说，“查尔斯·库伦。而且你知道吗，另一个台，101.5，他们也提到了关于护士的事儿，我还看到过，而且是在接受问询之前。”

“哦，这是……”

查理一直在跟踪报纸上关于自己的报道。“纽瓦克《星报》。我还在《早间直播》上看到过——那是个当地小报——他们说联系了护士的雇用方，起码他们认为是即将成为雇用方的医院：蒙哥马利医院。”

“哦，蒙哥马利。”艾米问道，“那不就是……”

“今天大家都过得怎么样？”服务员乔尔打断了他们的谈话，跳出来问道，“两位想先点些什么饮料？”

查理瞥了艾米一眼，不太确定。艾米要了一杯科罗娜，但是查理已经连续几周滴酒不沾了，他答应自己的女儿会一直保持下去。

“好，那我点一个米勒，或是百威英博也行。”

“我们有百威。”

“好。”查理快速地回了一句。

“那可是低酒精的玩意儿，伙计。”艾米说道。

“哦，是吗？哈哈，那，不，不不不，不要那个，我也来个科罗娜好了。”

查理等服务员走了以后才继续刚才的话题：“我最大的女儿已经十三岁了，我告诉她我可以很好地处理这一切。”

“你直接告诉她了……因为你担心这一切会见报？”

“哦，我直到几天前才告诉她这件事儿的，他们对我审讯之后我才说的。因为他们告诉我，下次见到我的时候，一定会给我戴上手铐，把我逮起来。所以我打电话给她，我想让她知道这件事儿。”

查理告诉艾米他最近一直睡不好觉，常在深夜惊醒，在床边走来走去。“我能在夜晚睡个安稳觉吗？他们是不是已经在我门前等我了？”当电话真的打来时，他惊奇地发现不是警察，而是当地报纸的一个记者。查理现在出名了。他希望艾米知道，这比他当时出现在宣传单上那事儿还要重大。“而且，这事儿在《纽约时报》都有报道。”

“二位有看过菜单了吗？还是……”又是那个服务生。

查理低下头佯装研究菜单，直到那个孩子再次从他们眼前消失，他才又重新想办法引起艾米的注意。

“好吧，那么……你希望我从头向你说起？”

窃听器里的噪声越来越大，伴随着早下班的人群涌入餐厅之后一波又一波的杂音，加之一种电子类的信号不断干扰着窃听器的频率——可能是正在播出的交通广播，也有可能是谁的寻呼机在工作，抑或是这个女孩的心脏起搏器。提姆不知道究竟是哪一个，他唯一能够做到的就是全神贯注地在一切混乱中找到那个想要的声音，所以，他只能使劲儿听。

这两个男人又往前靠了靠身子，领带也离开前胸在空中荡来荡去。似乎离接收器的盒子越近，他们听到的声音越清楚。当他们听到艾米对查理说“好啊，让我们从头开始说起吧”的时候，他们靠得更近了一些。

“当这一切在萨默赛特医疗中心刚开始发生的时候，他们只是说……他们说在我的申请表上发现了一些问题。”查理开始了他的故事，“你知道，就那类很官方的措辞。我的意思是，我第一次被他们问询的时候，他们没说这件事儿，一切都好，但我第二次被带去问询的时候，他们就直接给我定罪了。头一次是跟管理层开会，那时候他们告诉过我，是关于那个牧师的……”

“到底发生了什么呢？我的意思是，说实话，我甚至不知道他到底出了什么事儿。”

“我也不知道，我最后一次见他的时候还好好的。”

“他看起来——我的意思是，你护理过他吗？”当然，艾米对所有的一切都知道得很清楚，她知道的东西远远超过查理的想象。所以，这些问题的目的就在于让他自己承认，自己说出来，“他到底是因为什么药出的事儿？他到底怎么了？”

“我想他应该是因肝脏和肾脏功能衰竭去世的吧。”查理毫不动容地继续说道，“我们当时还给他做过透析呢。”

“嗯，我记得我也给他做过。”

“嗯，反正我给他做过一次还是两次，就在他快离开重症监护病房那会儿。”

“这么说，你给他做的时候他还在重症监护病房，但后来搬出去了？”

“是，他们给他转移了，然后他们……他们都开始讨论他去世的事儿，他到底怎么去世的，还有什么血检报告里高浓度地高辛之类的……我不确定我听到的是不是对的……不过我记得我后来还见过他，但是我记不太清了，所以……”

“当时是谁照顾他的？就是后来，所有事情都开始变得不太好，他开始走下坡路的时候。”

“也是我，我记得那晚是我护理的他。”他向艾米解释当时问询的时候那些人是如何把当晚的值班签名拿给他看的，他说他不是每次都能记得急救时刻给病人用药的时候到底发生了什么，不过他确实偶尔会犯错误，有时他也会忘了戴自己的眼镜——反正不管怎么说，就是……本来嘛，谁能记得这些事儿？

“那这事管理层是什么时候介入的啊？”

“就这事发生后没多久。”

“那风险经理问你话的时候，他们给你看当时的实验室血检报告了吗？”

“嗯，他们给我看那个图表了，他们还给我看了当晚我负责时的签名，尽管我压根儿不记得这些事儿，不过我确实在地高辛的领取单子上署名来着。他们后来还给我看了我的蛛网系统记录，他们还给我找出了当晚的领取单子，以及我填写记录的细节。我记得，我已经取消地高辛的订单了，然后在别的病人申领单子上重新申领的地高辛。我记得我是为另一个病人申领的地高辛，然后紧接着又取消了订单。”

“你确实那么做了？”

“是，我那么做了，”查理说着给艾米做了个腼腆的表情，“我确实那么做了。”

“哦，查理，你这个笨蛋。”艾米调侃着。

“我知道，我知道！”查理回应着。

“听到没？”丹尼问了句。

“兰德有关于盖尔牧师的蛛网系统资料。”

“也有那些取消操作的记录。”

“是。”

“这狗娘养的。”

春卷像雏菊一样在盘子上摆开，中间堆了一些可以蘸的酱汁。

“等等，”艾米说，“你现在还随身带着那报纸，是吗？”

“是啊，哦，就那一份。”他将手头的报纸从桌子上滑过去，好像手握王牌的扑克手一样等待着艾米的反应。

“是《纽约时报》？”她声音里透露出来的吃惊是真挚的。

这正是他想要的反应。“是啊。”

艾米使劲儿摇着头，实在不敢相信这件事已经闹到这么大的地步了，她同样不敢相信的是他居然这么自豪地将这张报纸特意留下来给她看，她都不知道应该用什么样的反应来面对这件事了。

“哇，这可是《纽约时报》啊！”

“是啊。”查理冲那个报纸点了点头，“这可是在地铁上供应的报纸啊。”他慢慢享受着她脸上僵住那一刻的表情，还有她一边浏览报纸一边慢慢蠕动嘴唇的模样，他看着一缕缕金色的发丝在她低头阅读的时候滑下脸颊。她看着上面对他的描述：“这上面只是说‘一个男护士’。”

“还有，哦，上帝啊，”艾米继续说着，声音听起来透着傻气，“我好奇这个家伙是谁呢……‘10月底被开除了’。”

“是啊。”查理说着。

艾米继续往下读：“等等，等等，等等……其他另外五家医院。”她抬起了头，皱着眉头，摆出了严肃的表情，“查理，这是真的吗？”

“是。我是说，我确实从其他五家医院跳槽换过工作啊！”

“这是真的吗？”

查理伸手去够他的啤酒。“我确实有问题，我刚开始工作的时候，第一家工作的医院是圣巴拿巴，当时有一个病人出现了血糖骤降的问题，有人开展了一些调查，有些问询。”他啜饮了一口手中的啤酒，“但是什么都没有查出来，当时除了这件事以外，圣巴拿巴还出过其他事儿，管理层的人一直在怀疑，有人污染病人们的输液袋，往里面注入胰岛素。”

“什么？”艾米说着。

“是这样的。”查理点了点头。

“但是，你在重症监护病房，我的意思是，他们怎么能……所有的输液袋吗？还是……”

"哦，不，不不。"查理说，好像这是他这辈子听过的最疯狂的事情。他惬意地伸手拿了一个春卷，然后等待着艾米的问题。

"但是他们怎么就针对……你呢？"艾米问道，好像第一次将一切事件试图联系到一起一样，"这些病人都是上了年纪的吗？"

"不，"查理边说边嚼着春卷，"这些病人里面有比较年轻的[①]，不过，其他那些……总之他们审问了我。"

"你当时怎么想的，当他们要问询你的时候？"

这就像是在圣巴拿巴的现实生活中发生的侦探推理小说，查理就想明确一点，当时那么多的护士，他们都会接触到输液袋，把它们挂在病人的床边，就算是最聪明的人也无法从这些事件中推算出什么规律来。

艾米打断了他："但是你当时到底是怎么想的？当你经历那一切的时候，你认为当时医院里可能发生了什么事情？"

查理继续嚼着嘴里的春卷，思考着该怎么回答这个问题。"我不太确定，我当时不知道。当时有一个病人，是个HIV的携带者，她已经被诊断为艾滋病了，而她的妈妈并不知情，不过她的父亲想让她……哦，他确实那么想来着，他觉得我可以做这件事，不过我并不知道这些。"查理很快又补充道，"你知道的，我从来没被真正正面指控过，但我还是离开了那个地方。"

"但是，那事情是什么时候发生的？我觉得应该已经发生好多年了吧。"

---

①艾米回忆查理·库伦告诉她，在圣巴拿巴，他杀的第一个人是一个年轻的女人。

“是啊。”

“那么，你的观点呢？因为这事儿确实看起来糟糕透了。”

“哦，是啊，我知道，我知道。”

“我的意思是，查理，这事儿看起来太糟了。”

“我的意思是，我当时是被调查的目标，他们一直在监视我，你知道，在整个沃伦县。他们说‘我们想要和你谈谈’，他们说‘现在，我们要进行一次很长时间的调查了，因为现在手头掌握的证据还不足以对你起诉’。”

“是，但你怎么能够做出那样的事情来呢？”

查理低下了头，他僵在那里，半天没有动弹。

当他再次开口的时候，他的声音听起来慢得非常不自然。

“就当时异常的实验结果来看，我确实……有一次确实牵扯到了地高辛。当时是在沃伦医院，一个病人死了，在我护理她之后24个小时内去世的。有人说她的儿子看见我给她注射了什么东西。”

“她的儿子？”

“是个弱小的女人，一个母亲……是，我不记得了……差不多就这样吧。”查理说完耸了耸肩，“紧接着，那个医生……认为这是虫子咬的，然后他们开始调查这事儿。”再之后，他立刻告诉艾米当时自己非常坚持，一定要接受测谎仪的测试，而且，不出意料，他通过了。

“漂亮！”艾米松了口气。

查理立刻被这句话点亮了。“后来，我紧接着起诉他们污蔑我。”他补充道。

事实上，查理当时从沃伦医院离开的时候，管理层给出的处理结果是带薪假期，他们用这种方式让查理远离病房长达 3 个月的时间。后来这事儿闹上了法院，跟一般的赔偿案件一样，只不过这次的故事更精彩一点：“他们决定庭外和解，而我大概，哦，得到了 2 万美金……”

“漂亮！”艾米又赞叹了一下。

“那之后我又以病人的身份重新回到了那家医院，嗯，是在我自杀之后……而且这个故事也有个插曲。”报纸的报道中提到，他曾经在穆伦贝尔格精神病院接受过治疗。查理很开心地将这件事给艾米重复了一次。这是个他很喜欢讲的故事：“那时候我正在处理离婚，我还在沃伦医院工作，所以我逐渐开始……跟别人交谈。”

“嘟嘟，嘟嘟，嘟嘟……”艾米摸索着钱包里的手机，是她的闹铃响了。这是个给警探们发出的信号，给他们一个空当，告诉正在监听的他们，是时候给磁带翻面了。查理也停止了正在说的故事，直到艾米又重新坐好，回到听故事的状态中时，他才继续下去。

“所以，我开始……跟某人……约会啦。从理论上说我已经成功离婚了……但是无论怎样她还是觉得……”

艾米尖声地回了句：“你出轨了？”

“是，不过我当时确实是在办理离婚的过程中。”

“你那时候还出轨了！”

“是的，理论上，那算是离婚前。”

“理论上。”艾米取笑着他。

“理论上。”就好像现在，理论上说，他还在跟凯瑟琳同居。

他希望警察搜查房子对凯瑟琳提审的事情和艾米在答录机上留下的调情信息可以双管齐下，两个故事并行，让凯瑟琳相信他和艾米已经像亡命之徒一样即将逃亡墨西哥了。这主意一点儿都不糟糕，查理已经为去热带而做好着装准备了。

紧接着，查理给艾米讲了他跟踪米歇尔·汤姆林森的故事，但是说出来的时候，让人感觉却是个滑稽的浪漫爱情故事。他喜欢她，查理如是说，他还特意约她出来吃饭，以便表白，但是当时出现了一个误会，以至于后来他做出了荒唐的事：在一个夜晚闯入了她的家，然后……

“二位还要再点些啤酒或是还有什么需要的吗？”又是那个讨厌的服务员。在这个服务员、手机和丝毫不在状态的查理之间，艾米真是一点儿进展都没有。她的那点儿勇气早就消耗光了，现在就靠着刚才那点儿酒在那里死撑，她的脑海里可以想象出自己心脏快要爆炸的样子。

“让我来告诉你——你叫什么？杰夫？乔尔？乔尔。嘿，嘿，听着，如果我们有需要，我一定会叫你的，好吗？”

“我真想把他那双小眯眼儿给抠出来。”她偷偷给查理递了个眼神。让她再继续这么扛下去实在是太困难了。

耳机中传来了门“吱呀”的声音，紧接着又一声，然后餐馆的噪声突然变小了，越来越远。紧接着传来另一声门响，然后是女人的高跟鞋走在瓷砖上的声音，好像是从一个封闭的公共中空环境传出来的。

“好了，听着，你最好冷静点儿。”艾米大声地说着。

直到艾米需要使用女厕所来暂时远离这一切之前，她一直都没有意识到自己的私人生活已经公开到什么地步了。谁知道还有多少人在话筒的另一端。艾米使劲儿眯着双眼，想象着自己的高跟鞋在瓷砖上碰出的声音渐渐消失，让人无法察觉，但是这怎么可能，她胸前的正上方被人绑了一个麦克风，他们什么都听得到。

她打开水龙头，让水一直流，这样的噪声让她终于觉得自己是孤身一人了。她仔细地研究着镜中的那个女孩，一个查理信任、警探们也同样信任的人。她到底是谁？一个朋友？一个间谍？艾米用手指滑过胸前那条伤疤，想象着下面那个受损的心脏，麦克风就在它的旁边，这就是她现在的生活，别人可以通过录音机听到她尿尿的声音。她完全透明了，像个生物课上教学用的塑料透明女模特，身体内所有的东西都按照合适的尺寸制作而成，宛如可拆卸的彩色旗子：毫无安全感的旗子。所有恐惧和希望都随着腺体一泻而光。她实在是看不到查理内心的真实样貌。成堆的文件、成串的订单取消记录和护士服的后面，是让她感到陌生的查理。不过，也许现在，隔着一张饭馆的餐桌，她可以成功了解他。“你可以做到的。”她对镜中的自己说道，并且开始劝说自己相信这个声音。然后她检查了一下自己的唇彩，推门走了出去。

艾米猜测查理可能已经从餐厅跑出去了，她会突然瞥见他开车驶上高速的那一瞬，看着他一路往北驶向她的家里，在车道上等着她的女儿从学校归来。但是他在那儿，还在那儿，身子从卡座的软椅上滑了下去，好像一个被拔了插销的机器人。艾米滑进自己的座位，看着他眨着眼睛盯着自己，突然，他又恢复了状态，坐正了身体，接着刚才的故事讲了下去。

查理畅所欲言。关于来自各方的指控，各种悲惨的境况，甚至包含那些神秘去世的病人细节。他对那些细节很清楚，了如指掌。他们认为是他干的，查理这么说道。医院、调查人员，他还可以再聊聊这些家伙。

“查理，”艾米打断了他，“我得问你点儿事情。你有能力干出这些事吗？”

查理突然将脸垂了下来。

“因为那才是我想知道的。你有那个能力做出这一切吗？”

查理坐在那儿，陷入了沉默。当他的声音再次响起来的时候，突然爆发出一种音调，他边说边打算吃那个冷掉的开胃菜。

“他们当时说……这些人都死了……说这些人要死了……说他们的状况非常糟糕，但是……”

“查理？”

“我真的不想跟你说这事儿。”他说。他坐在那里呆呆地愣了几秒钟，“知道这一切，你知道……我的意思是……他们甚至问我是不是对病人的死感到上瘾，你知道吗……”他终于又开口说了一句，“他们……他们认为我是的。”

“查理。”

他又重新抬头看了看。

“听我说。”

他等着。

“你真的……非常完美。”

查理继续听着。

“你是——”艾米在脑海中搜索着能用的词汇，“一个非常卓越的护士。而且你还是我……我最好的……搭档。至少在我的职业生涯中，从来没有遇到过。而且我真的特别好奇，查理，你……到底知道些什么……我实在无法想象你曾经会被审问，而且还被一遍一遍又一遍地审讯。”

查理的目光重新落到了已经喝空的啤酒杯上。

“查理？”

他抬起头。

“你是如何看待你自己的？”

艾米在刚刚这一刻彻底把查理推到了最深远的终点。“不过我不……我不……”

“你知道我有多在乎你的！”

“我知道，我知道。这事儿不是……你听我说……”他摇着头，“当时的情况已经到了……如果我真的被起诉的话……”

“查理，”艾米说道，“查理，看着我。”

他看着。

“这真的是一遍接着一遍啊。”

“我希望这一切都结束吗？”他嘟囔着。

“你希望被抓住吗？”艾米温柔地说着，“你希望这一切真的都完全结束吗？”

“我……真的……只要他们上诉……”查理又开始说那件事儿。

“查理，”艾米说着，“看着我。”他慢慢往后靠去，往座位下面滑，她靠得更近了。“看着我。你不是个傻子。”

他看着她：“嗯，不是。”

“而且你知道，我也不是个傻子。”

“是，我知道，我知道。”

“你也知道我到底有多在乎你。”

“我知道，我知道，我知道，我知道……”

“而现在我为你害怕。”艾米说。她实在是控制不住了，一股抑制不住的难过从她的胸前升了起来，“你希望被抓到吗？”

“这才是重点……如果他们对我发起了起诉，那么我就是觉得有点……哦……吃惊。而且我会觉得，哦，你知道的，医院，如果他们上诉……我要去接受问询，而且我还能拿到酬劳，而且……”

她伸出手去够他的手，但是只能碰到桌沿。“求你了。”她现在开始哭了起来，“求你让我帮你吧。”

“我不会……我不想……我不能。”

“让我帮你吧。”

“我不能。我不能。”

“让我帮你。”

查理彻底僵住不动了。

“我看穿你了，查理，而且我不是个傻子。没有人会被一遍又一遍地审讯，而且还毫无理由。查理，你知道我知道这一切。”

他现在开始盯着桌布上的一个洞。“我……”

“你到底想要什么？你打算之后怎么继续往下走？”

“我不知道，我不知道，我……”

“如果你被抓住了，是不是反而稍微好过一些？”

“不，”查理说道，“不会的。”

“你打算怎么制止这一切的发生？”艾米问道，“为什么？为什么？你是那么的优秀，你知道这一切是为了什么吗？”

查理冲着地面摇了摇头。

“查理，那么盖尔牧师呢，他发生了什么？发生了什么？”

“我就是……不能……我不能……我……我不能……我……”

“我知道你可以的。到底发生了什么？我知道你很害怕，但是到底发生了什么？”

“我会……我会处理好的。”

“查理，我就在这儿。”艾米说，“就是现在。你明白吗？”

“这事儿已经在公众间传播开了，”查理说，“我不想……我也不能……我不会让我的生活……支离破碎的。”

“你的生活已经支离破碎了，而且，它还在继续垮塌下去，永远都不会重新恢复了。我认为不行了。”她在查理的面前摇晃着那份报纸，“而且我看了这个。拜托，告诉我，我怎么才能帮你？我能做些什么？”

“你……确实……帮我了。在我看来，即将可能发生的事情是难以接受的。”

“你觉得到底会发生什么，查理？”

“被上诉，进监狱。”查理说道。他看起来似乎心不在焉的，单词从他的嘴里慢慢吐出来，就好像是从海底升向水面的气泡一般。“我会失去……我的孩子……”

“你已经失去他们了。”艾米说，“你已经到这一步了。而且——我从来没有像崇拜你这样崇拜过任何一个护士。我现在已经快濒临崩溃了，尤其看着现在的你。因为我了解你，你跟我认识的所有人都不一样，我真正懂你，我能感受到你。”

查理慢慢地在他的座位上摇晃着，像个小孩子，嘴里不停地嘟囔：“我不知道。关于……关于……你的想法，关于我的……我就想让这件事结束。”

“那么，我们应该怎么做？”

“我……我……我……我……我所能做到的就是……”查理结结巴巴，声音模模糊糊，几乎听不见了。“我一直在给他们事实的真相。真的，真相。”

“你说的真相还不够。”艾米继续逼问着，“如果你忏悔承认这一切呢？”

查理偷瞄了她一眼：“我不能。”

“还有其他选择吗？”

“我……面对证人，”查理说道，“面对那些指控……他们……我……他们不知道，我不能承受这些审判。”

“查理！”艾米大喊道，“是我，为什么？就告诉我——为什么？这一切为什么？从何开始的？查理！为什么？你够了，可以停止了吗？你可以对警察撒谎，但是你不能对我撒谎，不能对我撒谎。”

查理又叨咕了起来，来来回回说那几句话，一直在重复相同的单词。

“我不是傻子，我不怕成为你的朋友。我就是你的朋友。”

艾米觉得周围的几个卡座都有人试图站起来往这儿看，或是使劲儿将身子往这边贴了。“我——喜欢，喜欢跟你在一起。我爱……我们一起工作、抢救的日子。我爱跟你一起上班的日子。而且你走了以后我觉得——被抛弃了。”

她在他盯着桌面的那个地方晃动着报纸。

“亲爱的，我看了这些文章，而且你知道吗，我在护理这个行业干了这么多年，没有一个人曾经指控过我谋杀，但是直到今天，你一共被指控了五次——可能更多。你告诉我，有的时候甚至会有很多人这么想你，大家真的认为你确实杀人了。”

“不，我不能……我不想……我不能……”

“我在这儿，查理，”艾米还在坚持，“我在这里，因为我爱你，还因为——我知道你杀了这些人。”

查理又僵在了那里，停止了所有动作。

“我知道。”她说。

世界好像在这一刻静止了。他的嘴唇在动，但是一点儿声音都没有。

“这只是冲动吗？”艾米问着，她试着越过桌子去触摸他，他的手冰凉，“是为了当时那一瞬间的感觉吗？就像我们在处理急救时候的那种刺激感觉？”

查理的眼睛飘到了桌子边缘，带着一种想要让她停止说下去的眼神。

“我不知道为什么，我也不知道你的动机到底是什么，但是我知道你够聪明，而且我知道你做了这一切。”

“我不能——”

“我知道你做了这事儿，让我们一起去警局吧。我们可以一起将这事儿告诉他们。”

“我不能，我不能，我不能！”

“因为我知道是你杀了他们，查理。”

查理抬起了头。这一次，她突然感受到了一股寒意，紧接着她看见了他的转变。他的皮肤开始泛起油光，好像很光滑，他的下巴重新塑形，他的脊椎变换着位置，两只眼睛也开始慢慢分开。

他的右眼球慢慢飘移到了桌子边缘，盯着那一片黑暗，来来回回地盯着看，而他的左眼则牢牢地盯着她。这个好像蜡做的脑袋开始扭动着说话，声音很低沉，毫无语调。艾米从来没有听到过这种声音，她实在无法联想到这是人类发出的声音。

这里有便衣警察，带着枪在某处正注视着这里的一切，但她的恐惧不是来源于此。她并不能从对面这个男人身上感到任何邪恶，没有愤怒，没有杀戮的欲望，只有虚无，令人惧怕的空虚。这个时刻，她终于知道，查理不再是查理了。如果说她真的不了解查理的话，那是因为查理根本就没有任何可以让她知道的东西。一堵墙坍塌了，但是墙后面什么也没有。

提姆曾经试图扭动那个愚蠢的无线电接收器，但是他们什么也没捣鼓出来，声音慢慢扭曲了起来，渐渐消失了。他们仔细听了一会儿，扬声器里传来了一些刺啦声和鸟叫声。紧接着丹尼试着转动了一下上面的那些按钮。又过了一阵，他们开始盯着前方穿过停车场的那扇门。

查理独自一人从侧门走了出来，他们看着他发动了车子，开上了 22 大道。

“她在哪儿呢？”提姆问道。

“我不知道啊。”

“这事儿不妙，”提姆担心地说，“我得进去。”

紧接着，艾米从前门走出来了。她靠在门把手上，停住了脚步，感到一阵眩晕。警探们从车上跳了出来，一边摆手一边喊。艾米循声望去，视线逐渐模糊了。

在她倒地之前，终于成功地蹭到了车边，趴在了丹尼的胳膊上啜泣。提姆将门打开，让她在皇冠车加热器的呵护下慢慢平复一下情绪。录音机就在两个座位中间放着，通过那个塑料的透明窗口，还可以看到里面仍然在旋转的磁带。眼泪再一次模糊了她的视线。

“那么，”她终于开口说话了，“你们都录下来了吧？”

提姆看着丹尼：“我们一定会抓住他的。不过他后来到底说了什么，我们这儿好像面临一点儿小问题。”

“我告诉他。”艾米说，“我告诉他我知道了，然后他身上突然发生了很奇怪的事情。他的脸，真是——太可怕了。然后他一遍又一遍地重复着相同的一句话。”

“他说什么了？”

“他说的话很奇怪，声音很低沉，几乎是在低吟，每一次就一个单词，不过我觉得他说的好像是‘让……我……去……战……斗’。”

六十

艾米已经在参加公司圣诞派对之前就去检察官办公室签好了声明协议，无论她那天到底过得怎么样，都必须出席这个派对。这是一整年工作活动中最重量级的一件事儿，是所有资深护士都不惜调班争取在日程表上留出空当的日子。这样的派对通常很适合工作的同事们一同参加，医生和护士，药房和行政，秘书和维修工，所有人都在布里奇沃特舞厅的迪斯科舞池中扭动了起来。艾米的同事们都指望着能在派对上看见那些不怕丢脸、放得开、敢和医生调情，或是在舞池的地板上使劲儿摇动屁股、大口喝酒的姑娘。对于那些人来说，一个没有艾米出席的聚会就好像没有圣诞老人的圣诞节。艾米是那种除了自己以外不会让任何人失望的姑娘，所以艾米从丹尼的办公桌给唐娜打电话，告诉她自己要迟到了，但是原因不方便说。

这一整天有各种各样最原始的情感驱动着艾米，但是她一直都没有机会停下来静静沉淀一下。甚至在她把表格填完，在参加派对的路上去领连衣裙时都没有想。艾米现在好像坐在令人疑惑不解的过山车上，有太多的不同情绪等待着分拣处理。有那么一分钟，她为查理的所作所为感到厌恶，但紧接着她又会因为没有及时感觉到他黑暗的一面而内疚，同时被这样的邪恶吓得不知所措。当然，她还为自己的未来担忧，如果受牵连，很有可能让她丢了饭碗。在深吸一口气，将思绪重新洗牌后，她心头又涌起一丝骄傲，戴窃听器，为凶案组的警察当卧底，抓连环杀手，自己也太酷了吧！这种感觉是卓越非凡的，这种冲击血管的虚荣体验很久都没有发生了。上一次还是她为一个摇滚乐队救场，当低音伴唱的时候。因为过分地接近这场谋杀和这些耻辱，每次想到查理在那顿饭上的表现，想着他向自己炫耀他上报纸的样子，想着他“死亡天使”的身份，艾米便无法遏制地自我厌恶，但紧随其后的是对所有事情的内疚和愤怒。每一种情绪都推动着她，但艾米不能抓住其中的任何一种。看起来，似乎什么都感觉不到会更好一些。她渴望麻木，而酒精似乎是唯一万能的解药，它或许可以帮她清理脑海中那块被涂满的白板。

她在与朋友们一起租住的房间里精心打扮了一番，喝了几杯酒，做好了参加派对的准备。走进电梯之后，她对着镜子审视着自己，看起来很迷人——金黄色的鬈发，为舞会准备的妆容——一切都十分完美。连衣服都是几个星期之前就挑好的，紧身，无肩带，快把她的胸推挤到她的下巴下面了。这是一件光滑的血红色长裙，艾米想着自己应该有童话故事里的那种打扮，邪恶版本的灰姑娘。当她推开大门，走向舞厅的时候，让自己的身体扭动幅度更大了一些。可能当时她并没有找对自己的定位，也并不知道自己的感觉到底如何，但她可以肯定的是，这样做一定可以引起大家的注意。穿着这样一件衣服，所有男人的脸都变成了镜子，不由自主地投射出了她的样子。她知道这样的表现是肤浅的，但至少这给她带来的感觉是可靠的。

在艾米走进拥挤的舞池时，萨默赛特医疗中心的首席执行官丹尼斯·米勒正在给医院同仁们发表讲话。艾米径直走向了吧台，点了两杯喜力，声音大到引来了一些旁人的注意。米勒还在继续他的讲话。艾米拿着她的啤酒，喝完了一个，又点了一个，然后一手拿一瓶走向护士们集中坐着的地方。她用力地坐在一个位子上，给每一个她认识的人摆出一副兴奋的表情，举杯敬酒，表现得大惊小怪。艾米一直盯着首席执行官发红的脸和红色的领带。他在说查理的事，米勒没有直呼名字，但指向性很明显。他对关于萨默赛特医疗中心举报违规行为的做法表示祝贺。“等等，等等。”艾米叨咕着。这就是个自我感觉良好的演讲，他占尽了所有好处。是我举报的这件事儿，我举报的！艾米对此很反感。她才是那个举报此事的人。她才是那个冒着丢了工作风险的人。有人听到这些屁话了吗？艾米环视着整个桌边的那些面孔，试图找到一些认同他的声音，但所有人只是呆呆地听着米勒的演讲，等待着他结束的那一刻，他们就可以吃上甜点了。艾米想吐，她招手叫来服务员，点了两杯白葡萄酒。

米勒说其他的医院怎么将此类事件掩藏起来，推卸到一边，而我们是如何以团队的方式迎头赶上，处理此事的。

“扯淡。”艾米说道，可能声音有点儿太大了。

他说自己为萨默赛特可以保护病人们的人身安全感到多么骄傲。

“谎话，谎话，谎话。”艾米继续说着，“废话，废话，废话。”

现在每一个坐在桌边的人都开始看她了。有些人面带微笑，想着：哦，经典的艾米。当然，没有一个艾米的同事能想象到她是为警察秘密工作的线人，更不可能想到她下午的时候还在跟那个杀手共进午餐，以及几周前她开始从医院偷走很多秘密证据。

艾米知道她看起来很惹火，但她也在想是不是有些时候，查理也会用相同的眼光看自己。她看着他们在桌子的另一边倾斜着身子互相窃窃私语，盯着她看。那些谣言就在人群中不停传播，那些表情看起来好像是在说：“她是我们一头的，还是他那边的人？”在这种情况下，她确实不确定了。当米勒从台上走下来的时候，她开始鼓掌，而且似乎有些过于用力了。而因为这一举动，她又引来了一片哗然和一堆注视的目光。现在整个派对已经集中到了一个小小的角落里，因为开放式酒吧的存在，加速了整个热闹氛围的升温。灯光渐暗，音乐响起，零星的几个同事鼓着掌，弯着腿，扭动着在空中打响指。

艾米看着米勒手中拿着一杯饮料，挨着桌子敬酒。她站起身，贴在他的旁边，等待着引起他的注意。他注意到了，很喜欢这身裙子，他沉浸其中，靠了过来，冲着她的耳边大声地喊着。音乐声音太大，艾米几乎什么都没听见，但她绝不会错过这一切，所以还是回了一句：“什么？”

米勒对端着饮料托盘的姑娘挥了个手，伸出两个手指头。他表现出一副很跩的样子。这种有钱有势的家伙都是一副德行，刮得非常干净的下巴和梳理整齐的银灰色白发。她恨这个男人。他又往她的胸前凑了凑，说道："我得知道你的名字才成，你是谁？"

艾米喝光了自己手中的酒，故意让一部分残留在自己的嘴唇上，贴到了他的耳朵旁，说道："我是查理·库伦最好的朋友！"

米勒站直了身子，他的脸色都变了，但艾米还不能确定是不是迪斯科彩灯变换的结果。她以为他会走开，逃到吧台旁，但他没那么做。"我知道你。"她边说边将自己的身子缩了回去，盯着他的眼睛。

"哦，你知道？"

艾米可以看出来这个男人非常喜欢靠过来的感觉，喜欢音乐的音量强迫他们不得不近到交换彼此呼吸的距离。"是，"她说着，"你知道我吗？"

"我确实知道。"米勒说。艾米从他的表情中捕捉到了一些细节，他不知道她，他甚至可能什么都不知道。这个家伙太自大了，她真想一巴掌把他脸上的那副做作表情给打下去。

"嗯，反正我知道你是个骗子。"她喊了一句。

"让我们来跳舞吧。"米勒说道。他拉起了她的手，她任由他把自己带到了舞池中央。

"我知道一些事情，"艾米伴着音乐说道，"我知道到底发生了什么，你有你的秘密，那些——无法见光的领导层秘密。"米勒嘲笑着她。看起来，似乎他认为艾米只是在调情而已。她盯着他，轻微地扭动着身体，好像高中舞会那样，摆出了一脸自大的微笑。关于这个男人的一切都让她想呕吐，她将自己整天的情绪都转嫁到了他身上。她希望他能感受到恐惧，像她所感受的那样。至少应该在这样的恐怖面前表现得谦卑一些。与其说他们在共舞，不如说是在跳给彼此看，各有各的节奏。艾米似乎想用尽全力用舞蹈动作表达着对这位首席执行官先生的鄙夷。“我知道那些事情，”她喊道，“爆炸性的消息，巨大巨大巨大的消息。”

米勒捂着自己的耳朵，毫不费力地拉着她的手带她旋转着。这个时候，她的朋友们已经开始为他们拍照了。哦，这就是典型的艾米！那些同时闪烁的闪光灯好像一串强光，晃着他们的双眼。艾米低头，从这个男人的手开始往上看，眼光游弋着停在了他领带上。那些人还在照相。她到底是什么样的人？享受着这些聚光灯的宠爱，对这个男人恼怒万分，在舞池中狂热地跳舞……醉醺醺的。这就是她现在的样子，醉醺醺的，在一个办公场所的聚会上混乱不堪。“你是个骗子。”艾米说着转头走向了朋友们的桌子边，“丹尼斯·米勒是个大骗子，”她大声宣布着，“他在撒谎。”

艾米不知道下一步该做些什么，所以她只得再次迈步走向吧台。她试图灌进更多的酒精，试图跟一个很可爱的家伙搭讪调情，直到最后，她晃荡着走到了停车场。远处高速公路传来的声音混杂着身后的音乐，艾米抬头看了看，没有星星，甚至连星星的影子都看不到。

六十一

查理开着自己的福特离开了办公室饭馆的停车场，汇入了22号大道的车流当中。当时是下午4点40分。丹尼已经提前用无线电联系了警官提姆西·米司徒、迈克尔·温哥华和警探道格拉斯·布朗尼，通知他们在街尾的萨默赛特郡治安部门警车内就位。他和提姆本来想自己干这事，但相关规定说，逮捕他的警官和后来审问他的警官不能是同一拨人。因为后来提姆发现，逮捕他的人必须说“你现在有权保持沉默”，而稍后要审问他的人是要逼他开口的，显然这样的矛盾必须避免，否则会显得格外可笑。最好还是找个穿制服的人去逮捕他吧，用那种显而易见的警车来叫停他，把这一切弄得像是个交通事故的常规检查。之后，期盼着库伦能和他们几个穿着西服的人好好来一次正经的谈话。

15分钟以后，那些在无线电上与他们保持联系的警车慢慢在查理的车后面拉响了警报，现了身。查理在驶入下一个街区之前就将自己的车停靠在了马路边上，警官们冲了出来，命令他把手放在脑后，趴在地上。就是在这里，查理被戴上了手铐，在还没有被推搡挤进警车后座前就被搜了一次身。紧接着，警车径直开到了位于北大桥街40号的检察官办公室，用手铐拉着他走到了二层的审讯室中。提姆和丹尼从此处接手，隆重出场。

查理抬头看着这两个穿西装的家伙，显然这两个人块头太大，房间太小了。两个男人站在那里，俯视着被铐在地板拉环上的查理。

“嗨，”提姆说道，他用大拇指指着自己和丹尼，“记得我们吗？”

查理低头看着地板。

“让我们来看看，现在你这是在哪儿呢？浑蛋！”

查理试图将头别向一边，但因为束缚的长度让他动弹不得。那个男人继续说着。

“是啊，没错，你这个变态的狗杂种。”提姆说，“我早就告诉过你了，对吧？我有没有跟你说过？”

提姆是个很聪明的家伙，没错，他承认自己很享受这样的感觉。但是对库伦来说，他们把他带到这里的目的远没有想象中那么简单。库伦必须意识到，自己已经在他们掌控的范围内了。提姆知道查尔斯·库伦曾经接受过来自各方的反复调查，但最终没有得到任何惩罚，也没得出任何有用的结论。他可是一个下定决心便不顾及其他人性命的家伙。无论他现在看起来是什么样子，所有摆在他们眼前的事实都足以证明库伦是一个非常自大的家伙，而且没有一个人的自控力会比一个杀手的更强。

警探们必须让库伦知道，现在的状况他已经不能再控制了，这不是什么医院的夜班，查理可以为所欲为，这是州级审讯室。这个男人需要承担全新现实带来的后果，他会被击碎、撕裂、打倒。与此同时，所有调查小组的人员都在双面镜的另一端，观看里面发生的一切，想象着这个家伙在被暴打一顿之后还能坚持多久才会大喊着要请律师。

事实是，他们没办法让查理开口，没有人能。现在侦探们能做到的最好的就是为查理创造一个他想要开口的环境。

他们要让库伦张嘴说出那些他自己坚定不说的话，警探们的工作就是试图解决这一悖论。他们试图挑战他的信仰体系，直到他的宇宙真正崩塌为止。他们打算为他创造一个全新的世界观，在那个世界观的指导下，让他相信说出真相、承认自己的谋杀罪行反而是很好的选择。而唯一能做到这一点的方法就是让他知道，如果不说的话，实际情况会更糟。

“我告诉你我是怎么看这件事儿的，查理，”提姆说，“我看见你对着那些死尸干淫荡的坏事，我们可看过你的塞纳系统了，还有你那些订药记录和取消订单的痕迹。我们盯上你了，浑蛋！我就想等着你自己说出来，就这样。你就是这么干的对不对？你在杀死那些病人之前或是之后干了那些淫荡的勾当，对不对，查理？”

查理没有看他，而是低头看着角落。

“你知道吧，这个世界已经对你的那些肮脏事儿了如指掌了。”提姆说着换了个地方，走到查理可以看得见的地方，引起他的注意，“你这个变态的怪物，查理·库伦，哦，是的——专门对那些死掉的老家伙干脏事儿的护士。你就是这么对盖尔牧师的，是不是？”

“我不能，”查理安静地说，“我不能，我——”

“你为什么不告诉我们这事儿，浑蛋？就算事实不是这样，大众眼中的事实也肯定是这样的。一个性变态的所作所为。对你的孩子来说，这可真是够好的。你真的可以对他们做出这种事情来吗？你从来没有考虑过你的孩子们，对不对，查理？”

在经过了几个小时这样的威胁与恐吓之后，查理蜷缩在一边，双手捂着脸呜呜地哭着。提姆也就看见过一两个哭成这样的大男人，可能整个职业生涯中不会超过三次。这是濒临坠落悬崖的最后一点儿距离了，所有经历过这种崩溃的人都已经被他们拿下了；但是查理只是在悬崖边上待着，岿然不动，似乎好像怎么做都不能打击到他，所以提姆和丹尼不得不开启新一轮的攻击。

他们轮番告诉查理：“嘿，你女朋友在这儿吗？她可一直往监狱打电话呢。那个叫艾米的女孩，你们两个人一起经历了很多次死亡，要不要我们把她也带过来一起审一审？”

“我不能……我不能……我不能……”

“你们是不是轮流下手，还是你们一起推着注射器享受这一切？”他们打算用这种方式刺激他，或许能激发出点儿他对艾米的保护欲来。

然后他们给查理一些休息的时间，走出房间，等待着查理自己慢慢靠向悬崖的那一刻，再走回房间。这种休息时间不是固定的，他们想进来就进来，想离开就离开。有的时候他们会带着尼古拉斯·马格斯队长，给他点儿惊喜，让查理了解自己对整个局面毫无掌控能力，让他意识到，他们可以用这样的方式持续一整晚的时间。

“你丫要不就是个变态的狗杂种，要不就是个怀有善心的死亡天使，最终的结局如何，完全取决于你现在的表现。冷血还是善意——如果非要做出选择的话，你的孩子们会比较喜欢哪个人做父亲呢？”

就这样持续了一小时之后，他们离开去喝咖啡，从显示器上看这个家伙在地上打滚，然后再走回房间。“如果我告诉你我们找到了一些有你指纹的输液袋呢？”他们虚张声势，但在话语中还留了一些余地，谨防这家伙是戴着手套作案的。

被带到警局审问了六个小时后，查理仍然在地上打滚，发出一些类似动物的低吟。他们就站在他的面前，听着这一切。这是令人沮丧的声音，没有语言的交流，依旧没有任何坦白的意思。有些时候，查理会停下来，似乎在强迫自己说出点儿什么，但其实他不过就是停下来准备将脸埋在双手中，再一次哇哇大哭而已。有些时候他还会盯着地板，好像在迷路时研究一张地图那样入神。还有些时候，他就是简单地说着“我不能”，重复时间长达半个小时，好像被下了延迟咒语一般。他累了。库伦是个夜班的护士，他应该已经习惯了夜晚，但他现在很明显已经精疲力竭了。从某种角度上来说，这算是个好事。警探们再一次走出房间，让他对着墙喃喃自语着他不能。他们重新倒了一杯新鲜的咖啡，探讨到底应该管这个家伙叫艾米的守护天使还是变态天使。就在这个时候，福雷斯特突然说道：“把他送回去。”这意思很明显，停止审问了，他们会重新把他送进牢里去。

提姆和丹尼还没完事，他们不想让查理·库伦就这么逃脱。有些时候，有人不小心说了个什么，一下就搞定了，这家伙就完蛋了，但是查理没有，他还没有到那步。这家伙要离开了，他们已经进展到可能再推一下就成功的地步了，再推一步，没准他就掉下去了。如果现在放弃的话，他们别无选择，只能上法庭了。

但是检察官福雷斯特担心如果再这样下去，场面会非常难看。当时是凌晨 3 点，这家伙已经在地板上号叫了很久。他们一直逼迫了他 9 个小时，福雷斯特觉得他们不太可能有进一步进展了。

他们只能做到这样。提姆和丹尼知道，这个家伙在天亮之前一定会给自己请个律师。

提姆开车回家，躺在床上的时候已经是凌晨4点。他希望自己身体里的生物钟可以让自己安然睡到第二天一早，但很显然，没有，太阳就这么升起来了，他躺了一宿，又起床了。提姆非常讨厌放弃大案子的感觉，讨厌把这些案子转交到法院，在没审问出任何东西之前走司法过程。这感觉非常让人摸不着头脑，从来不能让人有对的感觉。他现在的状态还处于紧急模式，还在试图攻破这个家伙的防线，但其实现在的状况应该是，身心放松，重新充电，精力充沛，放手此事。他能做的工作已经完成了。现在是周末，应该悠闲地打理房子周边，他可以跑到小木屋去，检查管道，跑跑腿，处理处理杂事儿。下午早些时候，提姆发现自己坐在商场的停车场中央，手指敲击着方向盘，等待着在工艺品商店购物的妻子。

提姆知道让自己如此焦虑的原因就是那个还没解决掉的家伙。他可能已经被放走了，比原计划多获得了好几个小时的时间。他脑海中想象着那样的场景。现在，如果要是给他委派了个律师，这家伙就永远不可能再开口了。整个庭审过程可能要拖上几年的时间，等待陪审团审判一个个谋杀未遂的案子——而且，前提还得是萨默赛特医疗中心没有什么瞒着陪审团的秘密。而提姆几乎可以肯定他们绝对有。

杀害牧师盖尔的案子会被审讯吗？他们有足够的证据证明他

有罪吗？还是他们必须妥协，放弃这个案子。提姆脑海中重新闪现了杜里埃的案子，这家伙后来被定罪是谋杀未遂，在牢里待了7年就被放了出来。提姆可以想象那个家伙，他可能现在正在街上光明正大地走着，此时此刻吹着快乐的口哨。也许他正在这个购物中心，为圣诞的到来提前做点儿购物准备。为什么不呢？似乎全世界的其他人都在享受着这样悠闲的乐趣，毕竟，这只是一个该死的普通周末而已。

提姆思考着这件事儿，有节奏地拍打着方向盘，紧接着，提姆又想到，也许……

提姆按着电话上的按键，打到了提姆·范·海斯的家里，他告诉提姆·范·海斯，是的，这事儿目前来做还是合法的，他愿意帮忙。库伦已经签署了米兰达协议，他充分了解自己可以行使的权利，他同意他们可以在没有律师陪同的情况下对他进行审讯。这是昨天签署的。但可以肯定的是，这事儿现在依旧合法，绝对的。

库伦是在周五被逮捕的，直接被送到了审讯室中，而直到第二天早上之前，他都不能被送到州际法院的监狱接受下一步处理。正值周末，法官先生可能正跟自己的妻子购物。库伦还没有被转移，所以他还没有机会接触到法官。提姆给自己一个在监狱工作的朋友打电话，他手上有查理的档案，上面记录着他仍然在地方监狱的牢房里，暂时还没有被安排律师。知道这一切以后，提姆立刻给丹尼打电话，而这正是丹尼一直在等待的电话。

他们还可以再跟这个家伙斗争一轮，他们还没搞定，他们只需要艾米再回到萨默维尔，最后一次帮个忙。

六十二

一个在萨默赛特医疗中心工作的医护人员被逮捕的消息在周五下午的时候就被报道出来了。电话在事件发生后还不到一分钟的时间就打了进来，洪水一般的电话袭击着检察官办公室的接待总机。直至现在，超过 175 个匿名举报者或是相关受害者的家庭成员打来了电话。在提姆和丹尼下午晚些时候终于可以摆脱这一切，获得点儿清闲时光时，布朗尼和马格斯将负责处理关于公众的一切，而他们将继续前往州监狱。

警司带着他们穿过装有尖叫着的金属探测器的走廊，穿过装有双面镜的房间和一连串的电子门，来到了禁闭室。提姆和丹尼看见库伦蜷缩在床上，盯着墙面发呆。

“嘿，看，他就在那儿呢。”提姆说。

库伦闻声回头，面无表情地看了他们一眼，继而又看向了地板。

“他们待你不错吧，查理？”丹尼说。

他低头盯着自己脚上那双新的囚犯鞋：“是，还可以。这些鞋不是很合脚，不过……你知道的，这儿还有点儿冷……”

“嗯，是。我们回头看看，能不能做点儿什么帮你改善下。”提姆说，“与此同时，我还得告诉你，我不知道你是不是——嗯，反正是这么个情况，你朋友又打电话来了。”

“艾米？”

“是，”丹尼说，“艾米，她一直在打电话。”

“怎么都不让我们清静一会儿。”提姆说。

“她好像真的很为你担心，”丹尼说，“她说需要跟你说话，她很难过。”

提姆和丹尼捏造的故事中，他们将艾米塑造成了一个歇斯底里的人，非常忠实于自己的朋友，而且在当地政府有些影响力。“反正对我们来说，这无所谓，”提姆说，“但是，现在我们的老板在后面盯梢，所以，让我来告诉你吧，丹尼和我，我们打算将你继续带回审讯室，继续我们没有完成的谈话。”

“而且，你可以和你的小朋友聊聊。”

“艾米？”

“是，跟艾米聊聊。你们可以聊一聊，让她别再纠缠我们了。在那之后我们再谈谈，你和我们俩，好吗？”

“没问题！”查理说道。他当然对这些安排没有任何异议。

警司打开库伦牢房的门，押送他来到了一个金属桌前。丹尼递给他一份米兰达警告书，让他大声宣读出来。这是他被捕之后第二次签署这份表格了，是助理检察官提姆·范·海斯提出来的这个建议，他觉得还是有必要再来一次。丹尼看着查理在每一个写着“是”的地方都签了名字首字母，并且在表格最后完整地签下了自己的名字之后，上交给警司，让他在上面盖了一个时间章。丹尼及时将笔拿走，谨防库伦有什么别的想法。签字完成以后，他们直接把库伦塞到了车里，送回了检察官办公室。

艾米在检察官办公室的一个房间里等着，目不转睛地盯着闭路电视闪烁的显示屏。显示屏上显示的是审讯室的画面：一个很普通的空间，一张桌子，一把塑料椅。视频很模糊，还时不时出现点儿信号干扰，让艾米想起在新闻上看到的那些从伊拉克传来的录像。这个房间无论怎么看都让人感觉不到一丝愉悦，至少从显示器上看来一点儿也不。当查理出现在那个画面中的时候，一切变得更糟了。他定格在画面中，手和脚都被锁链绑着，穿着米色的监狱服和没有鞋带的专用囚鞋。艾米突然觉得很恶心，查理现在的样子似乎都是她造成的。内疚感将她淹没，她哇哇大哭了起来。她到底做了什么啊？

她不是独自一个人在房间里待着，还有其他的警察：尼克·马格斯警长、检察官办公室的律师、提姆和丹尼，还有一些她不认识的人来来去去、进进出出——不过至少都混了个脸熟，大概都见过。他们肯定都认识她，她就是那个艾米，那个告密者。他们说艾米天生就是干这事儿的，说她很伟大，一直在给她戴高帽子。但她还听见了其他一些话，关于死刑，关于在监狱的生活。在屏幕上，艾米看着自己的这个朋友，这个他们所有人都想要干掉的人，这个在塑料椅子上不停颤抖的温顺男人。那个大家嘴中所说的凶手不在这里，屏幕上能看到的不过是个小男孩，害怕而孤独。她将这个男孩送到监狱里，他就在那，等待着她，真诚地相信，她还是自己的朋友。在这一刻，他确实是对的。她还是他的朋友，不知何故，她依旧还是。查理环顾了一下整个房间，继而看到了墙上安装的摄像头，定在了那里，盯着。艾米觉得自己被突然袭来的耻辱感觉羞得脸都红了。艾米当然知道，查理不可能看到她，但这一点儿也改变不了她现在的这种强烈感觉。

警探们从头开始审问查理，一切都如昨天晚上一般重新上演。

“听着，你得知道，查理，这事儿要是公之于众，最后你可能是以一个性变态的形象收场，也可能是个心存善心的‘死亡天使’，一切都取决于你。”

然后，丹尼开始说，用自己的方式说相同的话。

然后是提姆，然后又是丹尼。

终于，轮到艾米上场了。

警探们带着艾米沿着迷宫一般的走廊穿过几个办公室的门，他们一直在不停地说着什么，但艾米除了自己的心跳以外，什么都听不进去。所有的门看起来都长得一样。她觉得自己正身处地狱，或是上了一个什么游戏节目的真人秀。走了很久，终于，他们停在了一扇门前。门打开了，他们把艾米留在了这个房间的沙发上。她坐在沙发的一头，然后又跑到另一头，在犹豫了几次以后，终于决定还是坐在离门最远的沙发把手上。坐定以后，她开始环顾四周，看了看这个房间的其他部分。这是个再普通不过的房间，四壁空空，除了这个硬邦邦的沙发和上面几个粗糙的羊毛垫子以外，剩下的那点儿家具就是一个咖啡桌、一个柜子、一个安装在墙上的摄像头。她觉得这个摄像头应该已经打开了。咖啡桌上有个录音机，被贴在桌面下，跟她五年级记忆中的那个一样。柜子里装满了娃娃。

艾米又往前凑近看了看，这些娃娃从解剖学上来说比例都很真实。这个房间是专门用来审问那些恋童癖性犯罪者的。她坐在沙发上，盯着那些小木偶般大小的阴茎和阴道。她从来没有跟检察官办公室的人说过自己童年曾遭受过性虐待。事实上，她没有跟任何人分享过这些事儿，但她还是有些担心，是不是自己的什么表现反映出了这个过去的历史，以至于他们故意把她带到这么一个房间里来。艾米忍不住想，如果当时一个女警察可以带 7 岁的她来这么一个房间接受调查，她的生活将会发生多么大的变化，她也不必记住那些梦魇一般的过去。但是在那个时候，没有人想过要保护她，她只能试图保护自己，因为她的家人全都不相信她。他们告诉她，那个男人根本不是那种人，他人很好，是个很棒的叔叔。只有艾米知道，在这个好叔叔的表面下，是个怎样的怪物。每次过生日、感恩节和圣诞节的时候，他都会出现，无论是不是有人看见他，他都会出现在那里。这是艾米真实生活的写照，也是查理的。

查理走进房间，身上戴的镣铐都被卸下来了。艾米给了他一个同情的微笑，这感觉是真挚的。她不再紧张，查理挨着她坐在沙发上。他看起来还是那么小、那么温顺，像是个穿着睡衣和蓝帆布鞋的小孩子。这个好像被吓坏了的小男孩穿着无袖衫，赤裸着双臂，这是艾米第一次看见这种囚服，淡蓝色的，很单薄。在观察衣服的同时，艾米的眼睛在他健硕的肱二头肌上来回游移。

他说这是他自己做的，源于一次拙劣的自杀尝试。查理告诉她应该如何正确地做这件事。经过基本训练的他们告诉他说：“如果你要是想自杀的话，就要选用正确的方法，争取一次成功。”标准方法是割手腕，如果割得偏上，划胳膊的话，只会增添很多痛苦，但要是沿着整个胳膊，拉一个很长的伤口，血就会立刻喷涌而出。“这种方法既能造成很震撼的效果，又能成功自杀。”他们是这么说的。这是那些人佯装硬汉的时候常挂在嘴边的一些话，那种演练军官们时常喊的口号。但是查理记得，有一天下午，他放下手中的拖把，走到浴室中，用刀片沿着整个手臂划了一条口子。演练军官说得没错，他确实看到了不少血，很厚，“我的上帝”，他甚至可以看见自己的肌肉和白色的肌腱，他开始尖叫。

“所以，基本上，我可以搞砸所有事儿。”查理这么对艾米说道。20次自杀尝试，如今他依旧活着站在这里，呼吸。他们嘲笑着这些事儿，但是究竟自杀给他带来了什么，也许只有查理自己才知道。在危机中，只要他觉得走投无路或是感到无奈，就本能地回想着那些死亡曾给他带来的威胁与恐惧。可事实上，他对死亡本身并不是很感兴趣，起码对自己的死亡不感兴趣。他的护理事业帮忙解决了这些悖论，接近脆弱感受死亡又不用牺牲掉自己的性命，他学会了用这种方式替代自杀带来的感觉。

你没法告诉查理应该去做些什么，他永远不会被迫干什么事儿，就像儿时把他压在身下的那些大孩子一样，警探们对他无计可施。不过，如果他愿意的话，是可以做一些事的。艾米没有要求得到真相，但查理可以给她真相。

艾米看着他的眼睛，知道他需要说些什么，也了解他想说的话。查理不需要成为一个圣人，上帝知道他离圣人的标准还远得很。他知道是非黑白，知道他曾经做的那些事情是坏的，是违法的。

所以，是的，他不是个圣人，但是他想要成为一个英雄，他可以做到这一点，为了她。

一旦他开始说，这一切就变得相对简单很多。与其说他是在供认罪行，不如说他在侃侃而谈自己这一生的故事。他搭着双腿，坐在问讯室当中，肩膀上还披着艾米柔软的羊毛衫。查理开始从头说起，警探们却急于想要知道关于盖尔牧师的事情。他跟他们谈论了盖尔，然后继续讲述着自己的故事。他之前可以回顾的道路是那么长，他回顾的过程是那么的小心翼翼。

查理没有为自己干过的事情列过什么单子，没有记录自己犯罪的备忘录，更没有将这个完整的故事给别人大声讲出来过。但是，长久以来，他一直讲给自己听，被编辑过的这些故事在他的脑海中好像一首首曲调完整的流行歌。他是周日晚上6点15分的时候开始讲述自己的故事的，中间只因进食、喝咖啡和去厕所间断过几次，他用相同而平缓的语调足足讲了7个小时。每当提姆要给磁带翻面的时候，他都会耐心地等待，然后从刚刚断掉的地方接着继续讲下去，一点儿不差。他阐述着这个行业的复杂性，梳理着职业生涯中所有用到过的专业知识，描述着当初深陷抑郁症和企图自杀时的黑暗时光以及不合时宜的恋爱史。每一个故事都有相关联的数据来解释他的所作所为。那些仁慈的善举，就算被称之为犯罪，也是被迫无奈的。患者们“去世”，“大限已到”有时候是“宣告死亡”，他只是做了“干预”或是“不得不去干预”——无论怎样，查尔斯都没有“杀人”，这些事件也都不是所谓的“谋杀”。这是个温柔谦和的故事，经过了长时间的排练，却是头一次被表演出来。为了他们好，为了他们的家人好，死亡只是一种恩赐，一种不止上帝才能给予的恩赐。

他们本来只需要一个案子的始末，但查理给了他们 40 个，直到凌晨 1 点 31 分最后一盘磁带被用完的时候，故事还未结束，依旧还有很多尚未来得及讲出。

后记

媒体迅速为查理冠上了“死亡天使”的名号，我们也永远不知道查理到底杀了多少个病人。这个案子中绝大多数证据都不能直接证明查尔斯·库伦就是凶手，因此很多证据都来自库伦的自述。库伦起初承认他杀害了大约40个人，重数之后，他漏掉了几个名字，跳过了那几年和那些医院，并且也没有去猜测那些他并不笃定杀死的人是否真的死了。比如在雷海山谷医院的时候，库伦想起有四五个受害者，但到目前为止，仅有两个人证实确实被杀害了。尽管库伦开始说在亨特顿医疗中心的时候，他并没有杀太多的人，但最终还是在这里发现了5名受害者。对这个案子了如指掌的专家们称，这个案子的受害者可能将近400人。查理听到这个数字的时候，虽然嗤之以鼻，但也没有否认，这个数字如果准确的话，他就成了美国历史上杀人最多、最臭名昭著的连环杀手。

确切统计出库伦杀人的数量，困难在于证据。当萨默赛特郡警察局得到通知去调查的时候，很多医疗记录都已经遗失或者不完整。很多死者已经火化，做尸检已经变得不现实了，而将库伦自述的杀害人数从医院的死亡人数记录中分离出来是相当困难的。库伦所在的第一家医院的记录已经全部被销毁，想获得准确的统计数据几乎是不可能的。

圣巴拿巴医疗护理中心的烧伤科是库伦的第一份工作，他做了5年之久，但在他的正式供词中却只出现了一个人名——约翰法官。供词记录他在1988年11月6日被杀害，但是在库伦先前重新统计的杀人记录中，他杀害的第一个人是1987年圣巴拿巴的一个年轻的艾滋病患者。关于那时候唯一残存的记录也只是侦探找回的不完整的档案，还有后来在桌子抽屉中找到的几页手写的纸，记录了巴瑞和阿诺德的调查细节，关于用过的胰岛素的袋子和重症监护病房里多次过量使用的胰岛素细节。此后，库伦承认，在圣巴拿巴医院时，他曾一周三四次随机注射胰岛素杀死患者。在这所医院工作的5年里，截至写这篇文章的时候，库伦只有一起谋杀或谋杀未遂被记录在案。在此后超过11年的时间里，他又为其他8家医院工作过，也许可以将这组数字和受害者数量对比一下，而这些名单也是探员通过完整的电脑药物表单和数据整理出来的，他们在萨默赛特也是这么做的。

2004年4月，查尔斯·库伦在新泽西法庭自首，承认了13起谋杀和2起谋杀未遂，以及其他罪行。在录供词期间，他曾告诉艾米和萨默赛特郡的探员们其实他想要被判处死刑，但他却从未跟他的法庭指定律师——高级公设辩护律师强尼·马斯克——谈起过，随后他的几次“自杀企图”甚至都不是真的想死，其实是想活着。库伦和马斯克和新泽西的检察官达成了一个协议，只要他积极配合，那么便可以考虑不判处他死刑。

监狱成年累月有规律的生活让查尔斯·库伦习惯自己已经不是一个自由人。他有自己的牢房，读间谍小说，闲暇时间锻炼、冲澡，见见天主教执事或是牧师，跟着他们学习圣人的生活。监狱长常陪同他穿过草坪来到检察官的办公室，和丹尼或是提姆坐在一起，帮成千上万的病人从各种心律不齐、濒死边缘和血检中渡过难关，没什么比这个更适合他了。

接下来是2005年的8月，萨默赛特监狱收到一封信。事到如今，库伦已经习惯了接到一些要求采访的邮件和恐吓信，甚至还有古怪的“粉丝”来信。但是这一封却不同寻常，是一张薄薄的《长岛社区报》的剪报，其中有几段提到了一个名叫厄尼·匹克曼的人，在报纸边缘的空白处还有一行很秀气的字，写着：能帮帮我吗？

库伦知道匹克曼这个人，一个跟库伦年龄相仿的男人，家里有妻子和四个孩子，在弗雷明德尔做金属附属品生意，比如窗框压条和旋转门框之类的。他是凯瑟琳的哥哥。凯瑟琳是查理早已疏于联系的前女友，也是他最小孩子的妈妈，但他们这辈子老死也不会往来了。可能他和厄尼曾在几年前的一个婚礼上打过招呼，可查理已经记不清了，但他们不是朋友，他们甚至都不熟，至少肯定没有熟悉到做器官交易。

医生们不知道确切的时间和经过，但可以确定的是2003年的某个时候，那时厄尼感染了链球菌病毒，可能只是因为小的抓伤，然后感染了。本来就是嗓子红肿发炎的小毛病，吃点抗生素一周就会好了，但是厄尼却没在意，结果感染扩散了。不断生长的病毒侵袭了他的免疫系统，在他的肾小管上发现了复杂的蛋白质结。正常情况下，这些结点会随着血液透析和排尿排出体外，现在他们却像头发堵住了下水管道一样堵在厄尼体内。厄尼的身体由于积满毒素而开始浮肿，手和脸都肿了起来，尿液也变成了深褐色。当他来看医生的时候，已经肾衰竭了。

查理从来没在肾病科当过护士，但是他知道肾脏一旦衰竭就不能再被治愈。透析是最普遍的疗法，患者通过一个机器将全身血液过滤一遍。厄尼每三周要在斯通尼·布鲁克做两个小时的透析，这成了他的另一项主要“工作”，但是病情却不断恶化。他的静脉不断堵塞，于是医生在他的脖子上拉开了一个主静脉供每次透析用，就像是永不愈合的伤口，这也让他增加了新的感染风险。如果他真的想活命，透析并不是长久之计，他真正需要的是一颗全新的肾脏。

那时候，整个国家的器官移植名单上大概有6万人在等待肾脏移植。绝大多数肾脏来源于死者。（早春的捐赠率是最高的，冬天的湿滑路面还没彻底消融，一些新的机车手就上路了。）但是相对于活体捐赠，死者肾脏的寿命大约只有6年，而即使这样，要想等到一颗肾脏也大概要5至7年。对于身体不断恶化的厄尼来说，这样的等待无疑就像是被判了死刑。

最好的匹配方式是通过受捐者的亲属捐赠，但是厄尼家族中却没有能跟他匹配的捐赠者。现在，他唯一的希望就是寻找一个适合的陌生捐赠者，但一个陌生捐赠者的器官完美适合受捐者机体的概率是非常小的。这对于厄尼来说无异于五雷轰顶。厄尼的妈妈，派特·匹克曼已经抵押了房子来帮助他支付医疗所需的费用，并且联系了当地的一家报纸专门为他的捐赠配型开通了一个热线，以此来期待一个奇迹的出现，但是奇迹却一直都没出现。派特为了救儿子想尽了一切办法，为此她愿意尝试任何的可能性。又或许，一张邮票就可以解决这些问题呢？所以她剪下报纸上的文章，放进信封里寄到了萨默赛特监狱，然后等待着奇迹的出现。关于奇迹这件事，你不能预料它会带来什么，或者你要承受什么。可能是任何人，甚至是一个搞大了她女儿肚子的连环杀手。

库伦在监狱里请求成为一名器官捐赠者这件事还是引起了轰动，尤其是一些受害者家属。一个杀害了众多患者的护士现在想要救死扶伤了？无论如何这都是很讽刺的。他是否有什么企图？理论上，查尔斯·库伦在坐牢期间是处于中立状态的，但是突然间，他不再是中立状态，而是开始登上报纸头条，操纵着法庭的审理，在另一个人的生命中扮演着上帝的角色，用自己的器官作他最后的筹码。他是不是想趁机用同情和病躯有所企图？又或者是不是为了他的孩子，或者上帝，甚至他自己赎罪？不过现在都不得而知了，答案只有查尔斯·库伦自己清楚，但是他又不肯说。

“当人们看到查尔斯所做的一切时，他们看到了一头野兽。”凯特琳·罗尼解释道，“查尔斯性格中的另一面在萨默赛特监狱里展现出来。你会比之前更能理解他为什么杀人，而这对于受害者的家庭是很重要的，但是他仅仅是个杀人野兽，而不是什么‘死亡天使’，他远比这个称谓复杂得多。”

查尔斯·库伦坐在牢房的床上，反复读着派特的字条“你能帮帮我吗”，但是他不确定。库伦知道厄尼的病意味着什么，他可能很快就会死，而活体捐赠的肾脏可能会比死者捐赠的肾脏延长6年的寿命。他是“死亡天使”，虽然他不这么认为，但这就是这个社会对他的认识，媒体也是这么说的。他知道，只要他捐出一颗肾，就可以带来一些新闻报道，他也就摆脱了一部分“死亡天使”的恶名，同时媒体也会带来各种正面报道，这对他或是他的家庭来说都是一种弥补。在监狱时，库伦因为发生在他家人身上的恐吓而感到懊恼，那些跟踪他前女友的记者威胁她，让她爆料库伦的事情，否则就把她的地址公之于众，还有人在马路上威胁他11岁的女儿。

在我们的一次会面中，库伦告诉我：“我知道，我会害怕我死之后会发生的事儿，但我更害怕目睹那一切，看着我的孩子因为我的原因而苦苦挣扎。”库伦不希望他的孩子背负着“连环杀人狂的孩子”的恶名长大，他也不希望厄尼的孩子因为厄尼接受了他的肾而承受那些压力，所以他开始犹豫他是不是真的能帮忙。

查尔斯总是乐意帮助别人，特别是医疗上的帮助。他一直是个热心肠的捐赠者，比如常常献12加仑的血，注册成为骨髓捐助者，倒不是说他知道有人需要他的骨髓，而仅仅是觉得万一有人需要呢。库伦年轻力壮，至少在生理上捐出一个肾是没有问题的，但是陌生人之间的移植风险还是很大的，最好的结果是6项抗原指标全部匹配，这基本上就算是奇迹了。而且他告诉我，既然有人向他要求了他能给的东西，那就值得一试。

在萨默赛特那段时间，他每周都去天主教执事那里义务劳动，而且无意间问过他一个问题，纯粹是出于好奇才问的——他有没有可能给别人捐肾。汤姆·斯科拉执事想坐下来想想这件事，因为他从没在教义里教导过他类似的事情。在关押探望后，他回到他的办公室，锁上门，拨通了监督员凯特琳牧师的电话。

凯特琳·罗尼手上戴着精选的生日石戒指，牧师袍领子上别着凯尔特护身符，说话时眼珠儿就像玻璃球一样熠熠发光。当年的手术和病魔让她消瘦了200磅，但现在毕竟年老发福，看起来还是很胖，她牛角号般的声音和雷厉风行的做派让她一来到萨默赛特监狱就得了个“霸气教士”的名号。我和罗尼是在杂志架后面的一个小木桌子上碰面的，杂志架上面放着布里奇沃特、新泽西、伯纳斯和诺贝尔等地的杂志。罗尼是共济会会员、爱尔兰精神领袖、德鲁伊神秘主义者。而查尔斯则喜欢间谍小说和侦探小说，但是不包括谋杀。她说：“你知道要找到一部没有谋杀情节的悬疑小说是多难的一件事吗？”

凯特琳从2003年查尔斯来到萨默赛特监狱开始就一直做他的牧师，而且最近又开始教他“沙漠之父”圣安东尼的冥想理论，她觉得禁欲主义对于一个后半生都要在监狱里度过的人来说早晚都会派上用场的。将近3年的课程结束后，罗尼开始慢慢了解查尔斯，但是也并不意味着她真的理解他。事实上她并不理解他，比如查尔斯为什么杀了那么多人，她也不明白为什么恰恰是现在，他又想捐肾脏。“所以那天夜里我去了监狱盘问他，我需要知道他为什么这么做，以确保我没有被利用。”

“我问他：‘是不是有人会给你钱？还是你为了名誉想这么做？你有没有想过这是在和上帝讨价还价？你救了这个人，就能弥补你杀掉那些人犯下的罪过吗？’”

这个问题似乎伤害了他的感情，“但是那没关系。”她对我说，“如果我卷入到这件事中来，那我就需要知道他是怎么想的。”所以罗尼还问了他另外一个问题：这是不是他在尝试被动自杀，他有没有想过他可能会死在手术台上。

他告诉她，他没这么想过。

所以她第三次问他：“查尔斯，为什么这么做？为什么是现在？10 年前你会这么做吗？ 17 年前呢？在一切杀戮开始前你会这么做吗？”

“是的。”他说，“至于为什么，因为我能给，有些人需要的东西我可以给他。至于为什么是现在，因为现在那个人需要，而我觉得这是件好事儿。”

“我相信他说的。”罗尼说，她把大杯的冰茶推到一边，然后用涂着指甲油的手指抓住我的手说，“查尔斯有着很悲惨的童年，有着各种各样的问题，但是他从没责怪过任何人，也没为他所做的一切找任何理由，这个杀人狂就是可以做出这个救人决定的人，这一点是毋庸置疑的。”

医疗箱里装了一大堆贴有五颜六色标签的抽血管，用来给库伦抽血化验。之后斯通尼・布鲁克医院会检测他的血液抗原和厄尼的匹配程度，最基本的标准就是看库伦的肾脏适不适合移植给厄尼。“我就是这么变成采血狂人的。”罗尼笑道。

罗尼回想起得知查尔斯的抗原与厄尼身体里6个抗原全部匹配的时候，她哭了，哭到睫毛膏都洇开了，这就像是赢了赛马比赛大奖一样激动。她用一张星巴克餐巾纸擦掉眼泪：“说实话，我们都觉得这是一个奇迹，这是上帝的旨意。”

“那时候，我不知道这仅仅是个开始。”她回忆道，“但是我告诉强尼的时候，他只是不停地摇头，他知道这一切会越来越糟。”

新泽西的公共辩护办公室就像一个四层的巧克力砖，有残疾人专区和灌木丛景观，一个穿着卡通T恤的300磅的女人在玻璃门后面抽着烟。在楼上办公区，人们在黄色的水银灯下紧张地等待着。树脂玻璃上有一个孔，你可以对着那讲话。强尼·马斯克的办公室在另一面，是这个楼里少数几个既有窗户又有门的办公室，他有着阿拉伯式的胡须和狮子般的面容，说起话来有着浑厚的男中音：“有些人想要搅黄了这次器官捐赠。”

作为新泽西史上最大杀人犯的辩护律师，在经过3年的辩护之后，马斯克已经累了。“我保证过我会尽最大努力让捐肾这件事情顺利通过。”他叹气道，“但是这感觉就像我们被耍了。”想到这件事变成了一个老笑话，马斯克眯着眼睛摇着头，“基本上，我不认为任何人想为一个连环杀手的这件事努力。”

雷海法庭

艾伦敦，宾夕法尼亚州

2006 年 3 月 20 日

艾伦敦是一个破旧的小城，曾经因为钢铁业而变得富有，市中心有一大片庄重的公共区域，堆砌着进口的石头和高耸的柱廊，以及破旧不堪的汽油桶。现在有一家正承受悲痛的人在这儿进行小规模游行。他们穿着正式，身上贴着马克思办公室的蓝色小贴纸，上面是被“死亡天使”杀害的人的名字。他们这次参观之旅的重点是一间出乎意料明亮的 19 世纪意大利式的法庭。审判席是一张巨大的长桌，旁边用联邦风格的灯和护栏围着，复杂得就像一张 2 美元上的背景图一样。

库伦的手被交叉铐在前面，脚也被锁着，给人一种此人极其危险的信号。当然，他不是，至少在这儿不是，但这或许是查尔斯·库伦第一次给人一种该有的印象，一个连环杀手应该有的样子。整个谈话内容都围绕库伦对遭受病痛折磨患者的情感进行，有些人可能觉得他在监狱里可能是尽量表现得好些，尤其是如果他为需要的人捐一颗肾，那么便可以扭转一下公众对他的看法。至少，没人希望他借助这个机会再去折磨受害人的家人，让他们痛苦不堪或者增添麻烦。

但奇怪的是他确实这么做了，库伦开始复述事情的经过，威廉姆·普拉特法官需要把这些陈述给媒体。

“鉴于这个原因，法官大人，您需要退休了。”库伦说道。

“提议无效。”普拉特法官说道。

“不，不，法官，你需要退休了，真的需要……退休了……”库伦打断他说道。

“如果你继续要求的话，我就终止你的陈述请求。”法官警告说。

“但是你需要退休了！法官大人……”库伦大声喊道。

这是间很漂亮的房间，但是也很可怕，坚硬的大理石墙面让人的声音听起来很刺耳。查尔斯·库伦的声音充斥了整个房间。当库伦几十遍地复述着他的辩词时，受害者家庭等待着，谨慎地准备着陈述词。他一直说着，没有停下的意思，这时狱警走过来在他的头上套了一个上面有网孔可以听见声音的面具，然后把他绑在椅子上，用毛巾勒紧面具，这样一来库伦的声音就只剩下低声嘶吼，就像用枕头捂住吼叫的人那样。然后受害者家属开始陈述，“你真是牲畜都不如，恶魔之子”，仅有只言片语的嘶吼从面具后传出来，紧接着狱警的手抽搐了一下，紧握着的毛巾松了下来，库伦又开始喊叫，声音越来越清晰，就像唱歌剧一般响亮。法官怒视着他，让狱警强行把他带下去，陪审团的几个女陪审员露出了惊恐的神情。

之后他们拿来了宽胶带把他的嘴封上，交叉着贴了两次，像动画片里的场景一样，严丝合缝地贴成了一个 X 字形。然后受害者家属继续陈述，而库伦还在挣扎喊叫，从胶带后面发出的声音就像是噩梦般嘶吼版的“Row Row Row Your Boat”。

“如果你奶奶现在还活着，他一定希望你烂在地狱里，你这肮脏的狗娘养的……”

“法官大人，你一定得退休了……必须……”

随着一句“囚禁终身”，审判结束了。再一次，库伦被押了出去，五花大绑，嘴上还贴着胶带，出了法庭，进了电梯等着。直到电梯关闭的一瞬间，他还在重复着“退休吧！法官”。

随后，受害者家属们挤在走廊里，因为不满气得发抖。“我觉得他是故意不尊重法庭上的每个人。”茱莉亚·桑德斯生气地说道，她的一个朋友被库伦用药过量致死，“他说他是一个有同情心的人，要捐肾挽救一个人的生命，说这样做是出于同情心，现在他的同情心在哪儿呢？！”桑德斯激动地挥舞着手指，指着刚才库伦所在的地方，“我有话要跟他说，他知道自己做了什么吗？知道他对我们的生活做了什么吗？！”

“所有的警告和谨慎入微都是因为我杀过其他病人。”库伦叹气道，转动着眼珠儿，似乎有什么想法。我们整个的探访过程中，库伦变得越来越失落。这种失落主要是因为捐赠的推迟。库伦想要帮忙，但是他现在在监狱里，而外面有人正等着他的一颗肾。

“政府觉得因为我之前在医院里杀过人，所以这次我可能还会行凶，为什么他们不想想在医院里自杀会更容易？”尤其当他被看守着、手脚还被铐在床上的时候，他觉得一切都失去了意义。阻止他捐肾只是另一个错误而已，想到这些他就更加失落。他在萨默赛特监狱签了一份关于捐赠的文件，他的律师强尼·马斯克正忙于处理这些文件，凯特琳牧师则忙于联络受捐家庭和医院方面的事宜。然后，却什么都没发生。

库伦透过隔离玻璃盯着我的手，然后又低头盯着自己的手铐。

“当我通过了匹配血液检查后，我以为一切都会发生，但是现在我不确定了。”他说。

“我是说，我并不指望能因为这个得到什么回报，在监狱能得到什么特殊的待遇，或者为了钱或任何东西……我不明白能有什么害处呢？”库伦的眼睛看着我们之间的玻璃，似乎想要一个答案，“那些家庭更希望我干什么呢？坐在那儿看电视吗？”

“我承认我确实做了非常糟糕的事情，我杀了人，”他语速很快，“但就因此要阻碍我做些积极的事情吗？我现在做的事情就是每天坐在监狱里，每年花着纳税人4万美元。我想新泽西也不想再这样白白浪费钱了。”他示意着摇摇头，“那么一个囚犯能为监狱做点什么贡献呢？”

“我知道人们说我想扮演上帝的角色，但是我真的没打算那么做，我想做的仅仅是捐赠器官，至于之后的事儿就听天由命。作为一个护士，我送走患者，但是我不能给予生命，我也不能延续生命。我们给予爱，为了我们的孩子，但是我们不能拥有他们或控制他们。我们为他们做很多事情，但是不能因为这些事就觉得自己是上帝。出于某种原因我的捐献匹配很成功，受捐者之前也通过媒体求助纽约的市民们，希望能找到匹配的捐赠者，但是没人来，一个都没有！”

库伦看了我一眼，又马上移开了视线，也许是想看看我个人的反应和看法。“这真的取决于你怎样看别人，并且觉得别人能做什么。”他说。

在艾伦敦雷海郡法庭最后一审后，查尔斯被双手铐着关进了一个没有窗户的面包车后备厢里，里面黑漆漆的没有光，之后面包车在新泽西高速公路上一路狂奔，库伦开始觉得晕车恶心。他试图用罗尼牧师教他的冥想法，想象耶稣在黑暗中的圣光，但他还是觉得很恶心，于是他停止冥想开始祈祷。

他被押去特伦敦的新泽西州监狱，大约有 10 个狱警跟着，其中 4 个穿着防暴装备。他被关押的牢房里，有两名狱警在对他进行裸体的搜身检查，旁边还有监控摄像头。其中一个狱警告诉他自己曾在报纸上读到过他的案子，而另一个则告诉他只要再随便动就被视作有攻击行为。他给了库伦一套新狱服，然后带他到监狱的精神病区，接着又是脱掉衣服做裸体检查，然后给了他一件塑料袋做的宽袍。在他看来，他就像是台新电视机，被塑料泡沫裹上，然后扔进监狱里待上 72 个小时。塑料袍在一天后被撕掉了，也就是说从周一到周二库伦就尴尬地在摄像机的监控下全裸着身体。他尽量不去听狱警提起胰岛素谋杀的事情，专心默念《圣经》里的第 25 节赞美诗:“我的敌人有很多，他们恨我。请解救我，别让我受辱。”终于，他觉得他又重获了新生。这儿的监狱比在萨默赛特的小，狱警们也总是玩弄他，告诉他这儿没有图书馆，给他小两号的运动鞋穿。诸如此类的事情让他明白，不要再幻想和指望任何事情了。他和外面彻底失去了联系，为了不被其他犯人侵犯，他每天都待在牢房里差不多 23 个小时。等到他被允许探望或者打电话的时候，他看起来消瘦了很多，胡子也变得灰白，但是捐赠的事情和 5 个月前比没有任何进展，这让他感到非常受挫。

对库伦来说，推迟捐赠的事情根本说不通。如果匹配成功是上帝的旨意，如果他的肾脏刚好完美适合另一个急需要他的人，那为什么后面的事情就是无法实现呢？这是不是一种惩罚或者医疗玩笑？难道中间出了什么差错吗？

此外，等待他肾脏的受捐者病情不断恶化，又不得不住进医院，一个月要有几次并发症，至少他是这么听说的。库伦在我们的一次探访中说到这件事，这一次他的表述很简短，似乎心灰意冷。

他知道受害者家属把捐赠的事情看作是他个人意愿的实现，想要通过这件事逃离监狱，诸如此类的小算盘。“但事实上，我可以去做血检这件事不只是我的意愿，而是大多数人的努力——马斯克先生、罗尼牧师、阿姆斯壮法官……而且厄尼的家人也在等待中备受煎熬。”他又想了一下，然后轻轻摇头叹道，“漫长的等待。”

库伦停顿了一下，低着头，眼泪流了下来，终于他吸了口气说道：“如果我不是在监狱里，他们会怎么做？把这看成是为了扮演上帝的角色是很难的，这不是让厄尼去选是成为一个好人还是坏人。”库伦盯着桌子，双手交叉紧紧抱在胸前，“我还是爱别人的，我在乎他们，也许人们觉得我不应该为了我在乎的人做这样的事，但是如果我突然决定捐器官给需要的人，他们就会认为我疯了。”他抬起头，继续说，“这很讽刺，人们觉得你疯了，才会为一个陌生人提供帮助。”

“我做过的错事已经无法挽回了，但是我为什么好事也不能做了呢？”库伦问我，“我知道人们觉得我应该带着我的肾直接下地狱，他们觉得他们知道上帝是怎么想的，但只有上帝自己知道有些人的内心、灵魂和想法。”

强尼・马斯克一直确信捐赠事宜的程序已经被搁置了，罗尼也是这么觉得的。毕竟，一切都是上帝的旨意，不是吗？

自从查尔斯第一次来到罗尼所在的监狱，人们就觉得罗尼教士就是个共犯，也许是因为她与库伦走得太近了。她很享受这种刺激带来的快感，她知道那对她来说是一种诱惑。罗尼当然知道库伦犯下的罪行，但她还是不能理解人们对这件事的评论，这些评论，一些来自她之前称为“朋友”的那些人，还有一些来自教会的牧师同僚或基督徒，他们会说：“你怎么能觉得一个杀人犯也是上帝的孩子呢？”

“起初收到的一些信中，有一封来自一名福音派基督徒，他警告我不要给一个杀人魔鬼做牧师。他写道：‘如果你救赎他让他上天堂的话，那就太不公平了。’”罗尼回忆道，“这就是福音教徒的想法，这太愚蠢了，但是最让我抓狂的是在收到这封信的两天后又来了一封信。”

恐吓信接踵而至，但都只是嘴上说说。当然，她表现出不在乎的样子说：“这也是可以理解的，毕竟受害者家人都觉得受到了威胁，一个曾经备受信任的白衣天使谋杀了医院里手无缚鸡之力的亲人。”传讯期间，当她从监狱走出来时，人们冲她喊叫，叫她“撒旦的牧师”，还往她的脸上扔东西，扔的东西里有血，她不知道那是什么血，可能是人们抗议堕胎诊所时用的那种猪血。她试着不去细想，赶紧走回家去冲洗身上的脏东西。“是的，”罗尼笑道，“如果有天堂，而我死后到了那里，那我真应该被授予一顶王冠。”

当然，当捐赠一事公之于众之后，一切都变得更糟了。“我曾有一个朋友，当然现在已经不是朋友了。她对我说，我帮助厄尼拿到库伦捐赠的肾脏，无意是在害他，因为我帮他得到了一颗撒旦的肾脏。”

罗尼记得当她开始接手这项工作的时候，她觉得如果一个正派的人，而且是个基督徒，那么就该对所有人友善。“难道他想做的那些就一点儿意义都没有？”罗尼问道，“我是说，我的父母也无比憎恨希特勒，但是他们还是觉得‘他也是上帝的孩子’。我觉得这才是基督徒该有的态度，但是这场审讯改变了我的看法，让我觉得基督徒怎么可以这么恶毒。”

就在前一天，罗尼接到了厄尼母亲派特的电话。“她通知我说再也不要跟他们谈这件事了。她说在她全身心把希望寄托在我身上的时候（主要是说我，还有那个该死的律师），我正在摧毁她的生活！我是说，我不是有意要邀功，但是如果不是我和强尼，他们根本也不会想到可以得到一颗该死的肾！”

她只是希望医院能尽快安排移植事宜。因为查尔斯一直被认为是个危险分子，派特曾被警告要多加小心，最好尽量对捐赠的事情保密。“我不指望能得到鲜花和巧克力的褒奖，但我们一直尽最大努力不去影响厄尼的生活，我们在尽力挽救他。”

罗尼气得喘着粗气，不再说话。等她情绪平复了一点儿，她开始哭。

那天晚上，狱警拿着钥匙和手铐押走了查尔斯·库伦。

他走进圣弗朗西斯医疗中心。就算他们知道原因，他们也不会说，他们又给了他一件纸做的长袍，把他铐在床上，然后开始准备抽血。角落里的电视一直开着，有时候是国内新闻，有时候是奥普拉脱口秀。一天过去了，他想："又来了！这不是为了捐赠事宜，是另有隐情。"

狱警早上又来了，他们把他带到楼下，但是不说原因。他只是被命令这么走那么走。他被告知，他现在不叫查尔斯·库伦，叫强尼·奎斯特。医生称呼他奎斯特先生，护士则叫他约翰。库伦觉得这很蹊跷，他不知道接下来会发生什么。

虽然他们不说，但是他觉得他们给他吃了镇定药，这让他总是昏昏欲睡。他们还让他填写一些表格。他拿着笔，不知道自己该签哪个名字。"签你该用的那个。"医生说。查理在纸上签下"强尼·奎斯特"。其实这没有法律约束力，但是他们又给了他另一个表格，让他签上"查尔斯·库伦，又称强尼·奎斯特"。当他这么签的时候，护士把脸扭过去假装没看见，这本来就该是个秘密。接着他们又给他打了一针，他感觉像是死了一样。

大约半小时以后，强尼·奎斯特的肾被放在一个红色的保鲜箱内，被护送上直升机。他们向北飞过曼哈顿和长岛，飞到特伦顿。8月18日的一个仲夏之夜，汉普顿的周末旅行客们开车经过斯通尼·布鲁克医疗中心，车很多，排着队缓慢向前走，车灯把黑黢黢的山路点亮，就像是正在施工的毕尔巴鄂港。

上午8点的时候，急诊大厅就像停尸房一样安静。一个门卫在读昨天的旧报纸，暗无灯光的礼品店里只有一些气球。手术室在四楼，同层还有烫伤科和放射科。厄尼躺在手术台上接受麻醉，被一群戴着口罩、穿着蓝色手术服的人包围着。他的左腹部被切开一道口子，其他组织被钢钳拨弄着。强尼·奎斯特的肾脏跟主刀医生的手差不多大，犹如一颗深粉色的大蚕豆，被小心翼翼地放进厄尼的骨盆里，肾动脉上的血管需要接在厄尼的主动脉上，以完成对肾脏的供血。医生用5号缝合线把它和厄尼的血管对接好。几小时后，随着手术钳离开髂外动脉，肾脏供氧后又变回嫩粉色，这一刻，也宣布了强尼·奎斯特的肾成功移植进了厄尼的身体，厄尼迎来了第二次生命。

在手术灯下，这个医学奇迹看起来只是蓝色消毒床单下一个简单的刀口，但其实这是身体内无数细小的血管和分支的融合，像是无尽的霜晶体，通过这些微小的血管过滤血液，把有毒的物质排出体外。

民事审判随之而来，但最终新泽西所有控告医院的诉讼都私了了。文件被密封了，再也不会有控告任何库伦工作过的医院或者医院管理层的法律诉讼了。

新泽西立法机关州议会根据查尔斯·库伦的案子通过了两项最新的法令。2004年的病人安全法律，增强医院对于所有“可预防的恶性事件”的监管，尤其是对大型医院健康中心的医疗器材和医疗药物的监管。2005年又通过了优化后的补充法令，要求医院向消费者事务局报备（包括护理委员会），以确保在职的都是有护理医疗资质的从业人员，并且记录7年内所有涉及病患问题的投诉和处分。这些措施在35周内采用。遵守法令的医院将不用承担那些可能出现在他们记录中而引起的民事纠纷，而不遵守规定的医院也不需要承担法律责任。

在这本书的调研过程中，我们联系过所有库伦工作过的医院。一些医院没有回复我们的采访邀请，或者干脆对此不做任何评论；一些医院则称，因受到被害者家属民事诉讼的要求而不能接受采访，或是因人事部门的相关政策而不能评论查尔斯·库伦曾经的就职问题；还有的直接声称他们不想再就此事做任何评论或有任何参与。萨默赛特医疗中心仍旧是新泽西州顶尖的医疗中心。新闻发言人说："萨默赛特医疗中心在库伦的案子中与有关各方积极配合调查，而且这段时间里，我们尽了最大的努力提供可以提供的最好的资源给需要的患者。"

提姆·布劳恩在查尔斯·库伦的案子后退休了，他现在是一名私家侦探，专门调查医疗谋杀，他还自愿加入国家调查小组，帮助调查儿童谋杀的案子。

杜里埃的谋杀案让提姆·布劳恩很困扰，一直未能结案。2010年，因为几年前的另一桩谋杀，提姆终于追踪到了杀人凶器，但是杀害杜里埃的凶手一直没被定罪，她的案子也一直悬而未决。

丹尼·鲍德温离开萨默赛特郡，调到蒙默思郡的检察局任探员，同时他还是一名刑事犯罪案例的兼职教授。

因为"死亡天使"案的调查，当查尔斯·库伦被公诉后，丹尼和提姆受到了很多表彰和赞扬，其中包括国会级别和国家警察局级别的"优秀警察奖"。

在他们的授奖演讲中，感谢了给他们提供秘密信息的一名化名“艾米特工”的人。艾米·劳克林在查理被捕后就辞去了护士的工作。她现在已经结婚了，成了一名催眠师，做回归法理疗一类的工作。她说是查理的案子给了她灵感。在库伦案中，她的参与从未被公之于众，甚至查理都不知道艾米曾做了什么。

自从查理坦白罪行后，2012年10月，艾米去新泽西旅行时第一次到新泽西监狱探望查理。艾米请求他的原谅，查理告诉她，那并不是她的错。

但艾米最终也没有告诉查理，其实她就是秘密线人。